SORCEROUS STABBER
ORPHEN

魔術士オーフェンはぐれ旅

Season 4 : The Episode 1

原大陸開戦

秋田禎信
YOSHINOBU AKITA

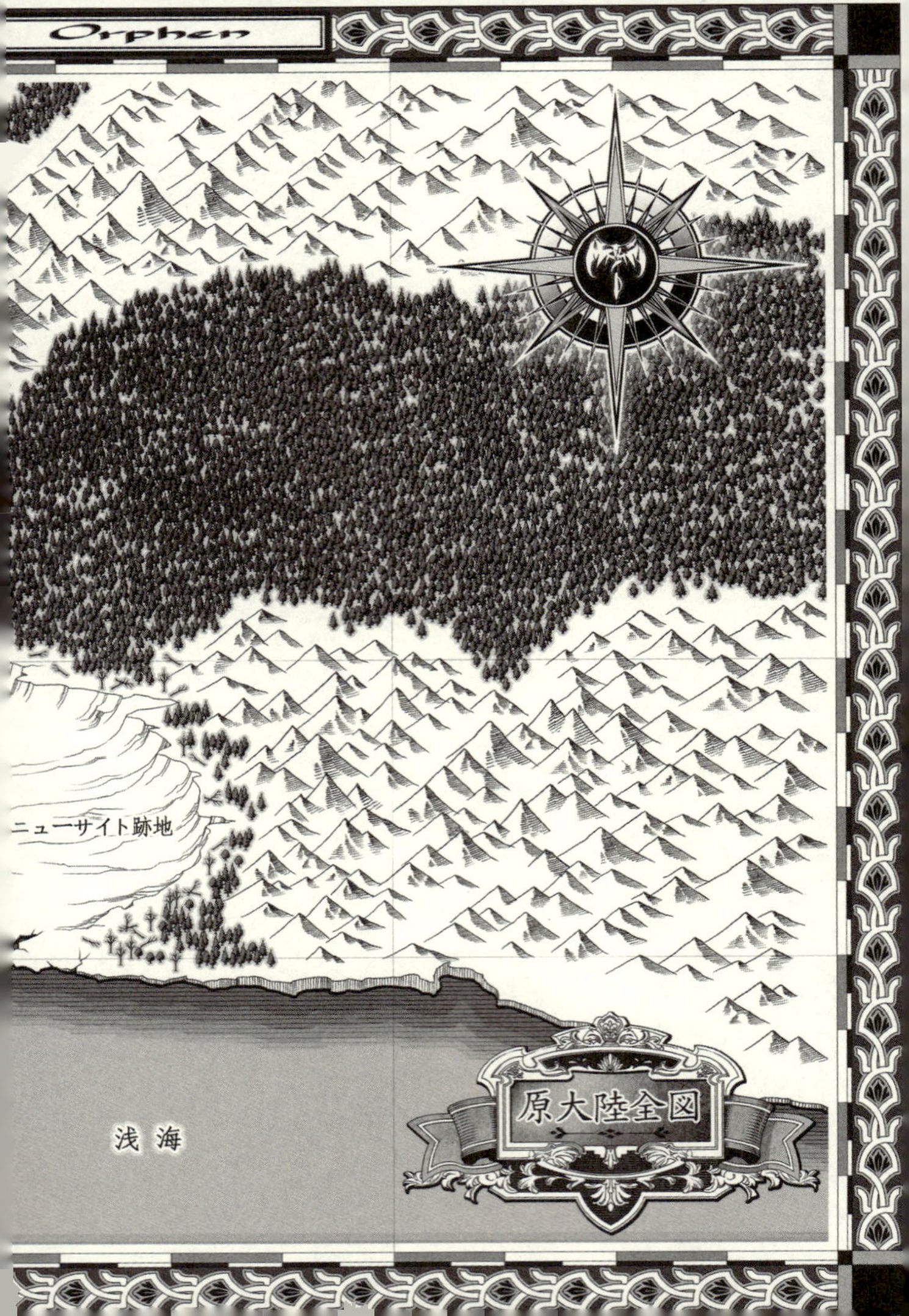
Orphen
ニューサイト跡地
浅 海
原大陸全図

Sorcerous Stabb
シマス進路
開拓村へ
物資を供給
騎士団基地
キルスタンウッズ
資材輸送基地
開拓方向
スウェーデンボリー
魔法学院
発送基地
ローグタウン
ラボワント市
カーロッタ村
黒の森
アキュムレイション・ポイント
希望街道
（現在封鎖）
市街地
上座区
大統領邸
港区
岬の牙
工業区

SORCEROUS STABBER
ORPHEN

CONTENTS

原大陸開戦

1

「この、尻用の衝撃阻止サポーターですよ」

前を歩く魔術戦士に向かって、エッジは言い立てた。

「本当にこんなもの、みんな使ってるんですか？」

「…………」

シスタは騎士団の、精強な魔術戦士のひとりだ。

エド・サンクタムの右腕とも愛人とも世話係とも見られている。二十九歳。経験を積んだ術士。魔王術の構成経験も少なくない。というより、騎士団で最も実戦経験の多い魔術戦士のひとりだろう。

ほとんどの者は彼女を寡黙で有能な女と言う。だがエッジにしてみれば、この女はそう見せかけるのが得意なだけだ――寡黙なことに関しては。有能さについては（不承不承）認めざるを得ない部分はある。

じろり、と肩越しに振り向いて、シスタが言った。

「正式採用された装備よ」

「これを見て妹がなに言ったと思います？」

「どうせ誰もが言ったのと同じことでしょ」

相手は拒絶したが、エッジは告げた。

「『オムツ着けてくの？』ですよ」

「それでも着けてきたんでしょう」

「反論しないわけにいかないじゃないですか。これはオムツじゃない、重要な装備なんだって。そしたら……着けないのもおかしいですし」

「で、代わりにいま文句を言ってるの？」

「言われたら、もうオムツとしか思えなくなってしまいました」

口を尖《とが》らせる。

シスタは長々とため息をついたようだ。

「オムツ代わりにできないわけでもないしね。でも……」

と、表情を強張《こわば》らせる。視線も鋭くあたりを見回した。

森の中だ。夜。当然暗いが、敵を追跡しているため明かりも使えない。月と星の照明を頼りにゆっくり進んできたのだ。

神妙に警戒しながら、シスタは手振りで、別方向を見張るようエッジに指示を出した。どきりとする心臓を押さえつつ、エッジは従った。刹那。

「ワッ！」

シスタの叫び声に、エッジは飛び上がった。思い切り尻もちをついてから跳ね起きる。

たいてもみせた。

「ほら。着けておけばすぐ動けるでしょ」

これで決着とばかりに、シスタはくるりと背を向けた。ついでに、自分の尻をパンとは
後ろから蹴飛ばしてそれを確かめてやろうか。という衝動に、エッジはすぐに判定を下
した――否だ。そんなことは当然相手も読んでいる。かわされ、いなされ、組み伏せられ
るのがオチだ。何度かやられたように。

唇を噛《か》んでついていく。まあ、確かに尻は痛くなかったが。

と。

意識の端に感があった。交信だ。

「えっとー、あのー……」

間延びした声が聞こえてくる。といっても肉声ではなくこの場にもいない『声』だ。こ
れがきちんと相手の口調に聞こえるのは、受信するエッジの側の思い込みがそうさせてい
るに過ぎない。

「師匠いなくなっちゃったー。そっちで分からないー？」

「まず自分が誰かをはっきりさせなさいよ」

誰かは分かっていたので必要もないのだが、エッジはそう返した。

姉は気楽に言ってきた。

「な、なん――」

「あー、わたしわたし。分かりにくいかな？　聞こえてる？」

交信の質は悪くない。

ネットワークは魔術戦士らの連携を支える重要な手段だ。かつては〝白魔術〟と呼ばれ、要は、なんだか分からないものの存在するし扱えるものとして一緒くたにされていた。実用に足る部分を高度化し、解析したのは魔術戦士たちだ。

魔術戦士らが使うのはそれだけではない。あらゆる術を動員して原大陸の困難と戦うこと、それが魔術戦士の使命だ。あらゆる術とは、いわゆる魔術にとどまらずあらゆるものだ。エッジが身につけている各種装備には格闘用ナイフから毒針に覚醒剤、そしてズボンの膝当てや色気も素っ気もない（とは妹の言ったことだが）衝撃阻止サポーターだって着けてくる。人間の枠組みを飛び出したヴァンパイア種族を狩るためならばなんだって使う。危険な技も、汚れた手も。

もちろん魔術戦士の最大の武器、魔王術はその最たるものだ。

「彼女、ブラディ・バースを見失ったって言ってるのよね？」

これを言ったのはシスタだ。ネットワークではなく通常の肉声で。また顔つきを鋭くしているが、さっきのようなふりとは違う。

エッジはうなずいて、交信に集中した。ネットワークは単純に便利かというとそうでもない。得体の知れない裏切り方もするし、まるっきり逆の情報が届いてしまうこともある――つまり言葉でなく本心や悪意が伝達されたりといったトラブルだ。だからよほどの集中力と平常心を割ける場面でなければ雑談には向かないし、互いの相性も影響する。あまり認めたくないことだが姉との交信は非常に聞き取りやすいし、シスタもそれを分かっていて交信役をエッジに任せたがる。

「一緒にいたあんたに分からないならこっちに分かるわけないでしょ」

なるべく棘《とげ》を込めて、姉に送る。どう伝わるのかは、こちらには分からないのだが。脳天気な姉のことだから、案外こう聞こえているかもしれない。〝だいちゅきなおねえちゃん、あたちよくわからないの〟

ともあれ姉の返事は狼狽《うろた》えていた。

「あのへんかな。このへんかも。師匠もふらふらいなくなるのやめて欲しいよねー。よく見えにくいしさ。地味でくすんでるからかなー。近くで見ても輪郭ぼやっとしてることあるよね」

ひとまずそれはほうっておいて、エッジは頭の中に描いた地図上の〝あのへん〟や〝このへん〟を調整した。

姉の答えをシスタも聞いていて、呆気《あっけ》に取られたような顔をしている。

未開拓地の森は広大だ。夜、青白い月光に照らされても木の影の深さが闇を塗り直す。《黒の森》と呼ばれる森はいくつもある。それは各地で誰もが自然とそう呼び出したというものもあり、のちに調べてみたら結局同一の森だったということもある。原大陸の地図はまだまだ完成していない。全体の図はもちろんのこと、開拓された市や村の近隣にも未踏の地を残すほどだ。

　つまり姉は単独行動しているわけだ。そんなことも苦々しく思って、エッジは交信の終了を告げた。

「ブラディ・バースは姉と分かれて行動しているようです」

　姉に送ったのと同じ棘を込めて、エッジはつぶやいた。

　シスタはまったく表情を変えない。

「でしょうね。あの男はそういうやり方をする」

「ブラディ・バースは――」

　一瞬、エッジは口ごもった。騎士団内でのこの呼び名はどうも慣れない。初めて聞いた時と変わらず、いまだなにか騙《だま》されているような気分にさせられる。

「ブラディ・バースのやり方は、特殊なんですか？」

　つまりブラディ・バースは姉を単独行動させるが、シスタは違うわけだ。

　ますます棘を増して問いかけたが、シスタはあくまで他人事を決め込むつもりらしい。

　軽く肩を竦《すく》めてさっさと話を変えた。

「膠着《こうちゃく》する前に攻め込みましょう。あなたは補助をお願い」

「補助ですか」

「わたしたちが交戦する見込みは薄いけれど。でも遭遇したら……」

　と、シスタは黒々とした森の影を見つめていたが、こちらを振り向いて言い足した。

「シマス・ヴァンパイアは死の教主配下でも有数の化け物よ。ブラディ・バースが単独先行したのは、自分ひとりで仕留めるつもりなんでしょうね」

「……彼が負けたら？」

「考えたくもないわね。恐らく、誰も勝てない」

「プランはあるんでしょう？」

なおも問うと、シスタは失笑に似た吐息を漏らした。

「当たり前よ。全滅覚悟で突撃する。エド隊長が率いる作戦だったら最初に選択されるのはこっちだったでしょうね」

「どうしてですか」

「わたしたちの犠牲なら代替がきくからよ」

エド・サンクタムは魔術戦士隊の隊長だ。ブラディ・バースに匹敵する最高位の魔王術士というが、〝マジクおじさん〟にも違和感を覚えるように、近所に暮らす陰気で寡黙なエド・サンクタムが持ち上げられるのを聞いてもやはりピンとは来ない。

原大陸でヴァンパイアが恐れる魔術戦士の一角としては、これにひとり加えて計三人の名が挙げられる。最後のひとりは、もちろん――

「父さんなら……」

これは問いではなく、つい口から出た独り言だったが。引っ込めることもできないうちに、シスタは聞き取って皮肉な笑みを浮かべてみせた。

「魔王オーフェンがどう対処するかは想像できないわね。でも決して負けない」

「…………」

　エッジは口答えしなかった。これは珍しいことだ。なにしろ今まで口答えしなかったことなどないくらいだったから。

　納得したのとは違う。シスタの言ったことはまるきり論理的ではない。シスタ自身、納得ずくで出した言葉ではなかろう。それでも彼女が——若くとも歴戦の魔術戦士がそんなことを言い出す気持ちは分からないでもなかった。

　沈黙の予感がした。エッジがなにか言い出さない限り、シスタはもう一言も発するまい。今のが失言だったと思っているだろうし、そろそろ状況に集中しなければならない。

　この原大陸に重くのしかかる夜の帳《とばり》。世間に知られることなく戦いを続ける魔術戦士たちの務め。

　永遠に続く無謀な戦いだ。エッジもまた闇に集中しようと、意識と視線を下に落とした。

2

　妹は幼い頃から、よくこんな言い方をした。

「兄ちゃんはさ、マッジメ過ぎるんだってば。自分がからかわれてることも分かんないくらい、ドッマジメじゃん。そんなんじゃさ、いつか股にニワトリはさんで踊ることになるよ」

やけに大人びたようで、むしろ子供じみてもいるようで……とにかく奇妙なものだった。妹というのは。

意味が分からず、どこをどうしたらそんな羽目になるんだよと問うと、こう答えた。

「だってさ、『股にニワトリはさんで踊ってみろよ』って言われて、それが冗談だって分からなけりゃ、そーするでしょ」

もちろん、馬鹿げた話だった。あり得ないし、意味がない。

だが反論しろということになると、まったく——なにひとつとして——反論でき得る矛盾点は見つからなかったのだ。

「母さんとおんなじ。兄ちゃん、母さん似だよね。まあ見た目からだけどサ。父さんはなんぼかマシだヨ。しかめっ面の不細工だけど、馬鹿じゃあないもんね。それに」

と、考えてから付け足した。

「お小遣いもくれるしさ」

妹は家庭に出現した悪だった。

マヨール・マクレディにとって、それまで家は完璧な場所だった。

彼にとっては自我の目覚めがあったのと、妹が家に現れたのがほぼ同時だった……と思う。

妹は出現したその瞬間から彼と敵対し、牙を剥《む》き、家のすべてを根こそぎ破壊した。泣きわめく騒音、オムツの悪臭、家中に張り巡らされた邪魔っ気な転落防止柵に散らかった床。母を一日中不機嫌にさせ、父が家に近づきたがらないようにした。

五歳になり、十歳になり、十五歳になり……十八になっても、その本質は変わらない。変わらなかった。

妹は完璧な場所を、その完璧さの故に破壊した。どうしてこんな妹が生まれなければならなかったのか。妹の言う〝ドッマジメ〟な父母の、どこから妹は生まれ出《い》でたのだろうか。

そんなことを、折に触れてマヨールは思った。誰に似たんだ？　あの妹は……

もっとも、考えてみるに。

彼の知る女でろくでもないのは、妹だけというわけでもない。

「アキュミレイション・ポイントって、どこの馬鹿が玄関口にそんな名前つけるのかしらね」

潮風に長い髪を弄ばれながら、それをまったく苦にしない――イシリーンはそんな女だ。表だってそれをやめさせようとも、逃げようともしない。しかし風の思い通りにされているわけでもない。他人からどう見られているか、それも含めて全部意のままにしている。すらりと長い腕で頭を押さえる姿。なにひとつ疑いなく彼女は美人だ。本人もそれを知っているし、もちろん……疑いようもない。

彼女の荷物は多くはなかった。マヨールより小ぶりなバッグにまとめてきたくらいだし、その荷物を自分で担いでいる。

それでもこちらに視線を投げて不意に身体を寄せると……明らかに返事を待っていると分からせるだけの間を置いた。そう、つまり――イシリーンはそんな女だ。

マヨールは同じ風に吹かれながら、これもまったく疑いなく彼女より無様によろけつつ、口を開いた。

「元々はただの集積場だったんだ。名前通りのね。開拓民が最初に作った港は、ここは別にあった」

「やーっぱり」

と、笑い出す。嫌そうにではない。が、からかおうとしてはいた。マヨールは自分の手足が風と一緒に彼女の髪だかなんだかに絡め取られる錯覚を覚えた。

「？　なにが？」

「絶対、模範解答を知ってるのよね」

「別に、必ずじゃない」

ふて腐れて言うのだが、彼女はにやにやしながら話を逸《そ》らさない。

「それ、前に来た時に知ったの？」

「いや、本当は、キエサルヒマでも聞いていた話だった」

と、突然ふたりの背後から声があがった。

「ガキどもがいちゃついてんじゃないわよ！」

ガタガタと大荷物を引きずりながら――船からここまで降ろすのにもう一旅分の労力は使い果たしたという不機嫌顔で、イザベラ・スイートハート教師が怒鳴る。

「まったく、もう。ポーターが腹痛で動けないってある？　しかもクソ長ああああああい船旅の末、よりによって到着の日によ。馬鹿かっての。なに食ったのよ。チップは前払いのくせに！」

「それは乗り込む時のチップのことでしょう。先生ケチるから、嫌われたんですよ」

「なにがよ！　欲しがる奴に会うたび払えっての？」

わめくイザベラに、イシリーンは、はたと通電したかのように手を叩いた。

「言えてる。今までなんで払ってたんだろ」

「イシリーン。やめてくれ。感化されるの」

ただでさえ、ふたりは似ているのだ――ともに同じ色のブロンドで体格も近いふたりは、ちょっと見には親戚か親娘のようにも見える。

イザベラ教師の染みついた陰険さとイシリーンの気の抜けたような眼差《まなざ》しは、かなり相反したものだが、根は似ている。どう言ったものか。〝女という同族〟だ。

ひょいと肩を竦めて、イシリーンは言い出した。

「荷物、手伝ってあげたら？」

さっさとマヨールにバトンを投げる。つまり——イシリーンはそんな女であるわけだが。

そしてイザベラ教師はこんな女だ。自分で難儀して文句を言い出したくせに、問答が面倒になってくるとそれも一蹴した。

「どうでもいいわよ。で、道案内はできるわけ？」

「出迎えはないみたいですからね」

マヨールは、人でごった返す港を見回した。

「市内で宿を見つけて、学校のほうに伝言を出してもらいましょう」

「悠長ね」

イザベラは仏頂面はそのままに、だが目の中にある険しさはただの愚痴ではなく鋭さを増した。

とはいえ現実的に考えるしかない。マヨールは首を振った。

「現地の協力なしにぼくらだけで片付けられませんよ。敵は一月先行して到着したはずですし、ひとかたまりで行動してる確証もありません。ぼくらの追跡を予測してない理由もです」

「魔王が手助けしてくれる確証だってないでしょう」

「共通の敵です。校長はぼくらの情報に期待してるはずですよ」

「どうだか」

フンと鼻を鳴らして、またガタガタと荷物を引きずりながら歩き出す。

イザベラ教師の気持ちは分からないでもない。今回に限ってマヨールの母とほとんど同じ態度であるというのが、少々面白いところではあるが。犬猿の仲であり、いつもならどんな小さな意見でも対立するふたりだが。

どのみち一般的なキエサルヒマの魔術士同盟員ならば、多かれ少なかれ原大陸への拒絶反応はあった。三年前、マヨールがこの新大陸から持ち帰った新しい魔術の情報と、その教授を請け負う神人種族スウェーデンボリーについて、ほとんどの者は半信半疑であり、信じたら信じたで、ここまで重大な情報を二十年も隠匿してきた魔王オーフェン・フィンランディに非難を向けない者はいなかった。

とはいえ魔王術の情報を共有した魔術士が多かったわけではない。《牙《きば》の塔《とう》》の執行部は情報をトップシークレットとして、修得する術者も極めて慎重に選び出した。結局は、誰も認めざるを得なかったといえる。こんなものは傲慢な魔王ならずとも秘匿するより他にないと。

イザベラ教師にやや遅れて、マヨールも歩き出した。港は三年前に船を下りた時とも、そしてまた乗った時とも大きく違いはない。当たり前だとは思いつつも、ぞっとする考えがあったのも否めない。つまり、三年でまた何十倍にも巨大化した港町が待っているのではないかという。ここは二十年前にはただの〝集積場〟で、この新大陸も未開地に過ぎなかった。だが今は、少なくとも見た目ではキエサルヒマのアーバンラマにも劣らない。

潮の音、風の鳴き声、停泊した巨大な船の緩やかな軋《きし》み。荷の積み卸しに騒ぐ人の動き。

多くの喧噪《けんそう》の中で、マヨールは視線が迷うのを認めた。もしかしたら……と人の流れを目で追っている。敵は追っ手がかかっていることを分かっているはずだ。もしかしたら監視に来ているかもしれない。この人混みのどこかに身を潜めて。こちらを見てるかも。もしそうなら……もし……

肩に触れられて、はっと我に返った。イシリーンが小声で囁《ささや》いてくる。

「さっき、敵って言った？」

「ああ」

マヨールはきっぱりとうなずいた。イシリーンはそんな女だから、そうすれば余計なことまでは訊《き》いてこないと分かっていた。

3

妹の攻撃対象は何年か前に、家からキエサルヒマ全体へと広がった。

《牙の塔》で流行した標語〝スウェーデンボリーに学べ！〟を口癖にして、両親がガス抜きに計画した三年前の新大陸旅行も逆効果だった。

彼女は新大陸で見聞きしたすべてを賞賛した――ヴァンパイアによる誘拐までも、そう悪い経験ではなかったという口ぶりで。あの事件にいまだ悪寒を覚えるマヨールとは対照的だった。が、これについてはマヨールも筋の通った理由が見いだせていた。魔術に匹敵する力を人体に発現させるヴァンパイア症の存在を知るのは、魔術こそが生きる中心だったマヨールには恐ろしい痛撃だった。妹には……まあ、多少目論見《もくろみ》が外れたにせよ、小気味よい話だったろう。

「兄ちゃんてさ、なんつーか、誰より強いの？」

なにがだよ、と問い質《ただ》すと妹はにやにやしながら、

「同級生とかアタシ相手にはでかい顔してるけどさ。世界じゃ何番目？」

そんなことでカッとなるほど、マヨールももう子供ではなかったが。

逆に、問いを無視すれば忘れられるというほど大人でもいられなかった。

ヴァンパイア症をこの目で見たのと同じ根っこの理由で。つまり、世界最高の術者に、本当に接してしまったのだから。

それは新大陸の、スウェーデンボリー魔術学校にいる。

港と同様、市内にも変化はない。スウェーデンボリー魔術学校もだ。

マヨールらが港町アキュミレイション・ポイントからラポワント市に移動したのは翌日のことで、前日校長宛に送った伝言の返事が深夜に来たのを受けてのことだった。

渡航して二日目、イザベラの機嫌はますます悪くなっていたが、特段意外なことでもない。この教師の機嫌は大概、昨日より良いということはなかった。港町だからどの店に入

ってもメニューは魚ばかりだが、イザベラは旧来、魚料理を嫌悪している。魚は魔物だ、というのが彼女の持論だった。だって鱗《うろこ》があるし、目つきがおかしい。死んでも人をにらんでいる。自分をじっと見てるものを食べられる？　いいから頭を切り落としてきて。

イシリーンは菜食主義者であるため、食事につきあう面倒くささは似たようなものだが、少なくとも料理人をフォークで突き刺したりはしない（酔っていなければ）。

学校の門をくぐると学生たちが奇異の目を向けてくる。これも三年前と変わらない。あの時と同じ生徒もいたのかもしれないが、マヨールらを覚えている者はいないようだった。

「どうしたの？」

隣を歩いていたイシリーンがつぶやくのが聞こえた。

「いや」

と、マヨールはかぶりを振った。

「少しね。思い出しただけだ」

「思い出し笑い？」

「……俺、笑ってた？」

つい口元を押さえて、確かめるように触る。もちろん今さら分かるわけではないが。

「前に来た時、いきなりトラブルがあってね」

「〝魔王の娘〟にこてんぱんにされたんだっけ？」

からかう彼女に、マヨールは反射的に突っかかりそうになった。

「こてんぱんにっていうのは——」

だが、はたと言葉が支《つか》える。

「俺、そんな話をした?」

だったら『こてんぱんに』などと言うわけがない。そう言いそうなのは——

イシリーンも、はっと口を押さえた。

「いえ、別に」

困ったように付け加える。

「……どっかで聞いたのよ」

気まずさを肌で受け、マヨールは通り道の脇を見やった。

爆発の跡は残っていない。あの時校舎の窓から飛び降りてきたのは別の〝魔王の娘〟だ。魔王自身もそうだが奇妙な名前の娘たちは三人ともが魔術士だった。末の妹は知らないが、長女と次女はそれぞれがタイプの違う強力な術者だ。彼女らはこの新大陸で、キエサルヒマをまったく知らずに育った世代である。

古い世代と新しい世代。キエサルヒマでも新大陸でも、その差異というのはかなり明確にある。キエサルヒマは長い安定の時代を経て、約二十年前、天地がひっくり返るほどの転変を迎えた。キエサルヒマの多くの者はその実行犯を魔王オーフェン・フィンランディと考えており、彼はキエサルヒマを去り、この新しい土地の開拓団を率いた。魔王はこちらでは英雄だ。

「意外に静かなのね」

とは、イザベラのつぶやきだった。独り言だったのかもしれないが、マヨールはうなずいた。

「ええ。学校の運営方針は、どちらかというとかつての王都スクールに近いと思います」

「なよっとした連中を育てるのには効率がいいわけね」

皮肉な言い様に、彼女が《牙の塔》出身の元《十三使徒》であったことを思い出す。イシリーンやマヨールにしてみれば、《塔》出身者と王都の魔術士とのかつてのライバル意識などというのは話に聞いただけでさほど興味もないことだったが。

今、新大陸とキエサルヒマの魔術士の対抗心と置き換えれば……そういうものかと分からないでもない。

「術者はここにはいないんでしょう？」

含みを持って訊いてくる。マヨールは再度うなずいた。

「ええ。魔術戦士は志望者を選別して別の場所で訓練するとか」

「その規模と練度は確かめていくべきね」

「ぼくらはスパイに来たわけじゃ――」

抗弁しかけたが、そろそろ玄関に近づいていた。聞き耳を立てる者がいるわけでもないだろうが口をつぐむ。

両開きの大きな樫《かし》の扉は閉じていたが、それが突然勢いよく開いた。

「ぎゃあ！」

扉はイザベラ教師の顔面を痛打して、そして建物からは勢いそのままに十五歳ほどの少年が飛び出してきて、よろめいているイザベラのみぞおちに激突した。

「ぼぐぅ！」

《塔》でも一目おかれるこの教師がそんな音声を発するのを見たのはマヨールも初めてではあった。たまらず倒れたイザベラの胸と顔を踏みつけてようやく、少年は「あっ」と立ち止まった。慌てた様子からすると悪気も殺意もなかったようだ。ただ鈍かっただけで。

「す、すみません。大丈夫ですか？」

「ううううう」

明らかに大丈夫ではなくのたうっているイザベラに、マヨールも駆け寄った——彼女を気遣ったというよりも、短気な教師が上陸していきなり他校の生徒に後遺症の残る怪我をさせるのを防ぐためだ。

イシリーンもそこは察して、分担して少年のほうを制止した。

「君！　ええと……その、ちょっと、踏むのだけやめてもらえるかな」

「え？」

きょとんと振り返る少年。イシリーンは辛抱強く言い直す。

「うん。そう。いま完全に踏みにじったよね。まあいっか。大丈夫、それが起き上がって噛みついてくる前に、こっち来て」

「はい……」
ようやく彼がイザベラの顔面から降りたところで。
「待ちなさーい！」
玄関の奥から女の声と走る足音が聞こえてきたので、マヨールは嫌な予感がした。
身構えた時には遅かった。
少年にも増してもの凄《すご》いスピードで飛び出してきた少女は、まるで狙い澄ましたように
マヨールの顔面を蹴飛ばした。
つまり彼女はそれくらい飛び上がっていたし、マヨールが仰向《あおむ》けにぶっ倒れてもそれを
踏み越えていった。気を失いはしなかったが、数秒間の夢は見た。遠く星が見えた。
「あ、ごめんなさーい」
案外軽い調子で、しかも微妙に変なイントネーションで、倒れたマヨールをのぞき込ん
でくる。ふわっとした金髪に青い大きな瞳、いわゆる貴族的な特徴の少女を新大陸で見る
というのは、意外だった――が、そんな違和感が浮かぶほど判断力が復活したのも何秒か
ぐるぐる回る星の幻覚を追っ払ってから後のことだ。
まだ終わらなかった。
倒れて地面に頭をつけているせいか、足音が伝わってくる。
次はイシリーンがやられる番だ、逃げろ。と、よくよく考えれば不条理な発想だが。ど
のみち三番目に姿を現した少女は玄関を出てすぐ立ち止まった。ぱたぱたと足踏みしなが

らイザベラ教師、そしてマヨールを無表情に眺めてから、

「あれ？」

と小声で上のほうを向いた。なにかを思い出そうとするように。

マヨールは覚えていた。童顔で小柄、幼く見えるものの、こうして制服を着ているとそれなりに年相応だ。

「っ……の、娘っ」

ふらふらと起き上がってマヨールはうめいたが。

彼女はまったく無反応で、まだ考え続けている。

イシリーンはマヨールに手を貸しながら不思議そうに言ってきた。

「どしたの？　なんかはみ出そうな顔よ」

マヨールはまずなんにもはみ出ないように——はみ出てなるものか——顔を押さえてから、息を整えた。

「校長の、娘！」

「えっ？」

さすがに驚いて、イシリーンは三人目のその娘をまじまじと見やった。名前が思い出せない。マヨールは必死に脳の中から記憶を絞り出そうとしたが、舌が引きつったようになにかが邪魔をした。

先に、イシリーンが思い出したようだ。

「あなたが、ラチェット・フィンランディ？」

そうだ。その名前だ。

ラチェットはきっぱりと首を横に振った。

「いいえ。違います」

「なんで嘘《うそ》を!?」

マヨールは、その友達らしい他のふたりに助けを求めた。

「彼女、ラチェットだろう？」

「ええ……まあ」

最初にイザベラ教師をノックアウトした少年が、困ったように同意する。そのイザベラはようやく起き上がろうとしているが。

それはともかくマヨールは再びラチェットに向き直った。

「ほら！　君はラチェットだ」

「いいえ」

「どうして!?　ほら、彼だって言ってるのに」

少年の肩を掴《つか》まえて前に押し出す。ラチェットはぴくりとも動じず、じっと彼を見て。

「こいつは嘘つきです。その証拠にこれから首がもげます」

「それ証拠になるかしら」

ぽつんと、イシリーン。少年は、えー、と引いてから、

「もげるのは無理って言ったじゃん。だから逃げたのに」

「それで捕まったんだからもげるはず」

「はずかなぁ」

「口ばかり動かしてまだもげない……」

どうも本気でイライラしているようなので、微妙に怖くなってマヨールは話を変えることにした。

「ええと、ぼくのことは覚えてないかな。もう三年前になるんだけど。君に会ってる。家にも泊めてもらった」

「もげない……」

「いやもうそれ忘れてくれないかな。いったん。ね、いったん」

「なにか用でしょうか」

急にくるりとこちらを見て、ラチェット。

マヨールは目を閉じて頭を落ち着かせてから話を繰り返した。

「ぼくはマヨール・マクレディ。キエサルヒマから来た。今回も君のお父さんにお願いしたいことがあって」

「そうですか。父に用でしたらわたしには損害ないですよね」

「うん。いや、どうかな。そうなの?」

「もげない……」

「あ。いったんの効果終わってる。もうちょい長く忘れてて欲しいんだけど」

「じゃあ、こちらにどうぞ。なんだか無言の圧力で、案内しやがれみたいな電磁波感じるので。一度来て勝手は分かってるはずなのに人に案内させたがる図々しさを人間は持っています」

「うう……」

扱いにくいことこの上ない。この三女と話すのは初めてだったが、まあ考えてみれば長女も次女も、なにしろ魔王の娘たちだけにそれぞれ扱いにくいところはあった。

どうも他の友達はついてこないようで、ラチェットだけに連れられて校舎に入っていった。なんとなくの流れでマヨールがラチェットとの話し役にされてしまう。

しばらくまったく無言のまま廊下を歩いていたが。

気まずさに音《ね》をあげてマヨールは口火を切った。

「あの、校長は元気で――」

「経緯を説明すると、あいつがわたしを好きなのでもっと優しくして欲しいと言い出したのです」

ばっさりと無視して、ラチェットが語り出した。

「でも嫌だし、わけもなく優しくとか無理なので、首がもげたら看病できるかもと言いました。そうしたらもげずに逃げたので、もげるまで追ったのです。そういう納得の理由があったのでした」

話した後、周りが無反応であったのが意外だったのか、きょろきょろしてから首を傾げ、また口を開いた。

「ジャーン」

なんの感動もなく効果音をつけられても、マヨールはなにも言うことが見つからなかった。イシリーンが腕組みして、ため息をついている。

「誰か、なにか納得できた？」

「最初にラチェットじゃないって言ったのはなんで？」

とりあえず疑問だったところをマヨールが訊くと、ラチェットはしばらく考え込んだ。

「………………」

そしておもむろにマヨールを見て。

「キモい人に話しかけられたなあと思って」

またしばらく待っていると、改めて言い出した。

「この学校でわたしの名前を知らない人はいません。あなたたちは見たところ部外者ですし、誘拐を目論んでいるかもしれないと咄嗟《とっさ》に思いました」

「それどっちが本音——」

「訊かないほうが良いんじゃない？」

イシリーンに制止されて、無益な質問を踏みとどまる。

イザベラはそれまで少し遅れて歩いていたし、話に興味を持った様子もなかったのだが。

不意に口を開いた。

「魔術士が部外者の誘拐犯を恐れるの？」

　ことさら冷淡に訊いたわけでもない。なにげなく問うただけだし聞き流されても構わないと思っている風でもある。が、彼女がこの調子で発した質問は、時に胸ぐらを掴まれて凄まれるより恐ろしい。つまりは、評価を下す時の声だからだ。

　知ってか知らずか、ラチェットはあっさりしたものだった。

「姉は誘拐されたことがあります。そこの人と一緒に」

　と、マヨールを指し示してから肩を竦め、言い足した。

「あの時には誰も『えっ？　魔術士なのに？』なんて言いませんでしたし、それにわたしは姉みたいに魔術馬鹿じゃありません」

「……当代最高の魔術士の娘なのに？」

「はい。なにかおかしいでしょうか」

　ラチェットはラチェットで、別に抗弁して言った風でもない。感情を隠したようでもない。この会話が心底どうでもいいのだろう。言った三秒後には記憶もしていない、と目が語っていた。

　彼女は校長室の前まで先導すると、戸を叩いた。中からの返事に答えて扉を開ける。

「お客よ、父さん」

　中に向かってそれだけ告げて、さっさと引き返して行ってしまった。

取り残されて戸惑っていると、同様に困ったような顔をして校長が顔を出した。

「ええと……どうも」

歩き去っていく娘の背中をしみじみと見てから、

「うちの娘以外の生徒なら、普通に非礼もなく来校者の案内はできるんだ。なのになんで客は、うちの娘に案内されてくるんだろう」

と、その来客に向き直った。

「ともあれご無礼をおかけして――おっと」

校長は三人のうち、イザベラ教師を見て表情を変えた。簡単に喩《たと》えるなら、つまりは、食べ物に砂利が入っていたような顔に。

「お久しぶりね」

腕組みしてたっぷりと嫌みをきかせて、イザベラ教師はスウェーデンボリー魔術学校校長に一歩詰め寄った。

「恐らく、恐らくだけど、わたしが苛《いら》ついてるのを不思議には思わないわよね？」

「どうかな。君が来ると聞いて、俺よりも〝ブラディ・バース〟のほうがビクついてたよ。あいつを殺したりはしないよな？」

「彼は今いるの？」

「いいや。外に出てる。逃げたわけじゃない……君たちがここに来たのと同じ案件を調査してるんだ。だからまあ、できるだけ優しく再会してやってくれよ」

そう言ってから手招きする。

「入ってくれ。怒鳴るのも嫌みもその後で」

「怒鳴らないわよ」

イザベラ教師はかぶりを振った──微笑すら浮かべて。

「わたしもあなたも、誰も……昔とは違うもの」

やはり校長室も三年前と変わらない。マヨールはなんとなく、この前初めてここに入った時との違いを探そうとした。まず、自分は十九歳だった。新大陸のことも知らず、魔王と呼ばれるこの大魔術士がどういう人物なのかも知らなかった。

あの時も三人だったが、同行者はふたりとも違う。初めて校長のオフィスに足を踏み入れるイシリーンとイザベラは、やはり多少緊張もしているようだ。想像するに、三年前に彼が感じたのと同じことを思っているのだろう。キエサルヒマで噂《うわさ》されている通りならば、魔王オーフェン・フィンランディはこの一室から世界征服の策謀を巡らせ、侵略軍を率いている。だがここは、騎士団の紋章が飾られてはいてもただの部屋だ。

「多少は片付けたんだが」

校長は来客用のソファーに山と積まれた資料や書類束を押して、床の隅にどさどさと積み直した。

「すぐこうなっちまう。ほとんど見る価値もないようなものなんだが」

「あなたがデスクワークなんてね。まあ教壇にいるよりは、らしいかしら」

「だな。昔から教えるのは苦手だ」

ようやくなんとか場所を空けるものの、片付けで舞い上がった埃《ほこり》の量を見るに、腰を落ち着けたい様子でもない。イシリーンは入り口からは離れまいと決心したようで、壁近くに積まれたガラクタの山に関心を持ったふりを始めていた。

校長はデスクの上からも本の山を床に突き落として場所を作り、そこに腰掛けた。デスクの向こうの椅子に座ると、積まれたもののせいで顔が見えなくなってしまうからだろう。

「教えるのが嫌だってわけでもないんだが……興味が続かないんだな。どうせ、できる奴は教えなくたって大体のことはできるようになるし。どっちかっていうと、教師やら校長なんてのより、事務方になりたかったよ。阿呆《あほう》の教員や生徒のわがままを宥《なだ》め賺《すか》す必要もなくNOと言ってりゃいいのは見てて羨ましい――」

「カーロッタ・マウセンについて話をしましょう」

ぴしゃりと、イザベラが告げる。

校長は頭を掻《か》いた。

「あいつは厄介な女だよ」

「それで済ませるつもり?」

「彼女とは音信不通だ。去年までは、代理人にはなんとかつなぎが取れてたんだが」

「死亡説は?」

「三週間前には生きていた」

「証拠が？」

「その頃、敵の手に落ちた魔術戦士が無傷で解放された。カーロッタ村でそんな判断を押し通せるのはカーロッタしかいない」

　そこまでを矢継ぎ早に投げ合って、校長は手で制止した。問題は、と前置きして続ける。

「バランスを保つには向こうにだけ失点させるわけにいかない。カーロッタの指導力が失われたらいよいよ戦争になる。だから返礼に、わざと無防備な補給所を作るんだ。カーロッタに情報を流せば彼女は話を横流しして、疎遠な独立革命闘士に恩を売れる。それはお互いの益になるわけだ。が……その情報を与える代理人と接触できてない」

「内通者なら消されたとか？」

「その可能性は低くない。だが、それはまさにカーロッタの権威の失墜を意味してる。あの女も綱渡りをしているんだ」

　カーロッタ・マウセンにはマヨールも会ったことがある。というより、誘拐されたのだが。

　新大陸の反魔術士勢力の指導者と目されており、元はキムラック教団の幹部だった。初期の開拓団を率いて新大陸に渡り、その支配的な地位に収まったという経緯は校長とそっくりだ。

　この《死の教主》と魔王の対立は新大陸の最も際どい均衡だろう――もともと魔術士排斥の思想を掲げていたキムラック教徒が開拓団として海を渡ったのだが、実際の指揮やスポンサーが教団外の人間に占められていたというのが構造を難しくしている。つまりは、民間の資本が当時の貴族連盟の支配から脱するために新大陸の開拓計画を立て、その労働者としてキムラックの戦争難民を雇った形なのだが、そのために新大陸の自治体は資本家に牛耳られている。ましてや第二次開拓団に〝遅れて〟参加した魔術士たちが魔術戦士団として最強の軍事組織となって、かなりの部分を非魔術士のコントロール下に置かれつつも、まだ自律的に運営されている。元キムラック信徒にとっては屈辱であるし、なんのために海を渡ったのかということにもなる。

さらに事態を悪化させるのが、人間のヴァンパイア化だ。キエサルヒマでは抑えられていた人間種族の性質が、新大陸で神人種族と接触したことで急増した。ヴァンパイアライズとは簡単に言えば人体の強化と増殖、変異が無尽蔵に起こっていく現象だ。その力は通常の魔術を凌駕《りようが》し……魔術士は対抗策としてさらなる危険度の高い術を編み出した。

「ここ一月以内にカーロッタの地位が失われたかどうかを確かめるために魔術戦士を動かしてる。帰還が遅れてるが、成功するだろう」

「どうして?」

「マジクにやらせてる。仮に殺されても情報は残すさ」

校長はそれを確信して答えたし、イザベラ教師も反論しなかった。イザベラはしばらく考えたのち、提案した。

「ただ待ってるなんて居心地悪いわね。わたしたちもこの土地に慣れたいし、調査の自由が欲しい」

「まあそう言わず、観光でもしていてくれ。案内役をつけよう」

「子守はいらないわよ。わたしを誰だと思ってんの」

「〝子守はいらない〟なんて言い出すほど足下を分かってないイザベラ・スイートハートさんだろ。君たちにとって安全な場所なんて、ここにはない。はっきり言うが、よく顔を出せたもんだ」

不意に小娘扱いされたため、イザベラ教師が目をぱちくりするのが見えた。そんなことを気楽に突きつける校長の口調は、先ほどのラチェットを思い出させるものがあった。

「君を野放しにするなんてあり得ない。突っかかって良い場所と悪い場所の区別もついてないようじゃな」

「どういう意味」

「俺に噛みつくのは愚かでしかない。俺は君たちの、原大陸でほとんど唯一の味方だ。そんなことも分からないなら問題外だ」

「ドジを踏むとでも?」

「既に踏んでる。原大陸に来る羽目になった理由がそうだろ。それに堂々とここに来たのも同じくらいのヘマだ。マヨール、どれでもいいからそこらにある書類をひとつ読んでみろ」

名指しされて、マヨールは足下の紙束を手に取った。タイプライターの乱雑な文字で記されているタイトルを読み上げる。

「『対キエサルヒマ戦争の成算』……」

「内容は益体もないから安心しろ。だが議会には強硬派もいて、彼らを敵に回すと戦術騎士団の予算が回らなくなる。そんな書類が上がってきたのはキエサルヒマからの渡航者が増えてその中にスパイ疑惑をかけられている者が大勢いるのと、逮捕者の口から破壊工作が露呈したせいだ」

「今回もキエサルヒマ側の工作だと?」

マヨールがうめくと、校長はふっと笑った。

「彼らは常にそう考える。風が吹いても、犬が迷子になってもな。君らは厄介ごとをひとつ片付けに来たつもりだろうし、さっさと解決したかろうが、気づかずに踏み込んだ問題は既に十を超える」

「それはそっちの問題でしょう」

イザベラ教師も退《ひ》かず、険しい目を見せた。

校長は座ったままだが顔を上げ、同じように眼光を絡ませる。

「キエサルヒマ魔術士同盟はブラディ・バース狩りを掲げたな」

ブラディ・バースとは、様々な意味のある言葉だ。ケシオン・ヴァンパイアの血族に由来し、昔からある言葉なのだが、最近加わった意味としてはヴァンパイア化の兆しを見せながら社会に紛れて暮らす人間のことを指す。

魔術士同盟は確かに、隠れヴァンパイアを探し出して逮捕することを魔術戦士の任務に含めた。新大陸よりも厳しい方針だ。

校長の非難にイザベラが答える。

「《塔》はここより規模が大きいの。派閥の対立もある。精鋭を集めるのには名目が必要だし、ヴァンパイア化を大々的に警告できないなら対象を広げるしかない。フォルテの判断を長老部も支持した」

「それはそっちの問題だと言わせる気か？　素人扱いされたくなければ、出した唾を飲むようなことは言うな。おかげでキエサルヒマから逃げ出す渡航者が増え過ぎた。チェックが間に合わない」

ふたりの言い合いに、思わずマヨールも口を出した。

「恐らく、父はそれも意図していたんでしょう」

校長が視線をこちらに向ける。

不躾《ぶしつけ》に会話に割り込んだことを一喝されるかと身が竦んだが、校長は苦笑いをするだけだった。

「疑わしいのはなるべくこっちに押しつけたいか」

「魔王術士たちの練度は圧倒的にあなたたちが上です。こちらは寝耳に水だったんだ。頼るしかないでしょう」

「だったら今度のことも俺に一任すべきだったな。いや、そうできない理由は分かってる」

分かりきっている反論を省くよう制止すると、校長は嘆息した。落胆したというより、自分を落ち着かせようとするような吐息だった。

「……それでも君が来るべきじゃなかった。マヨール」

「他人にさせるわけにいきません」

「俺がなにをすると？　捕虜を生きたまま解体して地獄に捧《ささ》げるって噂は聞いたことがあるが」

噛み締めるように、言う。その言葉の苦みを味わうように。

自嘲気味に話を続けた。

「出した唾飲むようなことは、か。まったくなにを言ってもお互い様だな。罵倒し足りないことがあるなら今のうちに出してくれ。続きは冷静にやりたい」

マヨールとイザベラ、イシリーンにまで手招きをする。誰もなにも言わなかった。

数秒待ったのち、校長は机から腰を下ろした。

「俺が受けた報告は、およそ一月前、キエサルヒマから渡航した便の中にヴァンパイアライズを目的とした一団がいたらしいってことだ。その規模は数十名。元キムラック難民でタフレムで受け入れられた者が中心になっていて、チェックから漏れた。ここの港湾はキムラック難民に甘いからな」

「彼らの名簿はここに。ただ大半は顔写真がない」

イザベラが懐から、持参したリストを渡す。校長は表紙をめくり、中を検《あらた》めた。

その間も話は止まらない。

「そいつらは速やかに姿をくらました。こちら側に手引きした者がいた可能性は高い。だが、にもかかわらず素直にカーロッタ村を目指した形跡はない。懸念されるのは、カーロッタ村の他に独立革命闘士の新しい拠点ができている可能性だ」

「カーロッタがうまく隠しているってこと？」

「それを除外はしない――あの女を信用する部分はなにもない――が、彼女くらい信仰が篤《あつ》いとヴァンパイアライズは禁忌だ。運命の女神が嫌ってるのは間違いないから、有効な武器だからって理由だけでホイホイとは認められない。だから、もし隠れヴァンパイア村があるんだとしたらカーロッタも欺かれているってほうがあり得ると思う。独立した革命闘士の集団は確かにいくつかあるし、ヴァンパイアライズも行われてる。そのうちのいくつかがカーロッタの権勢を凌駕するようになったかもしれない。今、騎士団の大半がその確証を得るために動いてくれている」

「急がないと！　村に直接行けばいい。一日もかからない距離だった」

また割り込んで、マヨールは声をあげた。

だが今度は校長に一蹴された。

「キエサルヒマからの渡航者をヴァンパイア化したら俺が黙ってないことくらい、カーロッタは知っている。あの女が俺を恐れていないなら今さら動いたところで間に合わない。

下手すりゃ戦争だ。敵の分別を信じないなら皆殺しにするしかなくなるぞ。確度の高い情報が必要だし、最低限の時間を惜しんだらそれは得られない」

「でも――」

感情だけは募るのだが言葉が続かない。

不意に、イシリーンが言い出した。

「わたしたちにしかできない手段があります」

進み出るでもなく一番後ろから、はっきりと告げる。

「《塔》とカーロッタには密約がありますね」

「なんでそれを？」

と口走ってしまって、マヨールは慌てて口をつぐんだ――それはマヨールにしても知っていてはならない情報だったからだ。

イシリーンはこちらをちらと見て、補足した。

「わたしとイザベラ教師は長老部に呼び出しを受けたの」

「先生はともかく、なんで君だけ」

「あなたが知っているのを、長老たちも知っている」

面白くはなさそうに、イザベラが鼻を鳴らす。

ともあれ、イシリーンは静かに校長へと説明を続けた。

「どんな密約かは……ご存じですね」

「ああ。俺の暗殺計画だな」

「わたしたちの目的がそれだとなれば、カーロッタは接触してこないわけにいかないはずです」

「それで、接触してどうするんだ。偽だとなればそのカードは二度と使えなくなるぞ」

校長がそれを心配するのは奇妙な皮肉だが、そもそもキエサルヒマ側への譲歩としてその策を仕向けたのは校長自身だと、プルートー教師は言っていた。

イシリーンは冷静に答えた。

「どのみち、カーロッタが失墜すれば無効になる計画です。それに……」

マヨールに目配せして、続ける。

「計画を実行せず消し去るには良い機会だと、フォルテ議員が」

「それが俺への返礼か？」

「いいえ。報酬です。娘を助けてくれることへの」

「ベイジット・パッキンガムか」

ばさりと音を立てて、校長はリストを山積みの書類の上に叩きつけた。

彼がどの頁を開いて腹立ちを見せたのか。のぞき込みはせずとも遠目で知れた。

ヴァンパイアライズを求めて海を渡った集団の名簿には、妹のふて腐れた顔写真がクリップで留めてあった。

4

「お尻がむれるんじゃないかって気がするんですよ」

果てしのない沈黙の後にエッジが発した話題は、それだった。

遠い山岳の狭間《はざま》に煌《きら》めく朝焼けが、森にも差している。

足下はまだ暗い。それだけに闇を切り取るような光がはっきりと見えた。光そのものを見るには、暗闇が必要だ。

もう闇には飽きていた。夜を徹して移動を続けても見えるものは変わらない。森と、木々の合間に時折見える山の影と。黙々と進むシスタの背中もだ。

この魔術戦士は一夜を通してまったくペースを変えることはなかった。一定の時間をおいて腰の水筒を持ち上げ、蓋を取って一口含む動作も、時計で計りながらやっていたのではないかというくらい正確だ——もっともこれは、エッジとて時計を調べていたわけではないのでただの妄想だが。

音を上げるわけにもいかず、エッジも頑なに黙り込んでついていった。例によって認めたくはないがシスタは優秀な魔術士だった。見よう見まねをしていると、エッジにはできるはずがないと思っていたようなことができてしまう。彼女は、エッジがあり得ないと思っているようなことを実現する方法を知っていて、実際にやり遂げてもきたのだ。

そのシスタに向かって繰り返した。

「だからパッドの位置を直そうとして遅れたんです。疲れたわけじゃありません」

「………………」

しばらく頭を抱えるような仕草をした後に、シスタがうめいた。

「そう。じゃあ、進みましょう」

まだ終わるわけがないのは承知していたが、実際にまた歩き出すのはきつかった——尻はともかく足の裏はずたずただ。サポーターで固定されているから痛みは我慢できるが、靴を脱いだら数日は立って歩けないかもしれない。術で治せばいいのだが、疲労が嵩《かさ》むとそれも難しくなってくる。

こんな時に尻がむれるのを気にするのは馬鹿者だ。と、エッジは咄嗟にあんな言い訳しか浮かばなかった己を呪った。疲れていないと言い張るつもりで余計な恥をかいた。シスタはこれを上司に——つまりエド・サンクタムに伝えるだろうか？　ないとも言えない。

とはいえ魔術戦士、戦術騎士団に仮免許はない。志望するなら後戻りもない。

それはあの陰気な隊長が、審問で最初に語ったことだった。

「査定は形式だけのものだし、降格にも意味はない。免職できないからな。我々と情報を共有したなら、放免されることも断じてない。この際だからはっきり言うが、君が一度この職に就き、そしてこの先どの時点であっても辞めようとしたならば、俺はそういう隊員を抹殺しなければならない。脅しだとは思うな。決して」

だからエッジがここでどんな弱音を吐こうと、馬鹿げた言い訳をしようと、関係ないと言えば関係ない。

魔術戦士隊は世間的には、貴重な魔術のリソースを張り子の虎に注ぎ込む魔術士社会の自己満足と見られている。ヴァンパイア被害とその対処は公然のものだが、公表されている情報は実態の半分もなかった。

不意に、シスタが言ってきた。

「あんな馬鹿げたオムツはね、誰も着けてない」

「え？」

「動きにくいし、確かにむれるし、格好悪いでしょ。なんで見て気づかないの」

「でも、規則で」

「あなたが優等生だったとは知らなかったわ。エッジ・停学二回に指導五十四回・フィンランディ」

エッジは、むっとして言い返した。

「じゃあなんでいらないものを支給してるんですか」

「さあね。デカ尻の馬鹿を見分けるためかしらね」

「魔術戦士隊って、嘘と本当が、ホント分かりにくいんですよっ」

勢いに乗って言い募る。

うんざりと、シスタが声をあげた。

「本当と分かりにくいから嘘なのよ」

屁理屈だ。頭ごなしに言われる不快に、エッジはうめいた。

「随分と世を拗《す》ねたような言い方ですね」

「拗ねたくもなるわね。後ろから愚痴ばかり聞かされたんじゃ」

「愚痴ですか。不満があっちゃおかしいですか。嘘ばっかりついてる組織に入ってしまったんですよ」

「嘘ばっかり？」

「そうじゃないですか。なにからなにまで言えないことばかりで――」

「馬鹿じゃないの、あなたは」

本当に苛ついたのか、吐き捨てるようにシスタは叫んだ。

「人殺しを仕事にしてるわたしたちが、なにを公言したいっての！」

声の鋭さにエッジはまた足を滑らせかけた。さっき尻の衝撃を試したように。

吐きかけられた言葉の、どこに引っかかったのかといえば……

「人を……？」

エッジはつぶやいた。シスタが苦笑する。

「そうよ。ヴァンパイアが人間かどうか、まだ考えてなかったわけね？」

「…………」

そう言われては絶句するしかない。

面食らってエッジは言葉どころか呼吸も忘れた。咳《せ》き込んで肺に空気を送ると、ぼんやりした頭でつぶやいた。

「これ、衝撃阻止サポーターの話でしたっけ……?」

自分ではまたもや間の抜けた返事だと思ったが、シスタはそうも思わなかったようだ。まずきょとんとして、そして腕組みした。

「そうね。言われてみると関係ないわ」

と、首を振って、

「装備研究も試行錯誤なのよ。だから失敗作も多い。ごめんなさいね。キレたのはやつあたり。これだけ歩いて痕跡もなしじゃね」

その場に荷物を下ろした。

「休憩しましょう。このコンディションで遭遇したって鶏も揚げられそうにない」

シスタの言い回しに、急に家の手料理が頭に浮かんだ。

ほんの三日前には家にいて、居心地良い寝床には母が膨らましておいてくれた枕があるのが当然だった。妹と喧嘩《けんか》してベッドにマヨネーズをまかれた日でないのなら、だが。だがそんな日のことすら懐かしく思えるほどだ。森の臭いが漂う木の根をのぞき込んで、どうやら熊の糞《ふん》はないらしいと確かめてから座り込むのに比べれば、マヨネーズくらい。

「もう逃げられたんじゃないでしょうか」

座り込むのも、いざ座ろうとすれば足を曲げるだけで激痛が走った。あんなにも休息を欲していたくせに、身体というのはわがままだ。

シスタもそれは同様のようだった。あぐらをかくような体勢で膝を抱えながら、傷んだ腱《けん》を力なく揉《も》んでいる。

「奴に理性がどれほど残ってるかによるわね。強度が進行すると、敵の思考を読むこと自体に意味がなくなる。より突飛な衝動と、衝動を実現する強靱《きょうじん》さがともにエスカレートしていくから」

「今まで、ヴァンパイアはどれくらいまで強力になった前例があるんですか？」

「具体的に思い出せないのが難点ね」

魔術戦士は困ったように首を回した。

「魔王術の副作用よ。存在を消してしまうから記憶も辿《たど》れない。ただシマス・ヴァンパイアが最も強大化したヴァンパイアのひとりなのは間違いないし、下手をすれば……ブラディ・バースも勝機は薄いと思ってるはず」

「マジクおじさんは」

つい昔の呼び方をしてしまって、エッジは口ごもった。かといってやはり騎士団の呼び名も馴染めそうには思えず、結局学校での扱いにもどった。

「マジク先生は、どれくらいの敵に対処してきたんですか」

「魔王術記録碑はあなたも見たでしょ……そもそも本人に訊こうとは思わなかったの？」

呆《あき》れたようなシスタに、エッジは答える。

「なに言っても嘘っぽいんですよ、あの人。うちの母さんに甘えっぱなしで、学校でもよく授業さぼってトイレで吐いてました」

「そのさぼった授業中にヴァンパイア化した殺人鬼を始末してたのかもね」

「そんなわけないですよ。一時間かそこらでもどらないと――」

エッジは否定しかけたが、シスタがまったく動じず、だからなに？　という顔をしているので尻すぼみになった。

シスタは忌々しげに靴のジッパーを外すと、足を解放した。汚れた靴下も脱ぎ捨てたかったろうがそれは我慢している。

「キエサルヒマじゃあトトカンタの防衛戦で貴族殺しと言われた人よ。それがブラディ・バースなんて呼び名がついた大本でしょ」

「大昔の話じゃないですか」

「そうよ。あなたくらいの歳《とし》の頃にそんなことをしてたの。それ聞いても、ちょっともゾッとしないの？」

「うちじゃあ暇な時、犬が忙しそうにしてたらおじさんでも構うかって」

「……もういい。価値観が合わない」

靴を履き直して、シスタは顔をしかめた。

「性格はどうでも、彼がかつてないレベルの術者だっていうのは揺るがないでしょ。戦術騎士団の切り札よ」

「だから大したことないんだろうって思ってたんです」

「彼を名前で呼ぶのも抵抗あるくらいよ。わたしたちにはね。人間とは思えなくて」

ただの恐れではないでしょ。とエッジは胸中でつぶやいた。魔術戦士内に露骨な派閥争いがあるというのでもないが、要はブラディ・バースは父の懐刀と見られているのだ。スウェーデンボリー魔術学校副校長のクレイリーもだ。これら学校の魔術戦士たちと、魔術戦士隊隊長であるエド・サンクタム及びその部下の間には一定の距離感がある。

（つくづく、ろくな組織じゃない）

原大陸の魔術士の頂点に立ち、世界の趨勢《すうせい》を決める戦いを指揮している父だが。その下にいるのは昼行灯《ひるあんどん》のマジクおじさんに、おべっか屋のろくでなしに、陰気な無口男と、あとはその連中の間で右往左往する魔術戦士たちだ。その機能ですら非魔術士の議会によって制限されたあげく、しくじれば責任だけ負わされる。

戦いは単純に、異常な戦闘力を有するヴァンパイアに対するものだけではない、ということなのだろう――姉を上回る若年で戦術騎士団の審問に受かり、この三年間でエッジもそれなりに学んだことがある。〝魔王の娘〟がふたりほとんど同時期に入隊したことで、魔術戦士隊には物言わぬ雑音が生じたことは確かだ。正席は持たずに名目上は相談役となっているオーフェン・フィンランディの実権が強化されるのでは、と議会のみならず隊内でも囁かれた。

「こんな状態で勝てるんですか」

エッジのつぶやきに、シスタは肩を竦めた。

「だから休んでるんでしょ」

「今じゃなくて。騎士団はヴァンパイアに勝てるのかってことです」

「それも答えは同じよ。状況がどうあれ、あるものでなんとかするの。それに、それを言い出すには珍妙なタイミングね」

と、苦笑してみせる。

「敵の総大将がまだ生きているのかどうか、それを確かめるために腹心を捕らえようっていう任務なんだから」

そう。それは確かにそうだ。もしかしたら戦術騎士団は既に勝利しているかもしれないのだ。

エッジは認めたが、素直に同意する気にはなれなかった。だからこそ分かってしまうんじゃない……と思う。敵の総大将。死の教主カーロッタ・マウセン。二十年来の魔術士の怨敵。彼女が死んでいるのが分かったら勝ちなのか？　いや、そんなものを倒したとしても、戦いが終わるわけではない。

じゃあどうしたら終わるのか？　ということを、誰も答えられない。

と。

アアアォァァ……

遠い、森と闇の深部から長い声が聞こえてきた。

いや、果たして声なのか。空耳かもしれない。未開地に特有の、特殊な自然現象かもしれない。

たとえどれだけ変貌しようと、あんな音を人間が発するなどと思いたくはない。

数秒経《た》って幻聴かと考え始めた。シスタがまったく反応しなかったからだ。が、違った。彼女は単に動じなかっただけだった。靴を履き直し、嘆息してこう言った。

「あまり休めなかったわね。進みましょう」

そして付け加える。

「……動いてないと、向こうから襲われたら勝ち目がない」

ふたりそろって立ち上がる。

エッジはベルトの後ろに固定された鞘《さや》に、無骨な格闘用ナイフが収まっているのを確かめた。背負っている荷物の紐《ひも》を緩める。担ぐにはきついほうが楽なのでつい締めてしまうのだが、それだといざという時に捨てられない。

シスタが準備したのは速射ボウガンだ。賞状を入れる筒にそっくりだが、中にはバネ式の装置と矢が一本入っていて、取っ手のような形状のトリガーを使うと即座に撃てる。使い捨てだが彼女は三本を持ってきていた。そのうちのひとつを手に取り、安全装置を外している。

これらの武器は咄嗟に魔術を扱えない時に使用する。重度のヴァンパイア相手には気休めだ。熊が相手でも心許《こころもと》ないが。

準備ができたその時に、次の変化が訪れた。足下が揺れた。膝を叩きに地面が起き上がったかのように。朝焼けで赤らんでいた空が、さらに深紅に燃え上がる。さらに間を置いて――と思えたがきっと同時だ――木の葉が膨れ上がる、袋に空気を溜めるような圧迫感。

爆発音が聞こえて、エッジは片膝をついた。

森の暗所を引き裂くように、行く手に真っ白い輝きが立ち上っていた。火柱だ。一本や二本ではないが、その一本ですら尋常な火力ではない。

爆風が迫ってくるのが見えた。実際に見えたのは木々が薙《な》ぎ倒される様だ。炎と衝撃波が広大な森を滅茶苦茶に砕きながら広がってくる……

「我は紡ぐ光輪の鎧《よろい》！」

防御の術を編み、解き放つ。横目で見た限り、シスタはなにもしていなかった。棒立ちにその爆風を見つめている。

このままでは死ぬ――と察して、エッジは構成を変形させた。ぎりぎりに間に合った防御術は実体化し、エッジとシスタのふたりを包み込んだ。光の網が炎の暴風を受け止める。すぐに、これが何秒も保《も》たないと分かった。全精力を注ぎ込んでもあと数秒の命だ。が。

ようやくに、シスタのしていることが見えるようになった。彼女は構成を仕組んでいる。

複雑怪奇でまったく無意味な魔術構成を。取り憑《つ》かれたようになにごとかを口ずさんでいる。魔術による構成、魔術による発声。欺きの術。偽典構成。魔王術だ。

シスタが手を伸ばし、エッジの腕を掴んだ。途端に。

次の瞬間には冷たい空気を頬に感じた。平衡感覚が怪しくなり足がもつれる。倒れかかって、自分が今切り立った断崖にいると分かった。喉になにかを押しもどすがごとく、うめいてバランスを取りもどす。

先ほど見上げていた山の上にいた。空間転移したのだ。エッジはすぐ横のシスタを見上げた。ぞっとしたのは……この魔術戦士が転移の術を仕組んだことではない。そのままでは明らかに間に合わない困難な偽典構成に、エッジが数秒を稼ぐのを前提に迷いもせず没頭したことをだ。

シスタは腰のナイフを抜くと、すぐさま自分の後ろ髪を持ち上げ、切り取った。一掴みほどの長さだ。その髪を手放し空に放る。墨が水に滲《にじ》むように髪は空間にひしゃげ、そして消えた。

契約触媒だ。魔王術の偽典構成には個人によって異なる癖があり、シスタの場合には代償として〝身体のどこかを切り落とさなければならない〟……髪で済んだのは相当に上手くいったということだ。高度な術になるほど失うものは多くなり、構成を極めれば代償を少なくできる。

「あれはブラディ・バースの術ね……まだ犬の代わりだって言える?」

青ざめた顔を手で撫《な》でて、シスタがつぶやく。

その目は広大な森を崖から見渡していた。森はその名の通り黒い絨毯《じゅうたん》のようだったが、巨大な火の手がわき上がって森の中央部をめくるように焼き払っている。火柱は空から立て続けの雷光のように降り注ぎ、森に触れるたびに爆音を轟《とどろ》かせた。恐らく、光を放っている者は空にいる。森の上空を凄《すさ》まじい速度で飛びながら、森の中を同様に高速で移動するなにかを狙って爆撃しているのだ。

炎が帯になってそれを追っていた。この距離では目を凝らしてもはっきり見えるものではないが、炎が生じたその上に術者がいるはずだ。ブラディ・バースが。

「おじさんがこういう馬鹿みたいな規模の術を編むのは分かってますよ」

四つん這《ば》いの姿勢で、エッジは口を尖らせた。

「確かにこんなの、他の誰にも無理ですけど……もうちょい考えて使うべきでしょ！」

「彼はわたしたちを撃ったわけじゃない。狙ったのはシマス・ヴァンパイア」

静かな口調で、シスタが言う。

「術の巻き添えになるほど接近されてたのよ、わたしたちは」

「でもっ！……声は遠かったですし」

「あの移動速度を見なさいよ。距離感なんてあてにするべきじゃなかった。見つかってるか見つかってないか、生命線はそれだけだった」

無茶苦茶だ。人間の対応できる領域ではない。

ヴァンパイア症は人体を強化するとともに、凶暴化させる。進行すれば多くは理性を失い、集団から孤立する。知恵が回るヴァンパイアも厄介だが、考えがなくなったとしても常識を上回るほど強大化したヴァンパイアとなれば、必ずしもこちらが策で上回れるとも言い難い。

「あんなもの、生け捕りにするんですか」

「どうせあそこまで強大化してたら、なまじの術じゃ殺せやしない。さ、行くわよ」

「え?」

シスタがなにを言っているのか理解できず、エッジは心底からきょとんとした。

「まさか支援に行くつもりですか?」

「あなた、見物に来たわけ?」

「違いますけど! なにをするっていうんですか」

「わたしも若い頃、おんなじ台詞《せりふ》を言った覚えがあるけど」

ナイフで切り取ったあたりの頭髪を撫でて、シスタがにやりとする。

「あなたのお父さんに怒鳴られたのをそのまま言えるのは気持ちいいわね。『できないと思うなら黙って隠れてろ』」

「………………」

エッジが黙っていたのは半秒にも満たなかった。起き上がり、荷物を捨てる。

「姉と連絡を取ります。この速度の戦闘には姉もついていけないでしょうけど、わたしがこの位置から観測して狙い所を伝えれば、支援できるかも」

「悪くない」

シスタは軽く言うと、術を編んで浮かび上がった。重力制御術だ。

「わたしはなるべく標的の前に回り込んで、速度を殺させる。わたしに当てないでよ」

言い置いて、戦場に向かって飛んでいく。

ブラディ・バースと比較すれば鈍重な制御だが、それでもエッジがやるよりは速い――そしてブラディ・バースとは違って飛行中にそう強力な攻撃術を編むのも無理だろうから、シスタは見た目に派手な術を放ってヴァンパイアの集中を殺《そ》ぎながら、場合によっては囮《おとり》になるつもりのはずだ。

そしてついでに言えば、この崖の上に空間転移したのは、彼女も最初からエッジに観測役をさせるつもりだったからだろう。姉への交信を開くために意識を鎮めながら、エッジは実感しつつあった。シスタは歴戦の魔術戦士だ。そしてこれが、魔術戦士とヴァンパイアとの戦闘なのだ。

5

ラッツベイン・フィンランディは爆発を聞くと、攻撃は上空からで、師匠の攻撃術だと理解した。

「我は跳ぶ天の銀嶺《ぎんれい》」

荷物を捨てて術を編む。重力制御だ。ふわりと浮かび上がり、見当をつけていた木の幹を次々に蹴って梢《こずえ》の上まで舞い上がる。爆発の起こった場所はすぐに分かった——あの規模では分からないはずもないが。炎と煙の立ち上る地点は、現在位置から一キロほど遠く。戦闘は続いており、師匠は上空から立て続けに熱衝撃波を降らせている。師匠の全力の攻撃術は、がちがちに樹木で固まった森を綿毛のように吹き飛ばし、引き裂いていた。

「おっと」

空は風が強く、ラッツベインは体勢を崩しかけた。持っている金属製の杖《つえ》でバランスを取って、改めて現場を見る。と、その時にはもう爆撃地点は移動していた。見境なしの師匠にしてもかなり無茶な速度だ。長引けば失速して、師匠は殺される。

まとわりついた髪を振ってから飛行を開始する。重力制御術は基本的に、地面に反発する方向に浮遊するのはそこまでは難しくない（といってそうそう使われる術でもないが）。師匠のように横向きに推進しようと考えるような術者は稀《まれ》だし、実際にあそこまで阿呆な速度で飛び回れるのは師匠だけだろう。師匠いわく、母親が得意にしていた構成を教えてもらってアレンジしたとかなんとか。気流も操作して速度と機動の余裕を確保するのがコツだと言っていた。

「そんなのコツじゃないですよぉ。聞いて真似できる人いるんですか、それ」

なんとも役に立たない師匠ではある。

とは言ったもののラッツベインも教わって、一応それなりの速度を出せるようになった。便利だがそう長続きはしないし、自在に飛んでいるというよりは、どうにか地面以外の方向に落下をねじ曲げているという感覚でしかないため、好きではない。

と。

「姉さん……聞こえる？」

妹からの交信だ。

耳元にごうごうと鳴る気流とは別に、意識の中に染み入ってくる。

「聞こえてる。見えてる？」

これも思念で応答している。ラッツベインが意図したのは、相手にもこの状況が見えているのか？　ということだ。だがほとんど聞くまでもない問いだった。なにも分かっていないのなら、このタイミングで連絡してくるわけがない。

「姉さんの位置は……そこね。こっちは……」

「そこね」

燃え上がる森を見下ろせる岩山を見やる。人影は見分けられないが、伝心する印象は妹の存在を醸していた。同時に、シスタが飛行している位置も。

ネットワークによる交信を密にすると、各々の五感と認識を共有することにもなる。妹との相性はまずまず良かった。

　というより、特異なレベルで良すぎる。というのが、父や師匠の感想だ。キモイぞお前ら、と実の父親に言われた。それも軽くショックだったが、その話を聞いていた母が同意したのも結構トドメだった。犬まで同意したっぽい顔をしていた。

「姉さんは現場に近づき過ぎないで……クロスファイトに対処できない」

「でも師匠がボロクソに負ける前に助けないと。相手、わりと強そうだもの」

「そうよね。こっちで誘導するから、同調して」

「えーっ。またあれやるの」

「わたしだって好きじゃないわよ。でもわたしの術じゃ通じないし、姉さんじゃパニクって暴れるだけでしょ」

「うーん。なんで嫌かって、ふたりして半端者っていうのを痛感しまくるっていうか」

「だからわたしだって好きじゃないって言ってる」

　しばらく言い合うが。

　無駄な抵抗は無駄な抵抗だと分かっている。まだ半人前の魔術戦士である自分たちが、まがりなりにもヴァンパイアに対抗できるのはこれのおかげで――選《え》り好みができる状況でもない。

「分かったわよ」

　目を閉じる。

　といっても、まぶたは開いているし、周りを見続けている。放棄するのはその情報の独占権だ。

妹の精神と同調して情報を共有する。情報を手に入れるのは自分だが、それを受け取って処理するのは妹だ。同様に妹が見ている風景もこちらに見えてくる。視覚が済めば次は聴覚、触覚、直感までも混ざり合っていく。

普通はここまで精神を同期させれば恐慌を来す。どこまでが自分でどこからが他人なのか分からなくなってしまうからだ。いわゆる使い魔症になってもおかしくない（昔、母がかかったことがあるらしく、かなり心配されてしまった）。だが姉妹の精神は何故か、どこまでも平常を保った。ラッツベインの実感としては、この現象は妹と相性が良いから成立しているというより、むしろどこまで混ざっても絶対に相容れないからできるのだ、と思っている。

妹が見ている師匠の空中戦が自分にも見えてくる。この状態で理解できるのは、同じものを見ていたとしてもそれをどう扱うかは人によって違う、ということだ。妹は目に入れたものは片っ端から整頓して情報化し、次の行動につなげる。その速度はラッツベインには真似できない。森が燃えているなら炎の速度、破壊の角度、爆発の間隔から術者の位置や意図にまで結びつけて、見えていないはずの師匠の現在位置や数秒後の行動まで予測する。その判断が自分のもののようにラッツベインの意識に閃《ひらめ》く。森の中の見えない目標に向かって術を叩き込む師匠の姿までもが見えてきた。牽制《けんせい》に飛ぶシスタも、急降下の多用で速度を稼ぎながら爆撃を繰り返している。

師匠が無茶な空中戦を仕掛けたのは、地上で接近戦となれば勝ち目がないからだ。ヴァンパイアは森の木々をものともせずに薙ぎ倒しながら、実体のある竜巻よろしく走り回っている。敵の隙を見ては跳び上がって反撃しようとしながらも、空中にあっては魔術を避けることもできないので今のところ消極的だ。こちらの消耗を待っている。

整理しているうちに距離が詰まってきた。といっても交戦中のふたりに比べれば、まだこちらは蚊帳《かや》の外だ。

近づけば危険だし、足手まといになる。敵の対応できない長距離から狙撃するくらいしかラッツベインにできることはないが、狙いもなしに撃ったところでこれもまた無駄になるだけだ。

が……

「我は放つ――」

杖を差し向け、唱える。

いったん重力制御を解き、破壊の構成に切り替えた。落下の瞬間に叫ぶ。

「光の白刃！」

威力を解放した光熱波が迸《ほとばし》り、黒の森を裂いた。

一条の輝きが伸びた先で、まるで手触りがあるかのように、とてつもなく硬く重い物体が弾けるのを感じた。

「当たった」

妹からの囁きだ。

森から跳び上がろうとしたヴァンパイアを、この距離から撃ち抜いた。

熱衝撃波の威力は大気摩擦で減衰していたし、標的にダメージを与えたかは怪しい。声のとどく範囲までなら、減衰なしで直撃させられるのだが。それでも、敵を驚かせたはずだ。

驚かせただろうし……脅威に思わせたかもしれない。

ぎょっとして、ラッツベインは再度構成を編み直した重力制御に失敗しかけた。ヴァンパイアが即座にこちらに向かうコースへと進路を変えたからだ。草でも踏むように木を踏み分け、まっすぐに突進してくる。

自制を保たせたのは妹だ。エッジはまったく動じていなかった。恐怖しているのは同じだ。およそ半秒でプランが崩れた。これから数十秒か、あるいは数分間、最強レベルのヴァンパイアの攻撃をしのがなければならない。もちろんそんな経験はないし、できる見込みはない。

だが、やるしかない。

ラッツベインは――エッジは――重力制御を切り替えて、地面に向かって加速した。たった今、魔術で割った森の裂け目から梢の下にまで潜り込むと、幹を蹴って水平飛行に移る。術を制御して空中を漂っているよりは小回りが利くし、なにより相手から姿を隠せる。

上空高く逃げる手もあったが。

（師匠とシスタさんを休憩させるには、一度こっちに引きつけないと）

崩れたプランをこちらの有利に転じるのだ。

考えただけでもわめき出したくなるほど無謀な考えだ。だがつながった妹の部分が言っている。できるかもしれない。有利な部分だってある。全部活《い》かせば対抗できるかも。もしできたなら……みんなを助けられる。

森の中に入ればこちらも視界は制限される。本来なら、そうだ。だがエッジの視覚が高所からヴァンパイアの進路を監視して、敵がどれほどの距離にあるのか分かる。複雑に絡み合った枝葉をくぐり抜けて、ラッツベインは黒の森を飛び続けた。

移動速度は敵が圧倒的に上回る。森を震わせるほどの足音に、ラッツベインはヴァンパイアがどんな姿をしているか夢想した。巨人化《ヴァンパイアライズ》の端的な症例は質量と身体能力の増大だ。進行すると姿も化け物になっていく。強大化は無尽蔵で、最終的には完全な物質として破壊が不可能になり、世界の構造に致命傷を与えるという。変更不可の事象の特異点となってしまうのだ。

ドドドドドド……

振動が目に見えるほど、地面が縦揺れしている。

轟音《ごうおん》が空気圧となって押し寄せてくる。

ラッツベインは上へ下へと飛びながら、後方から追いつこうとしているその圧迫を見定めた。

ひときわ大きな木——楡《にれ》だろうか？　よく知らないが——の窪《くぼ》みに杖の先を引っかけて飛ぶ角度を変え、三本の木を飛び越えた。

大木が真っ二つに裂けた。

引き裂かれたのだ。二本の手で。

いや、もはやそれが手と呼べるものだったか。黒いかぎ爪は数メートルにもなり、何本も絡み合って螺旋《らせん》の角のようだ。腕を生やしている胴体は人間の形をしているが、大きさは人間サイズではない。頭部もやはり獣のように変化し、明らかに脳よりも口腔《こうくう》内の容積のほうが大きい。唇は嘴《くちばし》化《か》して首は頭より太く、獲物を丸呑みにしそうだ。

そして、目だ。ただ黒い。そこには眼球などないかのごとく、穴のように、どこまでも底のない虚無のように黒い。

ラッツベインは身体をねじり、後ろを向いた。重力制御を解く。これからは試したこともない離れ業だ。慣性で飛んでいる間に攻撃術を編み、それが済んだらまた重力制御を取りもどした後、また解除して攻撃術……を繰り返す。

集中力を保ったまま力を注ぎ込み、果たして何回撃てるか。

杖を差し向け、叫ぶ。

「我は踊る天の楼閣」

疑似空間転移。杖が手の中から消えた。

鋭い衝撃音が激震を貫いた。ヴァンパイアの身体がぶれて、そして吹っ飛ぶ。

異形と化した身体を二つ折りにして、ヴァンパイアは地面に叩きつけられた。バウンドし、木にぶつかってめまぐるしく転げ回る。外傷は……ない。

「我は砕く――原始の静寂っ！」

ラッツベインは続けざまに破壊的な術を投げ込んだ。空間をねじって反動で爆砕する。ヴァンパイアの転がる地面と森ごとまぜこぜに吹き飛ばした。岩も土も水玉を割るように爆発したが、その中央にある頑丈な塊は形を変えない。

ヴァンパイアは依然無傷だったが、空中に跳ね上げられ、蹴って体勢を立て直す手がかりを失った。魔術の爆発で、あたりは土が剥き出しの空き地になっている。木もない。ラッツベインは下方に回り込んで次なる術を放った。

「我は放つ光の白刃！」

渾身《こんしん》の熱衝撃波がヴァンパイアをさらに上方に弾き上げる。森よりも上に。というところで力が切れて、ラッツベインは着地した。墜落ではないが、つまずいて転びかけた。だがすぐに起き上がる。稼いだ時間はまだ数秒に過ぎない。ヴァンパイアはすぐに落下してくる。

本来なら決め手としかなり得ない最大術を連続して撃ち込んでいるのに表皮も破れない。防がれているわけですらない。とにかくただただ、硬すぎるのだ。

しかも恐らくこの後しばらくは、大がかりな術は使えない。重力制御も光熱波も無理だ。

（どうにか……）

横目で、地面に突き刺さっている鉄の棒を見つけた。いつも持っているワニの杖だ。走ってそれを拾い上げ、身構える。

(やれることをやる!)

落ちてくるヴァンパイアを待ってはいられない。

敵に一度でも自由に足場を踏ませてはいけないのだ。その一回の自由でヴァンパイアは本来の身体速度を取りもどし、容易《たやす》くラッツベインを殺すだろう。

ラッツベインはヴァンパイアの落下地点に突撃した。杖の先端を槍《やり》のように突き出して、ヴァンパイアが最初に地面に触れそうだったかぎ爪を掬《すく》い上げようとした。全力で突進したが敵があまりに重く、簡単にはいかない。が。

「我掲げるは降魔の剣!」

エッジの導く構成は隙がなく、しくじりがない。杖に上乗せされた力場がヴァンパイアの重量に対抗し、なんとか敵を転倒させた。完全な体勢ではないながらも横に振り抜く敵のもう一方のかぎ爪を、ラッツベインは上体を曲げてかわした――これもエッジの反射神経と身体能力だ。身体が軽い。浮かび上がりそうだ。なのに手足の末端のどこかが必ず地面か敵か、とにかく自分より重いなにかには触れていて、次の一歩を踏み出す場所は失わない。

そして敵を見ている。起き上がろうともがくヴァンパイアの手足を狙って杖の力場を叩きつけ、主導権を保つ。力もなにもかも上回る敵に対抗するのはエッジのセンスだけだ。

身体の操縦は妹に任せて、ラッツベインは集中に努める。もちろんこの優位は長く続きはしない——そもそも本物の優位などではなく全力で食い下がっているだけだ。だがそれが続いているうちに……大きな術は発動できなくても……

「我は呼ぶ破裂の姉妹！」

衝撃波を撃ち込んで敵の動きを縫い止める。

狙いは敵の脇腹から肩にかけて、また身体を浮き上がらせた。

一手を稼いだ隙に、エッジは再び杖から消散しかけていた力場を紡ぎ直した。

そして、しのぎ合いにもどる。ヴァンパイアが雄叫《おたけ》びをあげた。間近で聞くだけで皮膚を剥がされそうな大音声だ。ヴァンパイアと、妹の操る自分の身体、双方の動きはともに素早く、ラッツベインはほとんど状況を見失いかけていたが、顔の前を通り過ぎたヴァンパイアの眼《め》をはっきりと目撃した。肥大した眼球は真っ黒の表面に細い血管が浮き出しているのが見えた。その瞳が動揺し、震えているのも。

ヴァンパイアは驚いていたに違いない。目の前にいる魔術士を引き裂いて叩き潰すのに、二手間以上かかるとは思ってなかったはずだ。

そして恐れ始めている……この敵は自分を傷つけ得る術を持っているのだろうかと。

魔術戦士と戦い慣れたヴァンパイアなら、魔王術がどういうものかもある程度知っている。魔王術の特別な構成を仕組むには手間がかかる。それを惜しめば代償が大きくなるか、あるいは術に失敗する。失敗は単なる不発に終わるならば幸運で、大抵の場合は致命的な災禍をもたらす。

この状態でエッジが切り抜けている間に、自分が魔王術の偽典構成に挑めるか。

（足りない）

圧倒的に足りない。ことに、今戦っているこのヴァンパイア症を解消するほどの術を仕組むとなると。一分や二分で済まない。もっと好条件――最良の体調で、寝起きの湯上がりでお気に入りのリクライニングチェアーに座ってママの用意してくれた冷やしココアを飲みながら犬を撫でつつ妹ふたりが外出中（できれば堆肥運びか堤防の修理、赤いキャプテンキース像の掃除あたりがいい）で騎士団よりマシな勤め先の有力な紹介状が三通以上あって、あと……そんなもんでいいか――ともかく、どれだけリラックスしていても可能かどうか疑わしい。

魔王術は世界を固着化するヴァンパイア症に対抗し、それを解《ほぐ》して散逸させる唯一の手段だ。だが一方で、その使用には世界そのものを解きほぐしてしまいかねない宿命的な危険性がある。難度が高いだけではなく、成功したからといって警戒しないで良いわけでもない。魔王の言う〝災禍の鋏《はさみ》〟だ。紙に絵を描くのはいい。字を書き直してもいい。ただ、鋏で切るのはよく考えたほうがいい……

（どうしたらいい……？）

といってもひとまずの心配は世界がどうしたのなんやかんやではなく、逃げ回る身体のほんの数センチ離れた場所で高速で振り回される、魔術をも通さないほど強靱な腕とかぎ爪についてだ。かすめるだけで命はない。

飛び交う気流と轟音とで頭が痺《しび》れる。いずれ集中が尽きて妹との同期が途切れればやはりおしまいだ。

（考えて考えて考えて考えて。なんとかなること考えて考えて！）

自分に懇願する。拝み倒して頼み込む。

だがどうにもできないのが分かっている時には。

あきらめるしかない。自力でどうにかするのは。

だから、人がなんとかしてくれたらいい。

「我は放つ――」

その声は多分聞こえていなかったのだろうが、頭の中ではちゃんと聞き取っていた。多分、聞こえるのではないかという気がしていたから。

「光の白刃」

真白い輝きが貫いたのは、ヴァンパイアの一撃をかわして腕一本で跳ね上がったラッツベインの、複雑な体勢の右肘の脇と股の間をくぐり抜けた、細い空間。

そこを一直線に鋭く、糸のように絞られた光線が走って、ヴァンパイアの眼球を撃った。

その瞬間、標的にだけ威力を爆発させる。

衝撃でラッツベインは吹き飛ばされ、反対方向にヴァンパイアの身体も押しのけられる。

間合いを取った地面に、ラッツベインは着地した。

「けほっけほっ」

熱気を帯びた風圧に押され、からからに乾いた気道が咳き込む。

手足をついて顔だけ上げて、炎に包まれたヴァンパイアの姿を見やった。ヴァンパイアは顔の右半分を押さえて首を振っている。巨大化した顔面だが、それ以上に化け物になってしまった右手で十分に覆い隠せる。傷を負ってはいないようだが、人間だった時の癖で狼狽えている。

這いつくばったラッツベインとヴァンパイアの間に、ひょろりとした貧相な人影が降り立った。

二段ベッドの上から降りてきたような地味な足取りだが、上空から相当な速度で落ちてきたはずだ。地面に激突する瞬間に急制動をかけたのだろう。そのまま地面に立って、ついでにつまずいてよろけた。魔術で飛んでいる時はあれだけ自在だったのに、自前の足で歩くのは頼りない。まあ、そんな師匠だ。

隙を見逃さず、ヴァンパイアが吠《ほ》え猛《たけ》る。無論、ただ声を出すだけではなく爪を振り上げ、師匠の身体を真っ二つにしようと襲いかかっている。しかも体勢の不利はもはやなくなり、万全の速度だ。

師匠はそちらを見もせずに、既に編んでいた構成を発動する。

いや、既に発動していた。

さっきの術の一続きだ。構成の一部を遅延して、このタイミングで発動するようにしていた。今度は十数本の光がヴァンパイアの腕に突き刺さり、次々に爆発した。ヴァンパイアの突進を押し返す威力だ。

ヴァンパイアが尻もちをついたので、数秒の時間ができた。師匠はその時間を次の術の構成に使うのではなく、振り向いて、嘆息するのに費やした。

しょぼしょぼと淀《よど》んだ目で、申し訳なさそうに。

「実は、かなり不利なんだけど」

と、ラッツベインに言ってきた。

「手伝ってもらえるかな」

そして振り返って、瞬時に編んだ術を放った。

「我は砕く原始の静寂！」

地面ごと掘り起こして逆立たせるような威力で、爆発の激震がヴァンパイアを打ち倒す。見えない壁にでもぶつかった格好でヴァンパイアはまた退かされた——逆に言えば、その程度でしかなかった。山でも崩せそうな一撃だったはずだが。

がくがくと膝を打つ地面の揺れに舌を噛みそうになりながら、ラッツベインもまた集中を取りもどそうとした。ネットワークに意識を沈め、妹に呼びかける。

「エッジ……エッジ！」

「聞いてる。どうするの？」

「一番おっきいのをやるから、あなたが半分やって！」

「魔王術を……？」

「他に効かないでしょ！　急いで！　師匠なんか、すぐ背骨とかねじ切れちゃう！　骨は特に脆《もろ》いんだから！」

最後には叫んでいた。

師匠は（なんでか）しょぼい感じでこっちを見てなにか言いたげだったものの、ヴァンパイアに対して構え直す。

ヴァンパイアは最短から一撃で済ませることをあきらめたのか、いったん後方に飛び退《の》いて距離を取った。裂けた口を開いて咆吼《ほうこう》をあげる。瞬間、師匠が防護障壁を編んで呪文を叫んだ。

咆吼はそれだけで終わらなかった。ヴァンパイアは大きく仰《の》け反《ぞ》ると上半身を膨らませ、その声が急速に高まっていく。

キイイン……と鋭い音に鼓膜を突かれる。うなじの毛が逆立った。

そしてヴァンパイアの上半身が爆裂した。

そう見えた。口が巨大化し、バラバラに裂けたのだ。師匠の編んだ障壁が叩かれ、砕けた。衝撃の大半はそこで殺がれたろうが、余波だけでラッツベインの身体は浮かび上がり、何度も転げて打ちのめされた。

「べっ！」

顔を地面に擦《こす》ったので土を吐いて、状況を探る。師匠も少し離れたところで転びかけて片膝をついている。ヴァンパイアは裂けた身体を元にもどすのに少し時間がかかっていた。

「……もうミスト・ドラゴン並みだな」

師匠がつぶやいている。

傷を負ったのか、左腕を押さえている。すぐには立ち上がらない。

「師匠、だいじょぶですか？」

呼びかけるラッツベインに、肩越しに手だけ振る。

ヴァンパイアの再生が終わった。仕留め損ねたのに笑っている。理由はなんとなく分かった――ヴァンパイアは布石を打ったのだ。ヴァンパイアの狙いは師匠を惑わせることだった。師匠はヴァンパイアの雄叫びと突撃、どちらが来るかを警戒しなければならない。ヴァンパイアが肉弾戦をしてくるなら障壁では防げず、攻撃術でないと対抗できない。だが咆吼は障壁で防ぐしかない。

衝撃の余韻で大気がうなりをあげている。師匠の後ろ姿は、その向こうに両腕を広げる怪物に比べればいかにも小さく、弱々しい。

（これはもう、駄目かも）

撤退が頭をかすめる。どうやれば全員無事に逃げられるか。空間転移でタイミングを合わせて……

「ラッツベイン」

師匠の声がネットワークに割り込んだ。釘《くぎ》を刺すように。

「強大化したヴァンパイアは、次に会った時はもっと強くなってる。なんの手傷も負わさずに逃げるのだけはなしだ……ぼくの弟子でいるのなら、覚悟を決めなさい」

しょぼい師匠の下にいるんじゃ仕方ない。ということか。

(覚悟……)

遡《さかのぼ》れば、変人の父を持ったのだって仕方のないことだ。名前も自分では選べなかった。魔術士として生まれたのも、選んでそうしたわけではないが。だが、まったくなにも選ばずにここでこうしているのでもない。

人のためになる仕事だと思ったから、魔術戦士にもなった。

だから。

「分かりました、師匠」

それこそ仕方なく、ラッツベインは嘆息した。両手で頬を叩いて叫ぶ。

「やるわよ！　エッジ！」

ヴァンパイアの吠え声がそれに答えた。

衝撃波は来ない。ヴァンパイアはそうするふりをして、さらには突進もせずに――横に跳んだ。師匠を迂回《うかい》し、こちらを先に仕留めようとしている動きだ。

エッジとの同調がなければ反応できなかったろう。ラッツベインは迎撃体勢を取ろうとしたが、三角跳びで迫ってくるヴァンパイアに対してできたのは杖を構えることだけだった。

「姉さん、術で――」

「駄目！　愚図らず魔王術に専念！　この攻撃は術なしでかわして！」

一撃だけかわせばいい。あとはなんとかなる。

根拠まであったのではないが、ラッツベインはそう念じた。ヴァンパイアは両腕を交差するように左右から打ち付けてくる。ラッツベインは――エッジは――杖を地面に突き、地面を蹴った。宙返りして身体を持ち上げる。杖から手が離れると、跳び上がった下の空間を二本の強靱なかぎ爪が薙いでいくのを見た。

黒い激流の上を舞う。風が綿毛を弄ぶように、風圧だけで身体を持って行かれそうになった。着地するまでには次の一撃がラッツベインを襲うだろう。術を使わない限り回避しようがない。が。

師匠の放った光熱波がヴァンパイアを吹き飛ばした。さっきの術と同じだ。光が黒い怪物の巨体を押し流していく。

地面に落ちる。その横を師匠が駆け抜けていくのを見た。師匠の編む構成をのぞいて、師匠がどれくらいヴァンパイアを押さえておけるつもりでいるのか見積もった。その時間目一杯を使って魔王術に成功しなければ勝算はない。

師匠はこの戦い方に慣れているはずだ。魔王術を仕組む父をサポートするやり方に。だから、父さんと同程度にさえわたしができれば……できるはず！

ヴァンパイアはさらに奇策に出た。真上に跳躍し、そこで身体を巨大化した――いや、正しくは身体を平たくして幅を広げたのだ。奇妙な姿で、滑稽ですらある。奴はこの空き地全体を覆うほどにまで広がったのだから。

そのまま押しつぶそうと落下してくる。

師匠は発動寸前の攻撃術の向きを変えて、光熱波を真横に放った。木々を破壊して空き地を広げると宙に浮かび上がり、高速でラッツベインのところまで急ぎ戻ってくると腕を掴んで引っ張り上げた。そのままヴァンパイアの身体の外まで移動し、ラッツベインを放り出して向き直る。

平べったいヴァンパイアが地面に被《かぶ》さり、突風が起こる。土煙が舞い上がった中から元の姿になったヴァンパイアが飛び出してくる。師匠は再び光熱波を放ってヴァンパイアの顔面を打ち、撃墜した。ヴァンパイアは落下の前に腕を振った。その手からなにかが飛んだのが見えた。金属の棒。さっき手放したラッツベインのワニの杖だった。こちらに飛んでくる。頭を下げてかわしたが、ぎりぎりだ。

(集中が遅れる……)

偽典構成を完成させまいと、ヴァンパイアは率先してラッツベインを狙っている。ヴァンパイアは跳ね起きて、長い両手を地面に這わせた。掬い上げた岩と木を握りつぶし、それも投げてきた。今度はかわせない量だったが、師匠が防御障壁を編んで防いだ。

心臓の下がびりびりと痺れ、息が詰まる。内臓の痛みに耐えながらラッツベインは構成に努めた。ヴァンパイアには魔術の構成は見えないだろうが、ラッツベインがとどめの術を仕組んで師匠がそれを防御しているフォーメーションは分かっているのだろう。この術の恐ろしさが伝われと、ラッツベインは標的を睨《にら》みつけた。恐れ、竦んで、ちょっとでも焦ればいい。

（わたしは本当に……怒ると怖いんだから！）

猫のような姿勢で、爪先を上げ、標的を狙い、総毛立つ。

膨れ上がった情動に魔力が吸い上げられていく。全身全霊で塗り込めるのだ。ヴァンパイアは威嚇の声を発しながら角度と攻め手を変えて襲いかかってくる。そのたびに師匠が術で押し返す。

時間がかかれば師匠の疲労も増す。師匠が魔術にしくじったところなど見たことないが、どれだけの術を受けても一向に効いた様子のないヴァンパイアを相手にして、攻撃の威力が次第に弱まっていくのが分かった。今はそれを精度で補っている。が、やがてそれもできなくなるだろう。

「ぐっ……！」

師匠はヴァンパイアが打ち下ろした爪をかわしたが、震動に足を取られて体勢を崩した。その隙を逃さず、ヴァンパイアは腕を伸ばす——鋭い爪の先端を、こちらに向けて突いてくる。止められない。爪はまっすぐラッツベインの目にとどきそうだったが、エッジが顔を仰け反らせて、避けた。

かすめたのだろう。鼻の上あたり、肌が裂けた。血の臭い。味。

痛み。恐怖。怒り。

すべて渦にして――

「取り返しなく！」

ラッツベインの一声で、ヴァンパイアの身体が震え、そして動かなくなった。

手を引き戻そうとするその体勢で、縫い止められたようにぴくりともしなくなる。

だが目だけは、己の行く末を理解してか、恐れに見開かれ、揺れている。

停《と》まった爪の先に、ラッツベインは触れた。二本の指で。刃のような爪を掴み、手のひらも裂けた。だがそれでいい。血で描くように、指に力を込めた。

そして詠唱を始める。召喚された魔王の呪詛《じゅそ》が怪物を苛《さいな》む。

「我が血に触れる獣を支配する。支配者は収奪を命じ、獣は武器を捨て家畜となれ。我が名、悪夢にだけ囁かれ、生ある時には聞こえず、煩悶《はんもん》の鉄杭《てっくい》だけを残せ……」

「ア、ア、ア、ア――」

身体に異変が生じて、ヴァンパイアは声をあげた。

悲鳴をあげたくともあげられない。痙攣《けいれん》のうめきだけだ。ラッツベインは歯を食いしばり、標的の内臓の奥へと術をねじ込んだ。爪の先端にだけついていた血がうねり、蔦《つた》のように絡んで標的に伝っていく。

「ああ哀れ、剥ぎ取られた地の四つ足。お前にはなにもない。さしあたっては、慈悲がない！」

「ギャアアアアア！」

かぎ爪が砕け散った。血でなぞられたその軌跡のままに。

鉱物とは違い、綺麗《きれい》には割れない。表面から乾涸《ひか》らび、ねじれて内部へと陥没し、激痛を伴って壊死《えし》していく。猛烈な腐臭が噴き出した。崩壊は爪に留《とど》まらず、無敵を誇っていたヴァンパイアの身体全体を浸食していく。解くのだ。存在の足がかりを消す。梯子《はしご》を外すように。どこまでも堕《お》とす。消し去る！

術はほぼ完全だった。コンディションを考えれば奇跡的な成功だ。よじれ、折れて砕けていくヴァンパイアの断末魔を見届ける――が。

ヴァンパイアの左半身が分解したところで、効果が止まった。

かさかさにミイラ化した頭部と右腕、右胸だけが残って、地面に横たわった。腰から下は消失した。ヴァンパイアは――人間大にもどったカーロッタ村のシマスは虫の息で目を剥いている。皮膚がよじれたせいで乾ききった歯茎を剥き出しにして、歯もほとんど折れていた。だが生きている。戦闘力のほとんどを殺いだが、巨人化した身体の根源は打ち消せていない。時間が経てばいずれまた強大化するだろう。ヴァンパイア症は、完全に消す以外に……解決法がないのだ。

ラッツベインはその場にくずおれた。動けない。師匠が手を貸そうとこちらを向いた。

刹那、エッジが閃いた。まだだ。

「師匠――」

叫びかけたその時、師匠が倒れた。

押し倒されたのだ。ヴァンパイアが右腕を伸ばして、師匠の首を掴んで地面に叩きつけた。やせ細った腕が何メートルも伸びて、まるで鞭《むち》のようだった。脆そうに見えるが、師匠が藻掻《もが》いてもびくともしない。

「死ね……死ね！　魔術士ども！」

ヴァンパイアの声は雄叫びではなく、老いさらばえた病人のものだった。

「俺たち、俺たちの神に会う。邪魔をするな！　お前たちが、邪魔をするな！　カーロッタ様の邪魔をするな！」

破れかぶれの、怒りに任せた罵声だ。理性も残っていない。ただ憎しみで伸ばしただけの殺傷力だ。

(師匠を助けないと……)

念じて、なにかをしようと思っても。

ラッツベインは動けなかった。視界が半分黒く落ちかけている。意識も覚束《おぼつか》ない。

「も、もう駄目。代償……血がかなり、なくなっちゃった……」

エッジとの同調も途切れた。ひとつひとつ自由が失われていく。顔が痛いのはきっと突っ伏して倒れてしまったのだろう。なにも見えない。息もしていない。心臓も動いていないかもしれない。

最後に聞こえたのはただ一声だった。

「ラングンブレード！」

顔が跳ね上がった。地面が揺れて、押し上げられたのだ。

そこで完全に気絶した。


意識が回復するまで、どれくらいの時間が経ったのか。恐らく数分というところだろう。ひどい頭痛ですぐにまた卒倒しかかったが。ぼんやりした視界に師匠の姿を見て、ともあれほっとした。

師匠は生きていた。倒木に腰掛けて、首をさすって脆そうにぐんにゃりうなだれていたが、大した怪我もなさそうだ。

場所は変わっていなかった。魔術で吹き飛ばした空き地。というより荒れ地。岩も土も木も根こそぎ掘り起こされ、ぽつぽつと火の手も見える。森が湿っているおかげで火勢はないし、いずれ消えるだろう。朝日は昇って空も白み、鳥の声が聞こえてくる。

状況を理解するまでにはもう少しかかった。ラッツベインは起き上がってまず、顔の土をはたいた。ココアを飲みたいと思ったけれど、荷物は遠いどこかに落としてきたままだ。お気に入りの鞄《かばん》だし、手縫いのワニの縫いぐるみもぶら下げてあったのに、もう見つけるのは無理だろう。

シスタがいた。三人のうちただひとり、しっかり立っている。現状、無事に働けるのは彼女だけだった。

ヴァンパイアはまだいた。シスタがロープを使って拘束し、口もきけなくなっている。もとより衰弱のせいで寝ているようだった。

仮死状態だよ、と師匠が言った。

「ここまで弱れば魔術も効く」

すんでのところで師匠を助けたのは、もちろんシスタだったのだ。

ぎりぎりで駆けつけて、魔術でヴァンパイアの右手をへし折った。ヴァンパイアの右腕は動けないよう縛り上げられていたが、手首から先が力なく垂れ下がっている。

本当に何度もお礼を繰り返してから、なおもラッツベインはつぶやいた。というより、なにか言おうとしてもこれしか思い浮かばない。

「はあぁ……シスタさんのおかげで助かりました」

「わたしの？」

これも何度も同じ繰り返しなのだが。

シスタはじろりとこっちを見て、不審げだ――彼女がすんなり受け入れないから、ラッツベインもつい蒸し返してしまうのだが。

「やっぱりちゃんとした魔術戦士の人は違いますよね。わたし、前は騎士団のことよく知らなかったから、なんにもしてないのに偉そうな人たちとか思ってて」

「…………」

やはりシスタは無愛想にしかめ面をするばかりである。

師匠が口を挟んだ。

「……どう思う？　シスタ。君の目から見て」

と、周りを手で示す。

シスタは深々とため息をつくと、こう言った。

「このことは報告します」

「ああ」

「ええっ。そんな。これでも必死でやったんですよお」

ラッツベインは泣きついた。

「正直何度か諦めそうになりましたけどぉ。てゆか諦めたのになんでか生き残った感があるんですけど、わたしとしては生きてるだけでもよう頑張った的なそんな気配なんですが、駄目でしょうかー」

「分かってる？　あなたたち、師匠並みの出来だった」

「ええ……師匠程度ですよねえ。でもこんな師匠に教えられてるんじゃ仕方ないっていうか、大目に見て欲しいっていうか」

頭を振って訴える。

シスタには無視された。彼女は師匠に向き直り、拘束したヴァンパイアを指さした。

「わたしはこれを本部のほうに転送してから、エッジと落ち合います。再合流は省きましょう。なるべく早く誰かがもどって報告したほうが良いでしょうから」

「そうだね。一刻を争う。続きはエド隊長に任せるよ」

それを聞いてシスタはわずかに動揺を見せた。

「隊長は成果を横取りするようなことは……」

師匠が笑った。半ば失笑だ。

「分かってる。君も風評に流されてるな。そんな狭い勢力争いを気にしてるのは外部の連中だけだよ。ぼくも校長も、それに多分エドもだが、騎士団内に遺恨はない。君のような人間まで惑わされてるとは情けないね」

「………」

そんな突っ込んだ物言いをするのも師匠には珍しいことだが、シスタが蒼白《そうはく》になって言葉を呑《の》むのも滅多にないことだった。

その後はシスタがヴァンパイアを転送し、去っていくまで、誰も無言だった。

これで任務は終わりだ。と思うと疲れ切った身体がさらに重くなる。

「一休みして、体調がもどり次第、ぼくらも帰ろう」

と師匠は言った。

ラッツベインは既に半分眠りながら、こうつぶやいた。

「これでうまくいったんでしょうか」

「まずまずじゃないかな。今のところは」

「このせいで、また父さん、ヤバイことになったりしませんか？」

「どうかな」

師匠はぼんやりと、空を見上げていた。

「頭の痛い問題がひとつと、心臓の痛い問題がひとつってところかな……」

その意味を聞く前に、ラッツベインは再び眠りに落ちていた。

6

妹はいつだって空気を読まなかった。そこに粗忽《そこつ》と、反省不可の忘却力が加われば無敵だ。

「あ、兄ちゃんが好きなのってこの人かぁ。うーん、いいんじゃない？　妥協を覚えるのはいいことだヨ」

「オッス！　兄ちゃんなにやってんのー？……あ、ごめん。えーと、その刺さってるのってカッター？　結構痛い？」

「ねえ。昨日枕と毛布相手にやってたのってなんの練習？　あ、アタシの予想通りなんだとしたら、答えないでいーけど」

妹の存在する場所で生きていくには忍耐が必要だった。あとは妹のいない世界を夢想する想像力と、想像が現実になることはないと認める理性だ。

ある日、マヨールは妹がまた突拍子もない話をし出すのを聞いて忍耐を試された。

「兄ちゃんさ、アタシの誕生日にプレゼントってくれたことないね」

マヨールは無視しようとした。想像の力で妹を認識の中から消し去ろうとしたが、相手が腕を掴んでゆさゆさ振ってくるのではなかなかに難しい。というより、避けられない質問であるのを理性が認めざるを得なかった。会話するのも仕方がなかった。

だから、そうだったか？　と答えた。妹は、そうだよ！　と声をあげた。

「アタシはあげてんじゃん。なのに兄ちゃんは、ああ忘れてたとか、今日だったっけ？　とか、ああ先週だったのか、とかさ。ひっど過ぎんじゃん。ヒトデナシ過ぎだよ」

ちょっと待て、とマヨールは制止した。お前からなにかもらったことがあるか？　と問い質した。

「えー。そういうこと言う？　去年はホラ、兄ちゃんの靴にマヨネーズ入れてさ。サプライズって。あれテンション上がったよネ」

「一昨年？　は確か……兄ちゃんの服に全部穴開けてさ。セクシーにしてあげたじゃん。あの時は兄ちゃん本気で怒ってたからさ、次の日にやり直して、ベッドにザリガニ入れといたよね。兄ちゃん、朝まで気づかなくて――」

人が喜ばないようなことはプレゼントとは言えない。ということをもう少し刺々《とげとげ》しくマヨールが指摘すると、妹は心底びっくりしたようだった。

「マジで？　人を好きなのって結果が悪くちゃ認めてもらえないの？　マジで？　マジ

でそう?」

当たり前だろ。とその時は言った。まったく疑いもなくそう思ったし、断言できた。

だがその日の夜中にふと、頭を過《よ》ぎった。

……本当にそうか? 役立たずは人を好きにもなれない?

いや、妹のいつもの屁理屈《へりくつ》だ。と思った。が、翌日、妹の欲しがっていたローラーブレードを買ってやった。妹は泣くほど喜んだが、次の週には早々に飽きてクロゼットにしまい込み、二度と使うこともなかった。兄ちゃんもまー役立たずなモノくれたよね、と呆れすらした。

が、次の年のマヨールの誕生日には、高価過ぎて手が出せずにいたケイルクレールの古書を買ってきてくれた。


確かに以前のような歓待ムードとは違う。マヨールも、それは感じざるを得なかった。

校長は彼らの活動拠点も、資金も援助しなかった。情報や認可すら制限されたものだ。

校長の口ぶりは、迂闊《うかつ》なことをすれば拘束だってあり得るというものだった。

市内のホテルの一室でベッドに寝転んで、かれこれ一時間ほど、マヨールは天井を眺めていた——窓に近寄る気にもならなかった。校長との会見から一晩が経ち、本当ならイザベラ、イシリーンと話し合わないとならないことが山ほどある。カーロッタ村に連れ去られたこともあるマヨールの意見を、イザベラ教師が欲しているのは分かっていたが、まずは情報をまとめてからという言い訳で、マヨールはミーティングを避けていた。

別階でイザベラとイシリーンは苛ついていることだろう。いつもなら恐れを抱くところだが、今日は、どうにでもなれという気分だった。怒って噛みついてくるならそれでもいい。一緒になって怒鳴り返してやりたい。どうせ、自分が本音を許される機会はそれくらいしかないのだ……

(なんて、腐ってる場合でもないな)

際どい勝利を収めた理性を残念に思いながら、マヨールはベッドから身を起こした。ホテルは平凡で、寝台と机、荷物棚と窓がひとつずつあるだけのひとり用の部屋だ。イシリーンたちはふたり用の部屋を取っているため、フロアが違う。観光に来てるんじゃないんだから、スイートに全員集まっているほうがいい――とはイシリーンの案だが、マヨールは断った。滞在がどれくらいになるのかも分からないから費用は倹約したほうがいいというのが理由だが、本当は違う理由があるのは悟られてしまっているだろう。

ひとりになれる時間がなければ気持ちが持ちそうになかったのだ、この任務は。

一応は情勢と分析をまとめたメモ書きを、机の上からかき集めた。一枚一枚を見直すが、いかにも散漫なまとめだ。マヨールの担当は三年前に見聞きした経験からの、新大陸の情勢分析なのだが、その手の報告はとっくに済ませてしまっているので今さら有益な情報もない。渡航者たちのほうの分析と行動の予測は……イシリーンの担当だが、本当ならそちらを自分がやるべきだったろう。追っている連中のひとりは自分の妹なのだから。

部屋を出る。階を上がってイシリーンらのツインルームを探した。

ノックする。名乗ると、イシリーンがドアを開けてくれた。

「話がまとまらなくて」

来てくれて助かった、と彼女は言ったが、マヨールは曖昧に、ああと答えるだけだった。

まあそうだろうね、とは言わなかった。

部屋に入る。ふたつあるベッドは使われた様子もなく、荷物置き場になっていた。ふたりとも夜通しで会議をしていたのだろう。椅子はふたつしかないのでマヨールは近いベッドの端に腰を下ろした。イザベラ教師は渡航者のリストをにらんでしかめ面をしていたが、彼を待ってからつぶやいた。

「彼……校長の方針が断定できないのよね」

「というと？」

「彼が一番問題視しているのはなにかしら。キエサルヒマの施策で巨人化を望む渡航者が増えたことと？　カーロッタとの抗争？　それとも《塔》が魔王術士を送り込んできたこと？」

「どれも無視できない問題でしょうね」

マヨールの答えに、イザベラはリストをパンと手で鳴らした。

「そりゃそうよ。でも優先順位はどこ？　それによって彼の取る最終手段がなにか変わってくる」

「分かれば、先回りできるとでもいうつもりですか?」

つい攻撃的になって、マヨールは言葉を刺した。

「校長の言うことにも一理あります。ここは敵地で、彼はぼくらの唯一の味方です。敵に回しても勝ち目はない」

「カーロッタとのプランは……どうするんですか?」

イシリーンが口を挟んでくれたおかげで、イザベラの反論を聞かずに済んだ。イザベラ教師は考えてから、憂鬱に首を横に振った。

「わたしは悪くない案だと思っているけれど、校長の暗殺を仄《ほの》めかすと、その後に制約が大きすぎる。逃げ帰らないとならなくなるかも。確実に成功する目算がないならできないわね」

「かといって他にできるのは、観光くらいですかね。こーんな田舎で」

部屋の真ん中で肩を落とし、イシリーン。

マヨールは手を挙げそうになった。つい教室の癖で。が、それをしなかったのは胸がつかえたからだ。重いしこりで。両手をぶら下げたまま、伏せた目でつぶやく。

「間違いなく、鍵を握っているのはカーロッタです」

「案はある?」

「カーロッタ村に行けばはっきりします」

「リスクはさっきの案よりも際どいわね。逃げ帰るどころか生きて帰れない。それに――」

ちらっと見上げると、イザベラは冷たくこちらを見据えていた。

「任務を履き違えてない？　わたしたちの目的は渡航者の追跡。新大陸の権力争いは関係ない」

「ぼくにひとりで行かせてもらえませんか」

マヨールは提案した。ゆっくりと、落ち着いて――いると見えるように、努めて。

「それならリスクは分散します」

「ふざけないで」

イザベラがそう言うのは予期していたが、言ったのはひとりではなかった。

まったく同じことを同時に、イシリーンも吐き捨てた。

「…………」

沈黙を挟んで、イザベラだけがあとを続ける。

「あなたの身代金なんて持ってきてないの。葬式代くらいならあるけどね」

手詰まりのまま、会議は続いた。気の進まない提案をしては却下されるだけの話し合いを会議と呼べればだが。

昼を過ぎてしばらくしてから、イザベラ教師が空腹で不機嫌になってきた。

ロビーに頼んで食べ物を運ばせます、とマヨールが部屋を出ようとすると、イシリーンもついてきた。少し歩きたい、と。廊下に出たところで、彼女はそっと小声で言ってきた。

知れた。

「なにがひとりよ。馬鹿をやらかす時は必ず一緒、って約束したでしょ」

冗談のような言い草だし横顔を見やると彼女は無表情だったが、瞳からは怒りの深さが知れた。

ごめんと謝ると、彼女は途中できびすを返して部屋にもどっていった。ひとりでロビーまで降りていくと、ちょうど受付で思わぬ相手と出くわした。

「あれ？」

並んだ目の前にいる相手の後ろ姿に、ついマヨールが声を出すと、ぎぎぎと音でも立てそうにゆっくりと、その少女は振り向いてきた。ラチェット・フィンランディだ。昨日会った時と変わらず、マヨールを胡散臭《うさんくさ》そうに見上げてから、また同じ速度で受付に向き直る。

「呼び出しいらなくなりました。なんか不気味に捻《ひね》り出てきたので」

「はあ……」

受付員が怪訝《けげん》そうに言う。

そしてまた振り向いて（彼女は都合、一回転半したわけだ）、ラチェットは言ってきた。

「伝言です」

「そ、そうですか」

マヨールがなんとなく気圧《けお》されていると、彼女は封書をひとつ差し出してきた。

「なんの罪もないのに使い走りに寄越されました」

「えーと……それは、どうも」

「感謝もされない……」

「うわー！　嬉《うれ》しいなあ！　ありがとうございます！」

やけくそで声をあげる。

ラチェットはさほど感銘を受けた様子もなく、ぼそぼそした口調で話を続けている。

「罰を与える生徒なんて他にいくらでもいるのに。サボテンの幻覚剤売ってる三年生わたし知ってます」

「そうですか……」

「うちの父に言付けを頼まれて、あえて中身をのぞく生徒は多分いないですが、それでも絶対誰にものぞかれたくない内容なんだろうと思います」

そこまで言って、彼女はくるりと背中を向けて去っていこうとした。

マヨールはきょとんとした——なんのことかと思っていたが、彼女なりの助言なんだろうか。となると、そう変な子でもないのかもしれない。

途中でふと足を止めて、ラチェットはちらりと付け足した。

「変態的な内容だったら教えてください。ママにチクるので」

そして、ロビーから出て行った。

封筒を手に立ち尽くす。マヨールはとりあえず、封を確認した。封蝋《ふうろう》は校長の印が押されている。封筒にはそれ以外の情報は一切ない——中を見ようかと思ったが、まずイザベラに渡すのが筋だろう。食事の注文はやめて、売店で袋入りのビスケットと牛乳を二瓶、手早く買った。全部抱えて階段を駆け上る。

「イザベラ教師」

部屋にもどると、ぐったりしているふたりの女がこちらを見た。それビスケット？　と非難がましく言い出すイシリーンを手で制してから、封書を取り出す。

「校長からの伝言が来ました」

顔色を変えて、ふたりとも身を起こす。

イザベラが封を開けた。中身は便せんが一枚のようだ。二つ折りの紙を開いて中に目を通すと、彼女はすぐにそれをこちらにも見せた。短い内容だ。

「ブラディ・バースは成功。必要なものを手に入れた」

マヨールは小声で読み上げた。あともう一文。

「三人とも、すぐ学校まで来ること」

「まるで呼び出しね」

イザベラは嫌みを言ったが、手荷物をまとめ始めた。マヨールはこのまますぐに行くつもりだった。女ふたりを急《せ》かしつつ、便せんを燃やす。

「必要なものって、カーロッタの腹心のことですよね」

「でしょうね。捕らえたんだとしたら、これから騎士団の基地に行くんだろうと思う」

ほとんどジョギングのようにして、ホテルから学校までを急ぐ。ぜえはあ言いながらたどり着くと、校門の前で校長が馬車を待たせていた。

「乗り込め」

とだけ、校長は指示した。

全員乗る。乗客は校長とマヨールらの四人で、席には余裕がある。馬車が走り出すと校長はすぐに切り出した。

「カーロッタ・マウセンの最も忠実なヴァンパイアを捕虜にするのに成功した。これまで魔術戦士を六人返り討ちにしてきた大物だ」

「尋問は？」

「これからだ。ヴァンパイアはエドのところに送られた。そこに向かう」

校長の険しい表情に、ふと、マヨールはつぶやいた。

「もしかして犠牲が？」

校長は、目をぱちくりした。驚いたようだった。

「いや……今回、騎士団側に損耗はなかった。詳しい報告はまだだが、よほど上手くやったようだ」

「ぼくらはやっぱり、カーロッタ村に乗り込みたい」

唐突に口を突いて、マヨールは言った。

校長は動揺を見せなかった。

「それは三人の意見か？　それとも君の？」

問われてマヨールは、仲間の顔を見やった。答える。

「主にぼくの考えです」

「分かっているだろうが、やりたいならやってみろと言えるくらいなら、俺はとっくにブラディ・バースに村を滅ぼしてこいと命じることだってできた」

真面目な口調で、校長が告げる。

「覚悟もなしに言い出すな。それをすれば、原大陸を内戦状態にするかもしれん」

「あなたがキエサルヒマをそうしたようにね」

ちくりと——よりも多少強く——イザベラが言う。

校長は表情を崩した。

「経験者は語る、さ。ともあれ」

こちらに向き直り、微笑《ほほえ》んではいたがやはり生真面目な地をのぞかせた。

「正直に言ってくれたのは悪くない」

マヨールはうつむいた。思ったままを言ったのは、相手への義理立てでもあるが、どうせ嘘は見透かされると思ったからだ。

嘘をつくにはコツがある。相手は、こちらを馬鹿だと思っている時にだけ騙される。逆に人に騙されないコツは、相手を馬鹿だと思わないことだ。校長はそれを心得ている。

それが胸を過ぎって、ちくりと痛んだ。その教えをマヨールに言って聞かせたのは妹だ

からだ。妹はその達人だった。彼女がそれを明かしたのが三年前、新大陸でのことだった

というのも、考えれば皮肉だ。

「ぼくらは迷惑ですか」

「片思いが言い寄るような台詞《せりふ》だな。じゃあ俺もその類の答えを言おうか。会えて嬉しくないとは言わないが、今はタイミングが悪い。とにかくどうしようもないほど、悪い」

「手ぶらで帰るわけにはいかないのよ」

イザベラが口を挟む。校長は首を振った。

「俺のせいにしろよ。暗殺部隊を差し向けられたとでも言えばいい」

「無能をさらせっての？」

イザベラ教師に凄まれて笑い出すような魔術士は《塔》の長老にもそうはいないが、校長はまさににやにやしてみせた。

「君が無能じゃないなら、執行部は見抜くさ。それにたまには隙を見せたほうが、敵が分かりやすくていいぞ」

「差し当たっては、あなたはどうなの？」

「俺は敵だ。当然だろ」

笑みを消して、言い足す。

「だが、裏切ることはない」

「そう……ありがとう」

怒り出すのではなく、イザベラはそう答えた。校長は感慨深くうめいて、

「ついに、君に礼を言われる立場になったな」

「馬鹿言ってんじゃないわよ」

「こんな面倒な状況でなければ、妻も君に会いたがってたんだが」

「どうかしらね。会いたくないわけじゃないけれど、自信がないわ」

「自信？」

つぶやく校長に、今度はイザベラが笑みを返した。ただ、苦い笑みだ。

「キエサルヒマを捨てた人と、話を合わせる自信よ。こんな言い方で悪いとは思うけれど……」

「ああ」

馬車が揺れたために一拍の間をおいて、校長は告げた。

「分かるよ。妻も分かってる」

その後は、ほとんど言葉をかわすこともなく過ごした。

7

同じ家に暮らしてはいたものの、妹の生活をマヨールはほとんど知らなかった。言うまでもなくマヨールは、なるべく妹の存在を忘れようとしていたのだ。

それは妹が生まれて間もない頃からの、マヨールの必死の努力だった。

〝お兄ちゃんなんだから、帰るまでちょっと妹の面倒を見ていて〟の類の要請を母がすれば、彼は価値観の根本を覆すような概念を開眼した——つまり、全力で失敗をしようとした。

結果、母は五分の外出でよちよち歩きの娘がテラスに閉め出されていたり、コーヒーをたらふく飲んでぎんぎんに目を輝かせていたり、化粧台の中身を床にぶちまけているのを発見することになった。自分の部屋で本を——『たのしいわがや』や『犬の探偵ボークブルの冒険』といった読み古しを——夢中で読んでいたふりをしていたマヨールは、そのたびに夕飯抜きや説教の罰を受けたが、それも苦ではなかった。

成長すると妹のほうもマヨールには関わろうとはしなくなったし、それはそれで一定の秩序を生んだ。妹の気配がすればマヨールは階下に降りないし、朝は洗面台でかち合わないよう早起きが習慣になった。

それでも不幸な遭遇は起こったし、やがて反抗期の妹は母親に敵《かな》わない鬱憤をマヨールにぶつけてくるようになった。

「うわ。だっさ。それオッサンが着る服じゃん」や「兄ちゃんの部屋、お墓の空気なんだよね」と言われてもマヨールは無視できたが、時にはしばらく忘れられないような痛烈なものもあった。

ある日、マヨールは学校で気分良く完璧な一日を過ごし、帰宅した。夕食時になって母がマヨールの背中を見て、ぽかんとしてこう言うまでは確かに完璧だった。

「なにその紙？」

確かに背中になにか貼ってある。剥がして見ると、こう書いてあった。

『今日一日、この紙を無視できたらこいつは思い知る』

妹は、母の説教にも聞く耳持たずに笑い転げた。

十四歳のマヨールが思い知ったのは、単なる恥などではない。

それまで妹を絶対的な悪だと思っていたのに、みんなからおかしいと思われているのは自分のほうだ、と分かったからだった。


魔術戦士隊の基地にも、マヨールはやはり三年前に来たことがある。そしてやはり、忘れられないようなものを見せつけられた。

余計なことを付け足せば、忘れていることもある――ここで遭遇し、戦闘になったヴァンパイアの姿は思い出せない。魔王術による消去が今も維持されている証拠だ。魔王術は、創始者の言葉をそのまま借りれば、世界に鋏を入れる術だ。術が行われた記憶あるいは記録が残っている限りは不可逆で、効果を覆すことは何者にもできない。神人種族であろうと、魔王術の創始者である魔王スウェーデンボリーでもだ。

基地はあの時半壊したため、建て直されていた。三年前より大きくなっているように思った。魔術戦士の規模は変わっていないはずだ。戦闘魔術騎士団の予算や構成は議会によって監視されている。魔王術の存在は秘され、作戦のかなりの部分も隠されているようだが。

校長は馬車を降りるとすぐに敷地に入り込んでいった。最初に見た見張りに馬を世話するよう頼んだので、用事には長くかかるつもりだろう。見張りの魔術戦士は若い男だった。自分と大差ないはずだ、とマヨールは感じた。が、見張りに立っている以上は訓練生などではなくれっきとした魔王術士だろう。

建物に入ると校長は勝手を知った様子でどんどん進んでいく。だが奥の隊長室の前にまで着いたところで、後ろから追いかけてきた声に呼び止められた。

「父さん！」

マヨールも知っている声だった。振り返る。

三年が経って、その少女もいくつか変化があった。まず、もう少女という歳でもなくなっていた。確か……今、十九歳のはずだ。魔術戦士の戦闘装備で、何日も荒れ地を歩き回っていたように汚れているが、目の光は記憶と同じだった。強い瞳だ。明らかに疲労の極みにいる顔色だったにもかかわらず、意志と目の力は衰えていない。

他には。エッジ・フィンランディは多少背も伸びて、母親や姉に似た部分がちらほら増えているように思えた。身軽そうなのは相変わらずだ。反射神経も。まったく同時に鉢合わせても、彼女はマヨールより素早く状況を理解して口を開いた。

「マヨール？　あなた――ここに？」

「ええっと……」

口ごもっていると、校長が口を挟んだ。

「ああ。この三人はキエサルヒマから例の渡航者を追ってきた」

「三年ぶりになるね」

マヨールが手を差し出すと、エッジは少し戸惑ったようにそれを見てから、手袋を外して軽く握った。

「久しぶりだね。ええと、お姉さんは？　妹さんとはさっき会ったんだけど」

「ラチェットに煩わされたのはご愁傷様」

とマヨールに言ってから続きは校長に告げた。

「ラッツはまだ帰ってない」

「略すなよ」

「でも、無事よ。今日中には帰ってくると思う」

「そうか」

さすがに安堵《あんど》の顔を見せる校長だが、すぐに隠して険しく向き直った。

「イザベラ教師、すまないが先に報告を受けておきたい。急がせておいてなんだが、少し待っていてもらえないか。エッジ、お前が三人を案内しろ。シスタはエドのところか……エドは部屋にいないな？」

すぐ前にある隊長室の扉をちらと見て、言った。エッジが答える。

「エド隊長は尋問に当たってる。シスタもそこに」

「ああ、分かった」

まくし立てて結局イザベラにも有無を言わせないまま、校長は廊下をもどっていった。早足で、来たのとは違う通路に曲がり姿を消す。

「……と」

取り残されて、間が持たずにエッジが無理やりつぶやきを漏らす。

三人、マヨールとあと見知らぬふたりの女を見回しながら、

「案内、ね。こんな格好で悪いけれど。お風呂にも入れなくて。食堂でいい？　今は誰もいないだろうし」

「ああ、どこでも構わないけど」

マヨールは、イザベラとイシリーンを順に指し示した。

「遅れてごめん。こちらは俺の先生で、イザベラ教師だ。今回の渡航の指揮を執ってる。で、こっちはイシリーン」

「どうも」

会釈してイシリーンもエッジと握手する。

その横顔が……ほんの一瞥《いちべつ》だが、こちらに視線を寄越したように見えた。目配せだ。どうしてそんなことをしたのか、マヨールは疑問だったが、この予感は初めてのものでもなかった――馴染みのものだ。イシリーンは余計なことは滅多にしない。そういう女だ。が、

そう思っていると突然不可解なタイミングで不可解なことを言い出す。

「婚約者なのよ」

イシリーンの言葉に、エッジがぎょっと仰け反った。手を離すのではないかと思ったが、イシリーンが離さなかった。

「婚約者ぁ？」

握手したまま向かい合って、しわの寄った眉間をゆっくりとこちらに向ける。

「あなたたち、観光に来たわけ？」

「そうじゃない。イシリーンはまだ訓練段階だけど、キエサルヒマで偽典構成に成功した数少ない術者のひとりだ」

「へえ……」

まじまじ見やってから手を引っ込める。魔王の娘は、マヨールには紹介させず自分で名乗った。

「わたしはエッジ・フィンランディ。魔術戦士です」

「お父さんは報告を受けると言って、まず自分だけで尋問の結果を知りに行ったのね？」

それまで黙って見ていたイザベラ教師が、彼女に問いかける。

エッジは悪びれるでもなく、肩を竦めた。

「そうでしょうね。尋問についてはわたしは立ち会っていないので、聞き出そうとしても無理ですよ」

「ヴァンパイアはどれくらい強大化していたの？」

「知られている中では最強レベルだったと思います」

「それほどの相手を、どうやって生け捕りに？」

「一撃では完全に消し去れなかったというだけです。本当に幸運でした。ヴァンパイア症は解消されてないですから、基地は今、厳戒態勢にあります。あなたたちも危険は承知ください。あと」

矢継ぎ早の質問を遮って、エッジは釘を刺してきた。

「お願いですから、父の意図をわたしに訊くのはやめてください。娘だからって代弁はできませんし、したくもありません」

言い方こそ丁寧だが、挑む口調だ。

イザベラ教師にも物怖《ものお》じしていない。その様を見て、マヨールはなんとなく……確かにこの子はエッジ・フィンランディだと思い出した。

「では、こちらに」

歩き出す。

基地が厳戒態勢だというのは、途中ですれ違った魔術戦士の厳しい顔つきで分かった──と言いたいところだが、単に外部の人間に冷たいだけか。ただ確かに動きは忙《せわ》しない。書類鞄を抱えた事務員らしき男も小走りに駆けていった。

ほうっておけばさらに重い空気になりそうで、世間話くらいはしたほうがいいのか、と思うが、先頭のエッジとの間にはイザベラ教師が歩いている。彼女の肩越しに話しかけるのも余計なプレッシャーを呼びそうだ。

内装を気にしているのでもないだろうが、通路の上下を見比べながらイザベラがつぶやく。

「彼は娘をふたりも危険度の高い任務に？」

エッジは多少間をおいてから――さっき拒絶した問いに含まれるかどうか考えたのだろう――、こう答えた。

「当人が一番危険度の高い戦いを経験してますからね」

「妹も魔術戦士になるのかしら」

「お会いしたのなら、なりそうかどうか聞くまでもないでしょう」

「どうかしら。こと魔王術に関しては、誰が向いていて誰がそうでないか、わたしの予想はほとんど当たらなかった。候補者の選定に加わったんだけどね」

ぴくり、と反応を見せて、エッジは振り向いた。

「父もそれは言います。だから志願者を募る形にしているんです。訓練の結果、適性なしとされる魔術戦士も多いです」

「その場合……彼らはどうなるんだ？」

と、マヨールは話に入った。エッジがこちらを見る。怪訝そうに。

急に加わったのはおかしかっただろうかと、マヨールは唾を呑んだ。が、彼女は普通に答えただけだった。

「どうにも。魔王術士でなくても、人手はいくらでもいるもの。相当な強度のヴァンパイア症でなければ魔王術使用は禁じられているから、通常の術で対処することになるんだしね。逆に偽典構成に成功した程度じゃ、まだ使い物になるかどうか分からない」

言いながらイシリーンに視線を移している。

挑発されれば、イシリーンはむしろ好戦的な女だ。口調は穏やかにだが問いただした。

「それは誰の話？」

エッジは、はっきり嘘と分かるよう目つきを強めてからこう言った。

「さあ。わたしの姉のことを言ったつもりだったけど、心当たりでも？」

相手が若いことを思えば、後でイシリーンを窘《たしな》めるべきだろう。マヨールは咳払《せきばら》いして割って入った。

「三年前、校長の偽典構成を一瞬だけ見たよ。あれを個人でやれるっていうのは信じがたいけど……実際、できるんだろうね。あの人は」

「父と同等のレベルで偽典構成を仕組めるのはマジク先生とエド隊長くらいよ」

魔王の娘はまた通路を進み始めた。

食堂というのはそのために設《しつら》えられたというよりも、なにもすることがない時に時間を潰す広間をそう呼んでいるということらしい。別段、コックや厨房《ちゅうぼう》が用意してあるわけでもなく、長テーブルと椅子が並べてあるだけだった。今は誰もいない。

もちろんではあるが、椅子にもテーブルにも変哲はない。日曜大工ででも作れそうな安物の家具だ。手近な椅子に腰掛け、しっくりこなかったのか別の椅子に移ってから、イザベラ教師はエッジに話を続けた。

「キエサルヒマでは今のところ、魔王術でしか対抗できないほどの強度のヴァンパイア症は発生してない。発生することはないんじゃないかと考えてる者もいるくらいでね。魔王の出任せなんじゃないかと噂する人も」

「こちらでも、多少手足が伸びる程度のことだと思ってる人はいますよ」

エッジは座るつもりがないようだった。柱に寄りかかって腕組みしている。

イザベラが席を移動したせいで、マヨールとイシリーンはふたりと少し離れた場所に座った形になっていた。やや身を乗り出してマヨールは問いかけた。

「発生条件ははっきりしていないんだろう？」

「している部分もあるわ。神人種族は人間をヴァンパイア化できる。ヴァンパイア化した者は同じように他者を巨人化する能力を持つこともある。ヴァンパイア化には個人差があってどんな形態や能力が発現するかは分からない……けれど身体が強靱になって理性を失っていくのは共通してる。一定以上の強度に至ったヴァンパイアは共同体に属すのが難しくなるからヴァンパイア症の感染性は基本的にはそう高くならないけれど、神人種族の影響力で団結すると手に負えなくなる」

「今回、校長が懸念しているのはそれかな」

言ってから、エッジのしかめ面で、彼女の禁止事項に触れたと思い至った。が、ともあれ彼女は答えてくれた。

「カーロッタの失墜と、ヴァンパイア化を望む渡航者が増えていることが符合するとね。ニューサイト壊滅に匹敵する壊滅災害になるかもしれないから、騎士団全員が警戒してる。父さんだけじゃなくてね」

嫌みを付け足すことも忘れなかったが。

さらに嘆息してからイザベラに告げた。

「キエサルヒマに同じことが起こるかどうかは分かりません。でも父は危険を冒して、あなたたちに魔王術を伝えたんです」

「神人スウェーデンボリーをこちらに押しつけただけじゃないかって非難も――」

「なら、返していただけるんですか？」

鋭く言いながら、しかしその言葉を突きつける本当の相手はここにいるのではなく、イザベラ教師がただ代弁しているだけだと悟ったのだろう。エッジはすぐに冷静さを取りもどしたようだった。小ぶりの頭できゅっと表情を抑える様は、小動物が物陰に潜むのを思わせる。

「これまでで史上最悪の壊滅災害はこの原大陸ではなく、キエサルヒマで三百年居座ったという女神のほうです……ドラゴン種族は今のわたしたちよりずっと強大だったのに絶滅しました」

目を閉じて続ける。

「それも父のせいだと言う人がいるのも分かってます。もしかしたらあと何十年かは続いたかもしれない体制を壊す権利が父個人にあったかと言われれば、ないでしょう。でもその場に居合わせて、誰かが決断しないとならなかったなら、わたしだってそうしました」

「わたしは居合わせたのよ」

イザベラはそう言いながら、遠くを見やったようだった。やはり目の前の相手と話しているのではない。その視線の及ぶ場所は、たびたびこんな顔を見せるせいだが。その視線の及ぶ場所は、どうやっても自分には見えない……そう思うことが、マヨールはたびたびある。内戦を知る世代の魔術士に共通する部分かもしれない。

そしてそれより若い世代には共通する感情で、そんな顔をされれば苛つくのだ。エッジは首を振った。

「その時の話を父の口から聞いたことはないんです」

「当時、わたしたちが直面していた危機は女神そのものというより、ドラゴン種族の聖域の内紛だったの。知られていなかったことだけれど聖域は天人種族から管理を任された人間の手で維持されていた。彼らは結界の不備を、守る範囲を狭めることで改善しようと考えていた。つまり、聖域以外を切り捨てることでね」

それは後の発表で、今では広く知られたことだ。当時の貴族連盟は最接近領なる特殊工作員を使って秘密活動を行っていたことを、その情報で正当化した。

イザベラは教室で歴史を語るのと同じく、淡々と説明を続けた。

「聖域外はそれをやめさせようと動いた。わたしの所属していた《十三使徒》もね。あなたが勘違いしているのは、あれはいくつかの選択肢があってそのどれを選ぶかなんて状況じゃなかった。そもそも勝てる策がなかったのよ」

苦々しく笑みを見せる。

「プルートー師は戦って死ねばプライドだけは示せると考えてた。貴族連盟は人造人間と無敵の暗殺者に解決させようとした。それ以外の住民は……できればなにも知らないままでいたかった。あなたのお父さんは全員の望みを丹念に潰したの。だから恨まれてるのよ」

「そんなの、言いがかりでしょう」

「そうね。でも、どっちかが腹立ちを収めれば終わりなんていう簡単なものじゃないのよ。お父さんだって、わたしたちの協力を拒絶した」

「…………」

はたとマヨールは、イザベラの意図にようやく気づいた。彼女はお気に入りの生徒にそうするように厳しく見つめ、本音を語っている。エッジを味方に引き入れようと口説いているのだ。

ギッ、と椅子を鳴らしてイザベラは体勢を変えた。抱え込むように組んでいた手から顔を上げる。

「対立は認めるし、わたしたちは必ずしもお父さんの味方じゃない。でも有益なことができるチャンスが欲しいの。お互いに与え合うことはできない？」

「なにが欲しいんですか？」

決して氷解したとはいえない刃のような鋭さだが、エッジが言う。イザベラは自分の生徒たちを示した。

「協力者が必要なのよ。このふたりの面倒を見て欲しいの。キエサルヒマから逃げた連中を、ヴァンパイア化する前に捕らえるために」

「わたしは執行判定票も持ってないただの隊員で――」

「でも特別な立場よ。頼まれた時だけ認めないわけではないでしょ」

ずけずけと追い立てているが、結局これはマヨールが校長に迫ったのと同じ手だった。誠意という搦《から》め手《て》だ。

エッジはじろりと、とりわけイシリーンを睨《にら》んでからこう言った。

「ふたりと言いましたが、イザベラ教師、あなたは別なんですか？」

「ひとまずはね。ブラディ・バースにも同じことを頼むつもりでいるから」

「どのみち」

と、エッジは食い下がった。

「捕らえたヴァンパイアから得られる情報次第で、今後の状況がどうなるか分からないんです。即刻カーロッタ村に攻め込まないとならなくなるかも。そうなったら、立場もなにもない」

「有益な情報が得られなければ、協力してくれる？」

「その場合は父も、手詰まりを認めるしかないでしょう」

つい、自分で禁を破ってしまったことを自覚したのだろう。彼女は悔しげに口を曲げた。

遣いが呼び出しにやってきたのはそれから一時間ほど経ってのことだった。

若い魔術戦士は、まず誰に言うべきなのかを迷ったような顔をしてから結局、イザベラに告げた。準備ができました、ヴァンパイアの尋問を望みますか？　と。

「もちろん」

とイザベラは応じた。そして全員で、地下に案内された。

8

宿業のような妹との戦いに心折れ、部屋に閉じこもることもできたのだろうが、マヨールはもうひとつの道を選んだ——ダメージを修復し、反撃を狙うことをだ。

妹と自分の違いを分析した。妹は馬鹿で、性悪で、小ずるく、落ちこぼれだった。これがどういう利点かといえば、同類の連中と仲間になれることだろう。こうした奴らは仲間意識だけは非常に強い。

正反対のマヨールは正反対の仲間を得る。どちらが頼もしいかといえば……まあ、圧倒的に不利だった。

状況を分析して対策を立てること。これは妹にはない武器だ。妹がどうやって仲間を増やすのかを観察した。そして、マヨールもその真似をした。これは当初、相当な困難に思えた──つまりマヨールのほうから〝彼ら〟に話しかけるようにするというのは。

〝彼ら〟とは当時、マヨールがはっきりと意識してた言葉だった。つまり自分とは別種の〝彼ら〟だ。自分とはなにか──というかなにもかもが違う〝彼ら〟、性質も、習慣も、目指すものも、そして当然の結果として成績もランクも違う〝彼ら〟である。妹もこれに含まれていた。

この〝彼ら〟の性質は先にも述べたが、仲間意識だ。彼らは見放された存在だから寄り集まる。来る者は基本、拒まない。マヨールもこの中に入ってしまえば〝彼ら〟の団結によってマヨールを苦しめようという妹の目論見は瓦解するはずだった。

ある日、マヨールは〝彼ら〟に話しかけた。愛想良く機嫌を取り、くだらない遊びにも付き合った。マヨールの評判は一変した。悪くない展開だ、とマヨールは思った。これを続けて、機会を見て今度は妹を悪者にしてやればいい。

状況をうかがい、数日が過ぎる頃には〝彼ら〟の内輪もめの喧嘩にも参加するようになっていた。さらに数日が過ぎると〝彼ら〟の秘密の溜まり場に招待され、〝彼ら〟の遊びの計画に意見を求められるようになった。実際にその計画にも参加した。〝彼ら〟は親が家を空ける時に子供だけでパーティーを開く。マヨールは優等生で知られていたため「フォルテ・パッキンガム教師に頼まれて」の一言で購買部から酒を買うことができた。これがマヨールを一躍、英雄にした。父親にそれがバレるまでは、だが。

父親はマヨールを叱責した。マヨールはそれなりに反省したが、父親のこの言葉にだけは反発した――お前のような奴がなんで〝ああいう連中〟にそそのかされた？

〝ああいう連中〟ってどういうことだ、とマヨールは声をあげた。ぼくの友達を父さんに値踏みされたくない、と叫んで訴えた。

険悪になった翌日、妹が物置を燃やしかけた。

「ホームレスのおっちゃんが、灯油を持ってきたら金くれるって言ってサ」

缶を運び出そうとしてひっくり返し、さらにうっかりランプを落として丸焼きになりかけた、というのが妹の説明だった。当然これは両親を激怒させた――更生施設に入れることも本気で検討されるほどに。さすがに妹もしばらく凹《へこ》んだようだったし、両親はマヨールの悪さのことなどすっかり忘れてしまった。

「どうしてあいつはああなんだ！」

収まらない父の怒りの声を聞きながら、マヨールはぼんやりと考えた。確かに妹は馬鹿げたことをしでかすが、少しタイミングが出来すぎているような……

ともあれその後、購買部のブラックリストに名前が記されると、マヨールの価値は失墜した。マヨールは英雄ではなくなったが、まあそこそこの立場で友人の中に留まった。

妹を追い落とす計画は、有耶無耶《うやむや》になった。

震えと寒気を覚えながら、たまらずにマヨールは尋問室を飛び出し、階段を駆け上った――ほとんど逃げるように。部屋は熱気で満たされていたにもかかわらず、芯まで冷え切った心地だった。階段を上りきったところで、つまずいて壁にぶつかった。手がふさがっていたので受け身が取れなかった。両腕を掴んで放せなかったのだ。

しばらく立ち上がる気にもなれず、うずくまる。吐き気はない。地下で見たものに関しては、そうした生理的な不快とは違う、とマヨールは考えていた。単に、細切れにされたヴァンパイアが生きたまま灼《や》かれるのを見たからではない。もっと込み入ったものだ。たとえば、そう、正気も残っていないヴァンパイアの無意味な悲鳴を克明に書記する魔術戦士の熱心な目……といったような。

どれくらいその場に座り込んでいたか。階段を上ってくる足音が聞こえても、逃げる気になれなかった。誰が来たのだろうか、とは思った。イザベラかイシリーンが心配して追ってきたのだろうか？　まあ、あり得る。エッジかもしれない。誰が来たにせよ、しゃんと立って素知らぬ顔をしておいたほうが良いだろう。部屋が暑かったので空気を吸いに出ただけだと言い張るために、まずは呼吸を整えて……

そう自分に念じて、顔を上げるまではできたが、折れた膝を伸ばすのは無理だった。しゃがみ込んだまま階段を見下ろす。そこにあったのは校長の顔だった。

「校長、あれは」

声は存外、すんなりと出た。

校長は言葉の続きを待たずに口を開いた。

「なんだと思った？」

「あれは……拷問だ！　あなたたちは捕虜を拷問してる」

吐き捨てる。校長は、ああとうなずいてみせた。

「そうだな。ついでに言っておくと、情報を得たらあいつは魔王術で事象から消す」

「当然のことだとでも言うつもりですか？」

「いいや。だが、君が予想もしていなかったというなら、意外だな」

他人事のようにつぶやくと、彼は近づいてきて、手を差し伸べてきた――嫌なタイミングだ、とマヨールは唇を噛んだ。共犯者になれとでもいうような。

もちろん、馬鹿げた妄想だ。マヨールらはもうとっくに共犯だった。部屋から飛び出してみたところで、そこで得た情報が必要なことには変わりない。非難は偽善そのものだ。

「分かってはいました」

しぶしぶ認めて、マヨールは校長の手を借りた。立ち上がってみるともう震えも残っていない。

「ただ、あまり信じてはいなかったんです。魔王オーフェンの噂」

「根も葉もない話ばかりではないさ。俺たちは二十年も人殺し稼業を続けてるんだ」

空虚な無表情で、魔王は言う。

彼の肩越しに階下を見やって、マヨールはため息をついた。尋問室へはだいぶ距離もあるので、ヴァンパイアの悲鳴ももう聞こえてこない。

「どうした？」

変化を見透かされたのだろう。校長に尋ねられて、マヨールは苦笑した。

「いえ、違う話ですけど、ちょっとショックだなと思って。イザベラ先生はともかくイシリーンも踏みとどまったのに、ぼくだけ飛び出して」

「婚約者なんだって？」

「ええ、まあ」

「結婚するっていうのは意外だな。君も彼女も、タフレムっ子だろう」

この状況で、そんな他愛もない世間話に乗っかられるというのも意外な気はしたが、校長の怪訝そうな眼差しを見返して不意に合点がいった。彼はマヨールを見ながら、父と母のことを思い浮かべているのだろう。育った街であるタフレムのことも。

「ぼくらはどちらでもいいと思ってるんですが、父さんの勧めなんですよ」

「あいつが？　そう言う自分はタフレム式だろ」

ますます困惑したように、校長が顔をしかめる。いわゆるタフレム式というのは、つまり自立を美徳とするタフレムの魔術士の風潮で、結婚せずに夫婦になることを指す。そもそもタフレム市には法制度としての結婚がない。相続の優遇や保護もなく、つまりはなんの得もない。マヨールの両親はまさに骨の髄までタフレムの魔術士だった。

ともあれ、マヨールは曖昧な気分で言い足した。

「後悔ってわけじゃあないんでしょうけど、思うところがあったんでしょう」

「ふうん」

と、校長もちらと下をのぞいてから向き直る。

「尋問は長引くだろうな。あのシマスは大物中の大物だ……大勢で見物してても仕方ないし、少し話さないか。エドの部屋を借りよう」

「はい？」

戸惑って、つい呆けた返事をしてしまった。慌てて言い直す。

「隊長室でっていうのは、内密なお話ですか」

「内密っちゃあ内密だな」

促して、廊下を歩き出す。

マヨールもついていった。無言のまま廊下を進んでいくと、ぴりぴりした基地の空気を再び感じる。

校長は隊長室の扉を気楽に開けると、マヨールを招き入れた。校長のオフィスとは対照的に整頓された部屋だ。物が少ないせいもあるが。場違いに、窓際に枯れた植木鉢が置かれている以外は、必要なものしか置かれていないといった空気だった。おかげで、立ち入るとそれだけで闖入《ちんにゅう》を咎《とが》められそうに思えてくる。

あれ、と急にマヨールは思い至った。

「イシリーンとの婚約のこと、どこで聞いたんですか？」

他に言った覚えはなかったので答えは知れたものだったが、校長はあっさり認めた。

「ついさっきだよ。娘が言ってた」

「エッジが？」

「他にも君たちをもっと警戒しろとか、ごにゃごにゃ口出しされたよ。あいつが監視役をするのはどうか、とも」

「…………」

誘った話とは微妙に違うが、彼女なりに父親を裏切らずにこっちと同行するぎりぎりの妥協点なのだろう。

「彼女に助けてもらえれば、ぼくらは非常に助かります。成算も出てくる」

マヨールが言うと、校長はやや表情を曇らせた――わずかな一瞬だったが。見逃すほど短くはなかった。

「反対ですか」

「難しい。が、君が思っているのとは恐らく違う理由だ」

「というと……？」

「今回、あのシマス・ヴァンパイアを捕らえたのは戦術騎士団のマジク・リンとシスタ。加えてうちの娘たちふたり、計四人だ」

マジク・リンという人物は、大袈裟《おおげさ》に言えばキエサルヒマの伝説だ。古くは内戦でハーティア・アーレンフォードに与《くみ》してトトカンタと貴族連盟の戦争に参加した。虐殺の主犯として大陸を追われ、新大陸に渡り、今では魔王の腹心だ。それほどの魔術士が《塔》からではなく市井からひょこっと出現したことを、父は気にしていた。イザベラ教師は一時期、彼を指導していたことがあるとかいう話だが、馬鹿げた才能の塊だったと言っていた。逆に「単なる才能の化け物でしかない。ただの例外よ。気にしてるんなら、フォルテはアホね」とばっさり切り捨てた。

シスタというのも戦術騎士団のベテランだ。校長やマジク・リンなどに次ぐような人材だろう。魔王の娘ふたりも相当なレベルの術者ではあるが、彼らに比べれば明らかに見劣りする。が、校長は続けた。

「最難関の任務だ。成功率は高くなかったが、この上ない形でやり遂げた。しかも金星をあげたのはラッツベインとエッジで、この報告で隊はふたりを第一級の戦力と認めるしかなくなった」

「第一級、というと?」

「今後も、優先的にこのレベルの危難に投入されるってことだ」

硬い表情を崩さず、校長がつぶやく。

ぎょっとして、マヨールはうめいた。

「まさか……だってまだ」

「ああ。日も浅い半人前なんだが、特殊な技があってな。これをどう配置するか、俺の一存じゃ決められなくなっちまった。ただでさえ外部の俺が〝ブラディ・バース〟を支配下にしてることで文句を言われてるしな」

「そのことを伝えに、ここに？」

問うと、校長は軽くかぶりを振った。

「これもあるんだが、もうひとつ、助言がしたかった。イザベラに言っても聞きゃしないだろうしな」

「先生は──」

反射的に庇《かば》おうとしたマヨールだが、校長は手で制した。決して面白くはなさそうに、言う。

「ああ。できる術者なのは知っている。ただ、こっちの大陸じゃまったく通用しない。はっきり言えば邪魔者だ。彼女はキエサルヒマの人間なんだよ」

「それは、ぼくもです」

「違うな。世代の問題さ。君やイシリーンは、殺し合いをしてまでキエサルヒマか原大陸かを選ばないとならなかった俺たちとは、違う」

「そんな言い方は卑怯《ひきょう》でしょう。ぼくらとは話もできないんですか？」

反論したくてもやりようがない。が、校長はまた首を振る。

「責めて言ってるんじゃない。君の強みなんだ」

そう言って、振り向く。壁に掛けられた地図を見やった。新大陸の、判明している範囲での地図だ。キエサルヒマと違って新大陸はまだ全貌が分かっていない。果てがないと考えている者すらいる。彼らによると、ある地点で時間が無限に加速して帰還不可能になるのだそうだ。その地点は無限距離の彼方《かなた》にあるという。じゃあ結局その地点はないのと同じじゃないですかと言ってみたところ、その教師の返事は「だからなんだってんだ」と拳《げん》骨《こつ》一発だった。

与太話はともかく、開拓された土地だけでもかなりの広さだ。ラポワント市、アキュミレイション・ポイント、ローグタウン、そして無数の開拓村……その中にはカーロッタ村も。ヴァンパイアの革命闘士は村や郊外に潜伏しているとされる。都市ゲリラも当然いる。ベイジットはあの地図のどこにいてもおかしくない。

校長は地図の一点、カーロッタ村と記された場所を指し示した。

「状況は相当に悪い。恐らくだが、カーロッタはもう村にいない」

「ヴァンパイアが白状したんですか？」

「いや、今のところはまだ見込みの話だ。相当タフな奴だ。確証が取れるには数日かかるかもな。ただ、いなくなったと仮定するなら、その理由が問題になる……カーロッタは神人種族の招来をただひたすらに待っていた。その機が来て動いたのだとすると、壊滅災害の前触れだ」

「後手後手じゃあないですか、ぼくらは」

つい、声が尖る。校長は怯《ひる》まず応じた。

「その通り。身動き取れないところを出し抜かれたんだよ。今の俺たちの弱みだ。組織は強固になったが、足回りが鈍過ぎる。挽回《ばんかい》するには組織を離れた人間がいる。はぐれ魔術士、かな」

「……ぼくらを使いたい、ってことですか」

はっと息を呑んで訊《たず》ねるが、これには校長が否定した。

「そうじゃない。俺に使われてるようじゃ部下と変わらない。君は妹を捜して、好きに動けばいい。カーロッタ村に行きたいと言われれば、そんな馬鹿な真似はするなとしか俺には言えんが、俺の判断に従うだけなら、そもそも君はこっちに来るべきじゃなかった」

「………………」

「ピンと来ないなら今は忘れてもいい。だが必要な時に思い出せ。誰かに従っていれば、決断をその誰かに委ねることになる。それが、絶対に自分で下さないとならない決断だった場合が悲惨だ。組織に属するっていうのはそういうことなんだが」

なにかを思い出すように息をついて。

校長は、ぽんとマヨールの肩を叩いた。

「属さずに戦うのは楽じゃない。だが、それでしか遂げられない戦いもある」

故郷を捨てて魔王にならねばならないほどに、だろうか。

校長はみなまでは口にしなかったが。

彼の目を見て、不意に、マヨールはつぶやいた。なんとはなしに切り出すタイミングだと感じて。

「あなたはぼくの叔父だと聞きました」

正確には、血のつながりはない。ただこの魔王なる人物が違う名前だった頃、母は彼を弟として扱っていたし、家族だと思っていた。これもいわゆるタフレム式だ。

校長はそうしたか分からないほど小さく、瞬きした。

「ティッシから？　フォルテから？……いやまあどっちでもいいか」

「父が話してくれました」

本当にどちらでもいいというわけではなかったのだろう。やや痛みを感じさせる目の色で、彼は訊いてきた。

「レティシャは、俺を許してない？」

どう答えればいいのか。正直に、マヨールは告げた。

「母は、あなたのせいでベイジットがこっちに魅入られた、と」

「ああ」

「イザベラ教師もあなたを許してない。すみません、好奇心なんですが、不思議に思ってしまって。父はあなたを評価してるんです」

その機微がよく分からなかった。両親は、子供の目から見ても似たもの夫婦だ。似たような魔術士で、似たような環境にいる。《牙の塔》のキリランシェロとの付き合いの長さも、ほとんど変わらない。だが新大陸の魔王オーフェンに対してだけは、レティシャばかりが怒っている。

「女ってやつは、とでも言わせたいか？」

ふっと笑みを浮かべて、校長は語り出した。

「開拓団の船が出たのは君がまだティッシの腹にいた頃だな。俺は二度、彼女を捨てた。一度は子供の頃で《塔》を捨て、二度目は故郷ごと捨てた。ティッシやイザベラは、魔術士の中でしか生きたことがない。魔術士だけで円満に完結できる自分たちの社会を心底愛してるんだ。だからそれを傷つけるような俺のことは理解できないし、したくもないだろう」

「それなら父だって怒ってるはずでしょう」

「やっぱり、女ってやつは、かな」

校長の口元はおどけていたが、目はどこか素のままだった。

「フォルテは怒ってないふりをするのが上手いだけさ。君もな」

「ぼくは……」

「気にするな。俺は気にしてない。本当のことってのは大概、ふりから生まれる。だから見栄ってのは大事なんだ。建前はつらいから本音の自分だけを認めて欲しいなんてのは、怠け者の話さ」

そう言って、彼は話題を打ち切った。

話を終えて隊長室を出る。また連れだって廊下をもどりながら。

そうか。と気づく。

(ぼくは、昔のこの人と同じことをしてるんだな)

だから母は、きっとマヨールのことも怒っている。のだろう。

9

妹と自分にも違う点はいくらでも見つけられた。

時折考えるのは、似ているところだった。

堅物の親にうんざりすることがあるのは——程度の差はあれ、同じだ。もっとも、そうでない子供などいるだろうか？　親というのはなにかの理想を持っている。もしくは、報いがあると思っている。子育てのような途方もない負担をしているのだから、なにかいいことがあって然《しか》るべきだ、という。だから子供は親の言うことを聞くか、親の思い描いた通りの生き方をするべきだと。

子供はみんなうんざりしている。だが生活の質を落とさないためには従うしかない。あるいは、従っているふりをするしかない——ここはマヨールと妹の違う点だった。マヨールは前者で、妹は後者だ。だがこれも結局は程度の差でしかないかもしれない。

となると……違う点も同じ点も、程度問題でしかないのなら。

根本的な違いはどこにあるのか。それとも、そんなものはないのか。

考えるのが恐ろしくなった時は、考えるのをやめた。


尋問部屋にもどる際、マヨールはいくつかの恐ろしい想像をしていた。

もちろん、拷問は続いているだろう。耐えきれずに逃げ出した彼がのこのこともどると、中にいる魔術戦士たちの冷ややかな視線に出迎えられるに違いない。それにはイザベラやイシリーンも含まれている。校長に連れられてもどったマヨールはいかにも軟弱者に見えることだろう。虐待にのたうつヴァンパイアすらこちらを見て嗤《わら》うかもしれない……

だがその妄想は、かなりの部分で的を外していた。

まず、尋問室に待ち受ける雰囲気についてだ。部屋の前の通路の壁にはエッジがぐったりともたれかかっていた。その横にはイシリーンがついていて、背中をさすってやっている。ふたりとも顔色は蒼白だった。こちらを見たイシリーンの目は潤んでいて、さっきまで泣いていたのではないかと思える。

「マヨール」

こちらに気づいて、イシリーンは声をあげた。

駆け寄ってきたがったようだが、校長の姿を見て足を止めた。怯《おび》える彼女にマヨールのほうが進み出て、腕を回した。耳元にしか聞こえない小声で、イシリーンの囁きが聞こえた。

「わたしたち、追い出されちゃって……」

「尋問中に、気を失いそうな顔をしてるのが尋問側にいたんじゃ支障があるだろ。エド隊長でなくても蹴り出すさ」

言ったのは校長だった。壁に額をつけて動かなかったエッジが、のろのろと振り向く。

「でも、父さん、あんなことはいつもなら禁じてる……」

「当たり前だ。レクリエーションでやってるとでも思ってるのか」

「中は、まだ……?」

とマヨールが訊ねると、首に顔を埋《うず》めたままイシリーンがうなずいた。

「続いてる。ひどくなってる……と思う」

壁と扉越しに、くぐもった悲鳴が漏れている。

うんざりした目つきで部屋のほうを見やって、校長は言ってきた。

「俺は立ち会わないわけにもいかんが、君は……すまないが、このふたりを上まで連れて行ってくれるか?　これ以上は無理だろう」

「は、はい」

マヨールは引き受けた。尋問室に入り直したらまた逃げ出すというわけにもいかないのだろうから、そのほうが正解だろうと思った。

イシリーンを抱えて引き返す。エッジの足が重いので、何度か振り返って、ちゃんとついてきているか確かめないとならなかった。基地の通路を歩いているだけなのに、まるで負傷して敗走しているようだった。

他に心当たりもなかったので食堂に入り、一番奥の目立たない場所に席を取った。イシリーンとエッジを座らせてから、厨房に行って水差しとコップを手に入れた。もどるとふたりは多少落ち着いてきたようで、ぼそぼそとだが言葉を交わしていた。

「あれを捕らえたのはわたしたちなのよ。でも、こんな……」

「あなたのせいじゃない。誰のせいでも……」

「分かってる。あれはヴァンパイアよ。他に手がないから魔王術なんてものまで……でも、こんなことで思い知らされるの……ヴァンパイアは人間なのよ……」

少し離れた場所に座っていたはずだが、今は隣で身を寄せ合うように話し込んでいる。邪魔ができない気がしてマヨールはゆっくり歩いた。が、どれほど足を遅めてもいつかはそこに辿り着き、足音を気取られてしまう。

コップに水を注いでイシリーンとエッジの前に置いた。毒でも差し出されたようにイシリーンはびくりとしたが、震える手でコップを持ち上げ、唇を湿らせた。

女ってやつは、とでも言わせたいか？

ふと記憶が過ぎって、マヨールは首を振った。振り払う。

「大丈夫？」

どちらに訊いたのでもないが、返事したのはイシリーンだった。

「ええ。マヨール、あなたは――」

「俺もまあ、大丈夫だよ」

え？　とイシリーンは間を開けて、訊き直してきた。

「そうじゃなくて、校長となんの話を？」

これでもうひとつ外していた的に気づいた。あまりに早く部屋を飛び出したので、みんなはマヨールに気づかず、校長と密談するために姿を消していたと思われていたらしい。

「校長は……」

ちらと、エッジの顔をのぞく。彼女はイシリーンの向こうで肩を縮ませて目を震わせている。大物のヴァンパイアを捕らえる任務から帰ってきたばかりの彼女も、さっきまでは気の強さで疲労を寄せ付けずにいた。それが折れて今は、老け込んだようにも子供に返ったようにも見える。

「要は、騎士団は手一杯だから、エッジは貸せないっていう話だった」

少し違うといえば違うが、説明が難しいと感じてそう告げた。

エッジが怪訝そうにしているので、言い足す。

「今回の君の成果が凄かったんで、あまり自由にさせられないって」

「成果ね」

今のタイミングで聞けば皮肉でしかなかろうが。拳を握ってエッジがうめく。

その腕をイシリーンが軽く撫でていた。随分と仲良くなっている……ほっとするような釈然としないような、微妙な心地を味わった。イシリーンも到底、気弱な女というものではないが、あの場で行われていたことには、それだけの威力があった。

己の属しているものが組織的な犯罪を犯しているのを目にすれば、当然そうだ。足下から混乱する。

自分とて飛び出したわけだが、彼女らを見ることでどこか客観視できるようになって、マヨールはすっかり冷静になっていた。これが校長の言っていたことかもしれないな、と少々やましくも思う。母のほうが先手を打って怒り出すから、父は落ち着き払ってみせるしかなくなってしまうのだ。

「状況が動いてる。俺たちの目論見はかなり脳天気だったのかもしれない」

「父さんは、戦争になるって？」

「もっと悪い……のかな。やっぱり、壊滅災害の可能性を考えてる」

「神人種族が来るの？」

イシリーンが、はっと目を瞠《みは》る。マヨールもだが、キエサルヒマの魔術戦士はまだ神人種族との戦いを経験していない。

マヨールは付け加えた。

「カーロッタの動き方が疑わしいと考えてるようだった。彼女が、戦術騎士団や資本家との決戦を断行できる根拠は女神の帰還しかないって」

「そうね……シマス・ヴァンパイアは見捨てられたのかも。神人種族は人間のヴァンパイア症を利用する一方で、人間種族が人化することを憎悪しているから……」

熱に浮かされたような口調で、エッジがうめく。

人化とはヴァンパイアの質量が増大し、事象の限界を超えて特異点と化すことだ、と考えられている。魔術戦士が魔王術という世界を滅ぼす禁忌で破滅を避けようとするのとまったく鏡写しの立場で、神人種族はヴァンパイアライズを利用して世界固化の原因である人間種族を壊滅させる。

神人種族は魔術の根幹だ。常世界法則が実体化した生物で、実在そのものに矛盾をはらみ、目的も行動も道理に相反し、つまるところ彼らは必ず発狂している。その解消には、魔王スウェーデンボリーの言うところの神化が必要となる。これは人化の対になる概念で、質量が限界を超えてゼロ未満になることらしい。

「意味をタイムトラベルさせることとも言える。通常、意味は時間に則《のっと》って理解されるが遡航軸《そこうじく》に置かれた意味は理解を不可能にさせる。テキストを逆さに読むようなものだ。これが初めて現実に支配されない純粋可能性を出現させる――」

滔々《とうとう》と語る魔王スウェーデンボリーを見て、マヨールに分かったことはひとつだった――なるほど、拳骨をくれた教師の言うことも馬鹿話ばかりではないのかもしれない、と。

ともあれ、つまるところ。

この戦いはすっきりと納得しながら戦えることはない、ということだ。他のあらゆる戦いと同様にだが。

あの校長ですら戦争犯罪に手を染めざるを得なくなる。

（そこからははぐれてことを成し遂げろと、彼は言った……）

汚いことは大人に任せろ、ということか。それも癪《しゃく》に障るが。

「俺たちは、やりたいようにやろう」

マヨールは告げた。

口に出してから、この〝俺たち〟は誰までを含めているのか、自分でも分かっていないと気づいた。エッジまでも含んでいただろうか。だがあえて確かめないまま、マヨールは続けた。

「この新大陸で、身の安全を考えながら綺麗に水も濁さずうまくこなそうなんて考えてたこと自体、甘かった」

じっと、ふたり――イシリーンとエッジと見つめ合う。どちらも戸惑っていたが、不思議と、迷っているようには見えなかった。

「無茶をやるってこと？」

怯えていたイシリーンの瞳に、ほんのわずかだが煌めきが灯《とも》る。

マヨールは、応じた。

「かなりのね。危険を冒して、多分大勢に迷惑をかけて、無事には帰れないようなことを――というより、そうでなけりゃできないようなことを」

「なにを考えてるの？」

イシリーンは乗ってきている。まだそれを隠せているつもりでいるが。

それを見通しているとは言わず、マヨールはうなずいた。

「校長が騎士団を動かすより先に、カーロッタ村に乗り込む」

10

妹の図々しさには底がなかった。

普通は気づくだろう、というところでも妹は気づかなかった。

空から落下する火の玉みたいだ。誰にとっても得がない、悲惨な結末も見えているのに止まらない。それどころか落ちるのが当たり前だという顔で、最大の効率で加速、地面に激突する。

ある日、マヨールは妹の悪い噂を聞いた。

よくある陰口だ――十代にもなればどこででも聞くような。マヨールが引っかかったのは、その噂のせいで妹が落ち込んでいたからだ。大抵の場合、妹は攻められればお返しするし、そもそも攻められるより先に相手を始末するほうだった。妹は友人間の評判をなにより気にしていたし、事実うまく立ち回っていた。

だがその妹がやられっぱなしになっていた。噂は、妹が去年避妊手術を受けたとかいう根も葉もないことだった。尻に出たひどい出来物を取る手術をして数日入院した件を、曖昧に誤魔化そうとしたせいで生じた誤解で、真相を言うのも嫌だというジレンマがあったようだ。だがそれだけだったら妹はどうとでもしただろう。妹が打ちのめされた本当の原因は、ある男子生徒が噂話に加わっていたからだったらしい。妹はそいつに恋していたのだ。

妹はすっかりしょげ返って、ほとんど日課のようになっていた母へのタトゥーのおねだりも収まったほどだった。マヨールも調子が狂って、ためしに背中を蹴ってみたが、妹は溜息をつくだけで振り返ろうともしなかった。

これはどうしようもないと思い、マヨールは一計を案じた。

といっても画期的な策があるわけでもない。噂話には実体などないからだ。誰かをふん捕まえて黙らせたところで効果はない。だが逆に、それが脆さでもある。主体性がないからこその噂話だ。つまり、でたらめでもなんでも、より面白い展開があれば一声で簡単にひっくり返る。

ふさぎ込む妹を心配する母に、マヨールは、母さんにできることがあるなら、力になってあげたいって思う？　と問うた。母は当然、首肯した。

翌日、マヨールは家族の手術について口を滑らせた。《塔》の伝説的な魔術士レティシャ・マクレディの尻から悪魔的な出来物を切除するという手術だ。問題の出来物は、保存液に漬けて地下室に安置してある。ほら、うちの妹が去年何日か休んだけど、あれは手術の付き添いでね……

母はかなり長いこと口をきいてくれなくなったし（父はわりと面白がってたが）、保存容器と出来物のフェイクを拵《こしら》えて学校に持っていく羽目になったりといった後の顚末《てんまつ》はあったものの、目論見はおおむねうまくいった。今度は母のことでうるさくからかわれることにはなったが、妹の元気は回復した。

「今回はアリガトね！　兄ちゃん」

礼を言う妹に、で、例の彼のことはどうするんだ？　と訊ねたら、妹は、ンー、と困ったような顔をした。

「母さんの話するとサー、いま大ウケなわけよ。ホルマリン漬けソーセージの出来が良すぎたんだろネ」

それ、なんか関係あるか？　というマヨールに、妹は肩を竦めて続けた。

「つまりアタシ、ちょっとランク上がっちゃったわけ。でしょ？　じゃあ、あいつ程度じゃねえ……次は父さんのオモロイ話が出来たら、もうワンランクいっちゃうかもしんないじゃん？　そのへん確定してから相手選ぶことにするヨ」

「目的は？」

「新大陸の反魔術士組織の実態を掴むことだ。その中のどれかに、ベイ——俺らの目的の連中が接触している」

「戦術騎士団の猛者《もさ》が調べ切れずにいるような相手よ。それをわたしたちならできるって思う理由は？」

「俺たちが戦術騎士団じゃないってことだ。つまり、彼らと戦わなくていい」

「歓迎されるわけでもないでしょ？」

「どうかな。最悪、君の最初の案にもどるって手もある……あ、君の案が最悪ってわけじゃなくて」

少し勢いがくじけて、マヨールは取り繕いかけたが、歩調は緩めなかった。

イザベラに伝言も残さず、騎士団の基地を後にした。馬車は使わない——どこかで降りれば、ふたりがどこに向かっているのか校長に伝わることになる。現状でまだ足取りを知られてはならないわけではないものの、それでもあえて知らせないほうがいい、とマヨールは判断した。新大陸の魔王の弱点は、立場があるということだ。本人がどう望むかとは関係なしに命令を下さないとならない。マヨールが基地を抜け出してローグタウンに向かっていると知れば騎士団の誰かがその目的を怪しみ、校長は部下の懸念を黙殺するわけにもいかない。

基地を離れたところでイシリーンが疑問をまくし立てた。彼女は反対しているのではない。マヨールが勢いで踏み出した目論見の穴を補修するための質問だったのだが。

少しムッとした彼女に、マヨールは手を振って取りなした。

「魔王暗殺を仄めかすのは最後の保険だ。にっちもさっちもいかなくなった時のね。ただそれまでは、立場は不明なほうがいい。戦術騎士団でもなく、魔術士同盟の使者でもないってほうがね」

「立場がどうかを見定めるのは向こうで、わたしたちじゃない。こっちの知識がないからキエサルヒマの人間だっていうのはすぐに見透かされるわよ」

「そこは芝居も必要だね……考えはないでもないけど、実行できるかどうかは少し考えてからかな」

曖昧な言い方が気にくわなかったのだろう。イシリーンはますます顔をしかめた。が、ひとまずは呑み込んでくれたようだ。視線はやや厳しくしたままだったが、彼女は首を振って行く手を見やった。

「それで、なんでローグタウンなの？」

「思い出したんだ。ひとつ、頼れる当てがある」

戦術騎士団の基地からローグタウンへは、徒歩ではそれなりの距離がある。着くのは日が暮れた後だろうとマヨールは見積もった。村には魔術戦士もいるだろうが、校長は今日のところは帰宅しないだろうとも踏んだ。

慌ててホテルを出たために旅のための装備も持ってきていない。その代わり身軽ではあったが、開拓地に出るにはまたいったんホテルにもどったほうがいいだろう。

「どうも、うっすらとした予感なんだけど」

イシリーンが静かにぼやくのが耳に入った。

「わたしたち、もしかしてお尋ね者になるんじゃない？」

「かもね」

マヨールは返事した。そのまましばらく歩いてから、彼女に言った。

「ありがとう」

「なにが？」

こちらを見て首を傾げるイシリーンに、ふっと笑った。

「反対しないでくれて、だよ」

「それを言うなら、一緒に来てくれてありがとうって言ってよ」

「うん、まあ、ありがとう」

「まあはいらない。余計なものつけないと喋《しゃべ》れない？」

土地勘のない道のりではあったものの、目算はそう外れなかった。ローグタウンで最初に目にしたのは夜の灯りだった。魔王の居城がある村だ。三年前と変わっていない。つまり普通の村に見える。

「魔王だけじゃなくて、こんなところに要人が住んでるんでしょ？　無防備よね」

「どうかな。街中で暮らすのよりは守りやすいのかもしれない」

「ここは魔術戦士が守ってるのよね？」

「そうらしいね」

話しながら入っていく。誰何《すいか》されるかと身構えていたが、民家を数軒通り過ぎてもなにもない。今は緊急対応で、人員は基地のほうに詰めているのかもしれなかった。だとすればまあ、無防備か。

イシリーンは両手を頭の後ろで組んで、ぶらぶらとあたりを見回している。少し虫が騒いできたような顔だった。

「魔術戦士が止めに出てきたらどうする？　あなたがやっつける？」

「意地が悪くなってるぞ。先生がいないからか」

「だぁーって、ねえ」

と、もうひとつ思いついたようだ。

「じゃあこれ、訊いてもいいかな」

「なんだよ」

「あのエッジっていう魔王の娘と、わたし。どっちが上だと思う？」

「あのな」

つい立ち止まって、睨んでしまった。

イシリーンがからかっているのは見れば分かるが、気の利いた返事が思い浮かぶわけでもなく、マヨールは普通に答えた。

「練度は大差ないはずだけどね。騎士団の主力になってるっていうからには、比較にもならないと考えるのが妥当じゃないかな」

「〝考えるのが妥当じゃないかな？〟良い点でも取るつもり？」

思った通りの反応ではなかったから、イシリーンは不満そうだ。

マヨールは彼女の鼻先で指を振って、また歩き出した。

「無駄だったかな。君は絶対に合格点をくれないからね」

「そんなことないわよ」

それはどうかと思いつつも、突っ込んでわざわざ自分の敗北を勝ち取るのも馬鹿らしい。

記憶を頼りに村の中を進んでいく。目的の家は村の中を突っ切って、外れのほうにある。

村は開拓初期に築かれたもので、それなりに広い。戦術騎士団の主戦力が今でも暮らし、開拓の主だったメンバーは大概一度はここに住んでいたという。開拓団が内部抗争していた頃は主戦場にもなったが、ここ十年ほどは最も好戦的な革命闘士でもここに攻め込んでいない。

やがて、目的の場所に着いた。

フィンランディ家だ。

家は静かだったが、窓に灯りが見える。佇《たたず》まいは変わっていない。大きくはあるが、いたって普通の民家だった。三年前に世話になった離れもまだある。しばらく使われてはいなかったようだが。

「ラチェット・フィンランディに会うの？」

イシリーンの問いに、マヨールは答えた。

「いや、用があるのは彼女の母親のほうだ」

なのだが。

玄関でノッカーを鳴らすと扉を開けたのは、夜の訪問に露骨に顔をしかめた（というように見えたが）ラチェットだった。

「うざいの来た……」

と、これも露骨な独り言を挟んでから言い直してくる。

「こんばんは。ご飯時にどの程度差し迫った重大案件でしょうか」

「えーと。言いづらいことこの上ないですけど、お母さんに話があって……」

「ママはいません」

「います！」

家の奥のほうから——慣れた調子の——声があがる。

チッと舌打ちしてから、ラチェットはすまし顔で一歩退いた。

「どうぞお上がりください」

入りかけると、ラチェットの手がバンと眼前に突きつけられる。

「靴と靴下は脱いで」

「え、なんで？」

「ご飯時に来る客には逐一辱めを与えていきたいので」

「いや、そんなこと真顔で言われても……」

「あとでガムも踏んでもらいます」

「それしばらく続きますんで、鬱陶しかったら横に避けてくださいねー」

これは奥からの声。

マヨールは深々と嘆息した。

「この家、ホントよく分からないな」

「まあ、遠慮なく」

とはイシリーンで、ラチェットを横に押しのけて入っていった。これもなんだか慣れたことなのか、ラチェットは不服そうにはしていたものの、さほど抵抗もしなかった。

流れで、食堂まで勝手に入っていくことになってしまった。食事中というのは本当だったようで、小麦粉を焼いた香りがふわりと漂ってきている。隅で寝ていた黒い犬が、ぴくりと耳を揺らして片目だけを開けてみせたが、来客の姿を確認するとまた眠りにもどっていった。取るに足らない相手だというように。

広いテーブルにはふたり分だけの食事が用意されていた。シチューと、野菜の盛りつけられた大皿、潰したジャガイモ。席のひとつに金髪の小柄な婦人が座っている。マヨールとイシリーンを見て、席から腰を浮かした。にっこり微笑んで口を開く。

「いらっしゃい。お久しぶりね」

「突然すみません」

一度頭を下げてから、マヨールは改めてその〝魔王の夫人〟を観察した。

魔王その人や三人の娘たちに比べると地味な人物とは言える。魔術士でもない。普通の人間だ。が、考えればそんな家族たちの中に普通人が生活しているとすれば、それは十分に異常なことではある。

　マヨールは三年前にこの家に厄介になったたし、のちに聞いたところによると、実は母の家――つまりマヨールが今暮らしている家でもあるが――にこの人が住み込んでいたこともあったようだ。その時、マヨールはまだ生まれていなかった。レティシャもティフィス教師もこの女性、クリーオウ・フィンランディをよく知っていたという。母の語った印象は簡潔なものだった。「そうね……彼女は魔術士じゃないから、かえって魔術士のことをよく分かってたのかもね」彼女が伝説に登場することはないだろうが、もしこの人物がいなければ開拓史はまったく違ったものになっていたかもしれない。

　パンの芳香の中でのんびりしていれば、人畜無害な女性に過ぎないが。校長夫人は来客に椅子を勧めて、娘にはお茶を用意するよう指示した。ラチェットは、口を尖らせながらもはーいと返事してキッチンに去っていった。

「騒動ごとが起こってるようだから、ただ顔を見せに来たってわけではないようね?」

「はい……」

　マヨールは座りながら、そもそも彼女がどれくらいの事情に通じているのかを考えていた。すべてを知っている可能性も、まったくなにも知らない可能性も同じくらいある。つまりは魔王が妻にどれだけ愚痴を漏らしているかということだが。

「ぼくらが新大陸に来た目的というのはご存じですか?」

「…………」

校長夫人はしばらくマヨールを見つめ、イシリーンに視線をやってから、すっと目を閉じた。

「…………？」

マヨールは訝《いぶか》った。彼女が悲しんだように見えたからだ。が、瞬きほどの間の後には、クリーオウは微笑んでいた。

「もしかして、お腹《なか》がすいてるんじゃない？」

「は？」

イシリーンと顔を見合わせる。昼から食べ損ねているし、基地からここまで歩き通しで疲労困憊《こんぱい》だった。食べ物の匂いにつられて腹が鳴っている。

「温かいものを取ってきましょう。そこに並んでいるものも、よかったらどうぞ」

「あ、わたしお肉はちょっと……」

慌てた口調でイシリーンが言うと、夫人は、ああ、と応じた。

「じゃあ、代わりになにか用意するわね」

と言ってキッチンに入っていく。入れ替わりにポットを載せたトレイを抱えてラチェットが出てきた。

「持ってきましたー……」

言いながら、入れ違う母親を見送り、

「そしてママが出て行く」

ひとりぶつぶつ続けて、トレイをテーブルに置き、その姿勢のまま顔を伏せて肩を震わせた。

「うざいのにお茶を淹《い》れねばならない屈辱……」

「そこまで嫌なら自分でやるけど」

「そですか」

けろっと顔を上げて、食べかけだった自分の席にすぽんと飛び乗る。

マヨールはポットを取ると、イシリーンの分を淹れた。これから食べるなら順序が変かとも思うものの、熱を持ったものを胃に入れたかった。少し変わった香りだが、ハーブかなにかだろうか。カップをイシリーンに渡すと、彼女はもう大皿からサラダを摘《つま》んでいた。

「これ、なんのお茶かな」

自分の分を口に含んでみて、マヨールはつぶやいた。かちゃかちゃとシチューを食べていたラチェットは「？」と眉間に皺《しわ》を寄せて手を止める。

「お茶に種類なんてあるんですか？」

「あると思う……けど」

「大抵、草が入ってます」

「うん。だから、なんの草かな」

「畑の草です」

「そっか」

　まあそこまで聞きたかったわけでもない。疑問と一緒にもう一口飲んでいると、シチュー皿ともうひとつ、煮染《にし》めた豆料理を皿に盛った校長夫人がもどってきた。

「ただのセージよ」

「え、そうですか？　少し変わってるような」

「雑草だもの……」

　ぼそりつぶやくラチェットだが、途端にガタンッと大きな音を立てて椅子ごと転倒した。はっと見やるが、なんだか分からない。イシリーンもその瞬間は見ていなかったようで、ちぎったパンを手にきょとんとしている。ラチェットは無言で起き上がると椅子を直し、なにもなかったように食事を再開した。

　夫人もにこにこしたままで、なにをした様子もない。

「キエサルヒマとは少し種類が違うのかも。似たものだとは思うんだけど……」

「草なんて全部草なのに」

　ガタンッ。と同じ音。

　今度は見ていた。夫人は手近な椅子の脚を蹴っただけだ。それが隣の椅子を押し、さらに隣の椅子を押して、ラチェットの椅子をひっくり返した。普通にただ当ててもひっくり返りはしないだろうが、インパクトとタイミングを見ている――一瞬で仕掛けるから、あらかじめ知っていなければ見逃すほどのスピードで、ラチェットが（行儀悪く）体勢を傾けて椅子の脚が浮いた瞬間に当てられる。

ともあれラチェットは綺麗に転がった後、すっくと起き上がって静かに食事を続けた。

「召し上がれ」

やはり夫人もなにも起こってなどいない体《てい》で皿を置いた。イシリーンは胃が動き出して止まらなくなったのか、新たにパンをふた掴み確保して食べ始めた。

彼女ほど下品にということはなかったが、マヨールもシチューを掻っ込んだ。

「あなたたちが来た理由だけれど」

クリーオウ・フィンランディは食事する三人を眺めるようにしながら、ゆっくりと言い出した。

「わたしはなにも知らないわ。ここ十年は村から出てもいないし。でも別に、用心棒が欲しくて来たわけじゃあないわよね？」

「はは」

どう答えればいいか分からず、マヨールは乾いた笑いで誤魔化した。食べ終わった皿に木のスプーンを置いて、切り出す。

「情報が欲しくてお邪魔したんです」

「じゃあ、空振りね。あっ……あなたの屋敷の、二階の階段から三番目の部屋」

「はい」

「あの部屋のベッドの奥の壁に、お母さんの悪口が書いてあるかもしれないけど、もしかして見つかった？」

「いえ」

「そう。じゃあ覚えてたら、消しておいてね。まあたまーに、喧嘩したもんだから……」

「なんて書いたんですか？」

急に食いついて、イシリーンが身を乗り出す。言うまでもないがイシリーンと母は天敵同士だ。まあ正直なところ、母は家庭の帝王であって、誰が相手でも打ち解けたりはしないのだが。

考えごとをしていた間に、夫人とイシリーンは母のことで盛り上がっていたようだ。ただ、夫人はイシリーンに多少意地悪く告げていた。

「どうかしら。あなたが恋人の母親の弱点を知りたがるのは分からないでもないけど、どっちかというとわたしは母親の味方よね」

「えぇー、ご自分は姑《しゅうとめ》がいなかったからですか」

「わたしを煩わせたのはカーロッタとか、議会とか、そういう連中よ。あと壊滅災害とかね。で、嫁いだ先が魔王だもの。あなたの悩みがティッシひとりなら、わたしの手助けなんていらないわよ」

「でもモンスターですよ！」

引きつってうめくイシリーンに、マヨールは思わず口出しした。

「そこまでアレじゃない」

「十分アレよ。言っておくけどわたし、仮にまさか本当にどうしてもあの女の屋敷に暮らすことになったとしたら、あいつより先には眠らないからね。あと絶対、ベッドの通路側はあなたが寝てよ」

「あーはいはい。好きにしてくれ」

「ホント？　じゃあ怪物に鉄仮面かぶせていい？」

「それで頭突きを食らいたいなら、どうぞ。言っておくけど母さんはイザベラ先生より手強いよ」

話していると、くすくす笑いが耳に入った。夫人だ。口に手を当てて笑っている。ラチェットは聞いている様子もなく食事を続けているが。

「あなたたち、今日はもう泊まっていくわよね？」

返事を待たずに部屋を出て行こうとする。

「離れのほうは掃除していないから、娘の部屋で寝てもらうのでもいいかしら。ふたりは帰ってこないようだから。寝床ができているか、見てくるわね。あとでお風呂も用意するから」

「あっ……」

呼び止めようとしたのだが、マヨールが手を挙げた時にはもう彼女の姿はなかった。

「素早いなあ」

物腰はゆったりしているように見えるのに。

仕方なく座り直してパンを取った。食堂に三人残され、なんとなく気まずい空気がこもる。イシリーンは今の件でじっとりと不満げだし、ラチェットはずっと変わらず会話しようという手がかりすらない。

夫人が早く帰ってこないかとパンをちぎっていると、不意にラチェットがつぶやいた。

「ママにめんどくさいことさせないで」

ラチェットはこちらを見てもいない。ずっと食べ続けている――と。

そう思ったが、はたと気づいた。そんなに長く食べてばかりいるわけがない。ラチェットの皿はとうに空になっていたし、なにも食べていなかった。ふりをしていただけだ。

「えっ……と」

夫人が出て行った出入り口をちらと見てから、マヨールは謝りかけた。

「そうだね。寝るところはぼくらで適当に――」

「違う。ママはずっと魔術士の厄介ごとに振り回されてきた。父さんが謝って、ようやく望んだ暮らしができるようになったの。邪魔するなら叩き出す」

「…………」

脅しだと理解するまで少し時間がかかった。真に受けるまでにはさらにかかった。魔王の末娘は怒っている。のは分かる。が……その脅しが虚勢に聞こえなかったことにマヨールは戸惑った。ラッツベインやエッジが言うなら分かるが、この娘が？

「お母さんに迷惑をかけたいとは思っていないよ」

とりあえず、マヨールはそれだけ言った。

ラチェットは視線を上げもしなかった。なにを考えているのかも読めなかったが、ただ、嘘が通じてないということは分かった。

11

戦術騎士団基地の見張り台に上り、当直に声をかけると、若い魔術戦士はその場から飛び降りそうなくらい大袈裟に仰天してみせた。地平の向こうから黄塵《こうじん》が押し寄せ、人類の敗北を報告しなければならない可能性を見張ってはいても、戦術騎士団の顧問が「交代しよう」と言い出すことは予想外だったらしい。

わたわたと礼に困っている魔術戦士はさっさと追い払って、見張り台の手すりにもたれかかった。夜風は心地良い――特に数時間も地下にこもってエド・サンクタムの拷問の手際を見物した後には。

シマス・ヴァンパイアは笑い続けていた。狂ったようにただただ笑っていた。だが決して狂ってはいない。まったくの正気だ。質問にはなにも答えず、死にも破滅にも苦痛にも堪《こら》えることなく、カーロッタの勝利を叫び続けた。

尋問に数日かかることも覚悟していたが、別の危険も浮上していた。シマスは強大だ。

今は弱って人間並みだが、責め苦を負いながら回復している。完全に始末しなければ力を取りもどして基地を壊滅させるかもしれない……

「父さん」

声をかけられて、振り向く。意表を突かれた。さっきの若いのを笑えないか、とも思うが、彼よりは上手く平静を取り繕った。

「なんだ」

「なんでこんなとこにいるの？」

エッジは顔をしかめて、見張り台を示した。

オーフェンはただ肩を竦めて答えなかった。

休憩を取らせたので、娘の身なりは帰還時よりはマシになっていた。が、顔色はさらにひどくなったような有様だ。二時間の仮眠では取れない疲労と痛み、そしてあとは怒りが表情を険しくさせている。

「三人の中でお前だけが、魔術戦士になりたがってたな」

機先を制して言うと、エッジはたじろいだ。

「なに、急に」

「こういう仕事だってことをうまく伝えられていなかったんじゃないかと、実はずっと不安だったんだ」

「馬鹿にしないでよ。わたしだって、暗部や不都合くらいは分かってた」

「そう言うな。俺が納得するのには時間がかかったぞ」

ぼやいて手招きする。不承不承隣に来た娘と、並んで外を眺めた。

娘との距離は拳ひとつふたつ分ほど。その間を通り抜ける涼しい夜風を感じながら、オーフェンはつぶやいた。

「危険を冒せと、マヨールの奴をけしかけたよ。ベイジットだけでなくあいつまで失うことになったら、フォルテは俺を許さないだろうな……母親のほうは考えたくもないが」

「後悔してるなら、強制送還すればいいじゃない」

声に棘を含んで、エッジ。オーフェンは苦笑いした。

「そうだな。そうしたほうが、俺には都合がいい」

「誰の都合が悪いの？」

「誰だろうな。やりたくない決断をする時には、いつもそれを考えるんだ。そうする理由とそうしちゃならない理由を並べ立てて……得体の知れない野郎が後ろ姿だけで言ってくるんだよ。『お前の懐具合なんざどうでもいい。賭けの額を上げろ。返済にはまだまだ足りない』……」

「借金？」

とんちんかんなことを言う娘に、また苦笑する。だが娘に勘違いをさせるほど、自分の言っていることも素っ頓狂だったのだろう。

「いや。要するにだ。マヨールなんて若造がいくら危なっかしく見えても、ガキの遣いにはできないってことさ」

「鉄砲玉にはしていいの？」

「手厳しいな。誰に似たんだ」

そうは言ったが、娘がそうした感想を抱いたことにはそれなりの意味がある――自分がこの娘の歳の頃なら、同じことを言っただろう。

（つまるところ、やっぱり俺の立場は変わったってことか……）

眺めているこの荒野に飛び出して、事態の急所となる箇所まで真っ直《す》ぐに飛び込むことはできない。

今は、それをする連中を守る立場にいる。あるいは、それをしでかす連中の起こした厄介ごとを片付ける立場とも言える。

「俺は昔、モグリの魔術士だった」

「その話、どれくらい本当なの」

「言っとくが、母さんも一緒だったんだからな。俺だけ無茶してたわけじゃないし、言いつけても無駄だ。ともあれ、今の地位のほうが馴染んでるっていうのは、不思議な気分だよ。といっても、放浪してたのは若い時分の数年間だけか……」

「わたしがここを出て行こうとしたら、止める？」

突然、エッジはそんなことを言い出した。

だが不意打ちではない。想定されている。オーフェンは淡々と告げた。

「エド・サンクタムの追撃をどうかわすつもりだ？」

「心配ごとはそれだけ？」

鋭く睨みつけてくる。すぐにうなだれたが、声に宿った険は抜けない。

「……隊長には勝てる」

「まだまだだよ」

「実際やってみて勝てるかどうかじゃないの。わたしが今の何倍か、何十倍か知らないけどうまくやれるようになればいいんでしょ。そんなのは所詮、想像できる目標だもの。無理かもしれないけど、怖くない」

娘の言いたいことは知れたが、オーフェンはつぶやいた。

「怖いのはなんだ？」

「戦術騎士団はこの戦いに勝てない。そもそも、なにに勝つの？」

「…………」

オーフェンは首を振った。

「そうだ。俺たちはいずれ負ける」

「父さん……？」

「なんだよ。自分で言い出して文句あるのか」

「だって……父さんなら、否定してよ！」

手すりを叩いて、エッジ。

怒っている娘の肩を小突いた。機嫌を取りたいなら気の利いたことでも言うべきなのだろうが、つける嘘とつけない嘘がある。戦術騎士団顧問として、オーフェンはただ認めた。

「今すぐにか、遠い未来かはともかく、俺たちは必ず負ける。言葉を借りれば、今の何十倍強くなろうが意味もない。努力が足りないからでも運が悪いからでもない。どうしたところでだ」

「人でなくなったとしても、人間がわたしたちの敵なら、戦いに終わりなんてない。敗北以外には。そんなこと、どうやって続けられるの？」

「負け方を選ぶために、かな。それでも戦うかどうかだ。負け方を考えれば、みっともない戦いはできないだろ」

「そんなの――」

口ごもる娘に、嘆息する。

「今すぐ理解しろとは言わないが。生に敬意を払い、満足な人生を送ったと示すには、自分の死に時くらい自分で探すしかない」

「話が大袈裟よ。ヴァンパイア化をこの世からなくす方法はないのっていう話をしたいだけなのに……」

その望みはもちろん、何度も抱いた。

というより腫瘍のように胸の奥に疼《うず》き続けている。ヴァンパイア化だけが問題ではない。ありふれた利権や遺恨だけでも争いは続けられる。それらすべてを綺麗さっぱりこの世からなくしてしまえるチャンスなら、一度ならずあった……背中合わせにいたとすら言える。

だが。

答えもまた分かっている。

「他人をお前の望んだ姿に留めるのは無理さ」

「どうして？」

「単に不可能だからだ。お前はそれを感謝したほうがいい」

指を向けて告げる。

エッジは感謝とは縁遠い眼差しでうなり声をあげた。

「……父さんの言い方だと、世界が終わるのを望んでるみたい」

そうだよ。と言いそうになった。だから神でも王でもなく、魔王と呼ばれている。口に出さなかったのは、言えばこの娘は誤解したであろうからだ。他の大勢の連中と同じように。

オーフェンは指を下ろした。

「お前たちがずっと十歳のままで、男に興味もなくて、算数の宿題を面倒見てやれば父親の威厳が保てていた時が永遠に続いたほうが良かったってことと、そんなこと不可能だっていうのは別に両立しない話じゃないさ」

冗談で誤魔化されたと、エッジは不服顔だ。

（まったく）

と、魔王は呆れる。

（これを冗談だと思ってるんだから、こいつらは親の気を知らない）

そして恐らく、こちらの言いたいこともまだ理解できないのだろう。それは仕方がない。

それを仕方がないと思うから、そんな戦いを続けていられるという話なのだが……

「まあ、思い詰めるな。解決しない問題は山ほどある。すまないが俺らは、そいつを今より悪くしないよう努めてお前たちに渡す以外にどうしようもない」

首をさすって、声を落とした。

「どうしてもそれが嫌だ、というのがカーロッタやキムラック教徒なのだろうと思うよ。彼らは絶対に正しい善が最後に勝利すると信じてる。それは人間の根源に近い欲求だよ。だから俺たちは折り合える場所が見つからない。本音を言うと――」

と前置きして、なにを言うべきか考えを巡らせる。

思った以上に間が空いてしまったので、もう一度繰り返した。

「本音を言うと、そもそも『俺たち』と『彼ら』という区分けに意味はあるのか？　今のところはある――が、それは俺とカーロッタの権力争いとしてだけだろう。だが俺もカーロッタも、本当はそんなこと興味ないんだ。そうしたほうが都合が良いから、啀《いが》み合ってるふりをしてるだけさ。仮にカーロッタ村をひとり残らず滅ぼしたとしても、神を欲する者はいなくならない。あるいは逆にお前みたいに、神人種族を絶滅させたい者もだ」

「わたしは……」

「言い訳するなよ。そうできるなら、そうしたいだろ？」

子供の鼻を摘むように、にやりと笑いかける。もちろん娘は子供の時のように笑い返したりはしてこなかったが。

「たとえばだ。お前は『どうして？』と言ったな。他人やこの世界をお前の望んだ姿に留める方法はある——そうだ。魔王術だ」

顔から笑みが抜けていくのを感じながら、話を続けた。

「魔王術を制限せざるを得ない理由がそれだ。だが勘違いするなよ。別に嘘を言ったわけでもとぼけたわけでもない。魔王術に救いを求めるのは無意味だし、不可能だ」

「どうして？」

また、どうしてと言った。意識はしていなかったろうが。

オーフェンはゆっくりと説明した。

「理由はふたつだ。まず現状の技術じゃあ制御できない。もうひとつの理由は、完璧な制御ができたとしても……」

言いかけて、横目で外を見やる。

見渡す限りのこの世界の話をしている。暗い夜に沈んだ地平を。

「世界を完璧に作り替えられる人間にとって、そんな世界はもう無価値だからだよ。呪われた魔王スウェーデンボリーの体験した悲劇だ」

キエサルヒマに渡らせた神人種族・スウェーデンボリーの姿を思い返す。真の魔王、真の始祖魔術士だ。あの超然とした……哀れな存在。世界が取るに足らないから、究極の幼児でいるしかない男。

「感謝すべきだよ、俺たちは。魔王になれないことをな。その慈悲に感謝して、裏切ろうとしないことだ。かつてのドラゴン種族と同じ轍《てつ》を踏みたくなければ」

話を終えて、娘の肩を抱いた。ぐい、と見張り台の外に向ける。

「……なに？」

と目をぱちくりしているので、告げた。

「俺はもう飽きたから、当直の続きはお前やれ」

「えー!?」

「馬鹿お前。騎士団の顧問様に無礼かましてんじゃねえよ。下っ端の自覚を持て。給料なくすぞ」

「なにそれ」

娘に背を向け、つぶやいた。

「ともあれ、やり遂げるまでだ。今度の戦いもな……」

この世界で思い通りにできるものなど、あったとしても一掴みだ。娘ですら、本気で嫌となれば当直など断るだろう。

世界は静かに絶えず蠢《うごめ》いており、その動きは止めようがない。手の届かない場所で、手に負えない流動が続いている。その流れのどこかにはカーロッタがいるのだろうし……

（マヨールが、俺の知らない流れのひとつになってくれればいい）

支配できない世界に唾を吐き、絞め殺すほど感謝しながら。

梯子を下りて、ヴァンパイアの哄笑《こうしょう》する地下の拷問部屋へと足を向けた。

12

妹が家にとって厄介者だったのは言うまでもないが、マヨールも経済的に自立しているわけではなく、居候には違いない。

妹に言わせれば「兄ちゃんがどれほど立派なもんなのサ」ということだった。が、成人基準が近づいてくると少し話が違ってきた。

十八になる頃、マヨールもそろそろ将来を考えなければならなかった。もちろん実際にはもっと前から考えていた。十五の頃は父のような教師を夢見たし、十歳の頃はもっとあやふやに世界を救うヒーローかなにかだったように思う。年を経るにつれて現実的にどうだということを考慮し出した。

魔術士の進路はそう多くない。

いくつかの選択肢の中でも、《塔》の教師は悪くなかった。が、両親と同じ職を選ぶというのはいかにもつまらない話ではある。そんな中、新生の《十三使徒》というのに惹《ひ》かれた。頼まれればイザベラ教師は推薦してくれるだろう。キエサルヒマの反対側に位置する大都メベレンストは新鮮で、魅力を感じた。それに……はっきり言えば、どうせ家を出るならなるべく遠くに行きたかったのだ。

両親は難色を示した。父はマヨールを《塔》教師にしたかったし、母は彼が家を出ることについて渋る気配を見せた。そして妹は、猛反対した。

これはいささか、意外だった。妹はどうでもいいと言うか、賛同するものと思っていたのだ。妹の言い分は支離滅裂で、貴族は悪者の巣窟だとか、いずれ魔王が新大陸から攻めてきた時には真っ先に死ぬ役にされるとか言い張った。

妹がなにをそんなに反発したのかが不可解だったが、ともあれマヨールは別の理由で《十三使徒》入りを断念した——まあ要するに、思いつきの新鮮さに飽きただけだが。妹の意向を気にしたのではないが、どうしてそんなに反対されたのかは多少気になっていた。

ある日、マヨールはふらっと妹の本音を聞いた。妹はマヨールが《塔》教師を志望したと聞いて「ホッとした」のだ。

「だってさー」と、妹は本当に満足顔だった。「駄目なところがあってこその兄ちゃんだよネ」

別に妹の〝兄ちゃん観〟はどうでもいい。そうではなく。

妹が本当に心の底から《牙の塔》の教師を敗北者としか思っていなかったのだ、ということが分かった。

「賭ける？」

「まあ、いいよ」

と答えて、ドアを開けた。

ホテルの荷物はおおむねほったらかしにして出てきたのだが、丸一日経ってもおおむねそのまま残っていた。それを見て、イシリーンが顔をしかめる。

「ああ、もう」

「ほらね。だいたい、盗《と》るほどの価値ないだろ。着替えやら、書類やら」

道理を説くがイシリーンは納得せずに、部屋に入っていくと疑いの視線を投げ回した。なにかなくなったものはないか、変化を探そうとしている。

「ドロボウは盗る前にそんなこと考えやしないわよ。儲《もう》ける知恵もないからチンケな仕事続けてんでしょ」

ぶつぶつ文句つきで。

そもそも昨日のうちに部屋に入った者もいなかったようだ。そういえば、閉じこもって会議するつもりだったのでルームキーピングも断ってあった。マヨールは部屋に入らず入り口から、彼女に告げた。

「とにかく荷物をまとめろよ。俺も自分のを片付けてくるから」

扉を閉めて、自分が使っていた部屋に移動する。急ぐ意味はさほどないのだが、気持ちが急いて小走りになった。荷物といっても旅行を続けるわけではないので、持ち出すべきものは本当に多くない——活動資金として持ち込んだ現金と貴金属だけで良い。荷物を増やすくらいなら、着替えや道具など必要になればその都度調達するほうが効率的だ。

自室の扉に手をかける。鍵を開ける時には、中に人間の気配がするのを嗅ぎ取っていた。それでも手を止めなかった。誰がいるかは想像がついていた。

「マヨール！」

イザベラ教師は目が合うよりも早く、険しい声をあげた。

「なんのつもりなの？」

(先生が、自分たちの部屋でなくこっちで待っていた理由は——)

手早く、マヨールは相手の意図を計算した。上の部屋にもどる時は、恐らくイシリーンと彼のふたりが一緒だ。こちらの部屋にもどるのはマヨールひとり。イザベラはそう予測して、二対一になることを避けた。つまり、

(戦いになることを考えてるな)

突然、持ち場を放棄したのだ。こちらの考えを見通しているかどうかは別として、警戒しているのは疑いない。

そう考えた上で、マヨールはまったく理解できなかったふりをした。

「先生？　なんでここに」

「同じ質問を返さないで。説明しなさい。昨晩はどこにいたの？」

腕組みして詰問を重ねてくる。

どうやら、校長夫人に会ったことは伝わっていないようだ。恐らく、まだ校長にも。

マヨールは言い返した。

「あの場にいたって状況は変わらないでしょう。戦術騎士団が動き出すには数日かかる」

「わたしにも言わずに姿を消した理由にはならない」

「全員が基地から去ったら、彼らはぼくらの行動を疑うでしょう。敵対するつもりかもしれないって」

「もう一度だけ訊くわよ。今度こそはぐらかさずに答えなさい――わたしに相談しなかった理由になってない」

「まさか、除け者《のけもの》にされたのを怒ってるんですか?」

「…………」

彼女の眼差しに、マヨールはまた別のものを察した。

身体は動かさないがじわじわと迫り来る気の圧に、うめく。

「父さんに頼まれたんですか。ぼくを止めるように」

「違う。お母さんによ。あなたが妹を――」

マヨールは拳を握って踏み込んだ。

イザベラの反応は一瞬遅れた。だがそれでも拳の一撃を腕で受け止め、体さばきで逸らした。半回転しつつ肘撃ちを飛ばしてくる。今度はマヨールが腕を上げ、ぎりぎりで防いだ。お互い回転はそれで留まらず、勢いのままもう一回転して再び顔を合わせるタイミングで攻撃を放つ。マヨールは拳で胴を狙い、イザベラはその腕を取り込もうと両手を伸ばしてきた。咄嗟にマヨールが拳を引いたために互いが空振りに終わり、回転軸も傾いてふたりとも体勢を崩して間合いが離れた。

顔を上げて身構える。言うまでもなくイザベラ教師は手強い。《牙の塔》の教師中でも実戦経験は断トツで、殺し屋の異名もある。素早く、強靱で、冷徹、容赦がない。広くはない屋内で素手の格闘となると、最も相手にしたくない相手だった。

それでも、そのイザベラの下で訓練してきたのが自分だ――マヨールは奥歯を噛み締め、気力に緩みを与えず飛び出した。脇を固めて接近戦を挑む。

(教室で、誰よりも先生に迫って、技を練ってきたのが俺だ)

彼女の癖を分かっている。研究した。いつか本気で倒すことを考えていたからだ。筆頭の生徒を自負して！

イザベラは膠着を嫌う。均衡を崩して一撃で仕留めるのがプレデトリーな彼女のスタイルだ。出会い頭はこちらから仕掛けて、マヨールがペースを掴んだ。優位はまだ続いている。だから彼女は……

やはり、奇策に出た。よろけたついでにベッドからシーツを掴み、それを放り投げて大きく広げた。カーテンのように視界をふさいだシーツの向こう側で気配が強まる。殺気とでも言いたいところだが、意味合いは異なる。音だ。イザベラが強く床を蹴った音が聞こえた。行動を起こしたのは間違いない。が、なにを仕掛けてきたのか見切りが遅れる。踏み込んできたのか、後退したのか、跳躍したのか、足踏みしただけか、足を滑らせ転んだのか。

シーツが落ちて、真っ先に見えたのは靴の裏側だった。イザベラは跳び上がって踏みつけにきたのだ。受け止めるにせよ避けるにせよ、体勢を崩せば主導権は彼女のものになる。攻撃を続けなければ。

前のめりに突進していた勢いそのままに、マヨールは跳ねた。正面からぶつかり合えばマヨールのほうが重量がある。イザベラの身体を押し上げた。彼女の頭が天井をかすめる。大した衝撃ではないが、不意に首を揺らされれば誰であろうと感覚が惑う。

絡み合うようにマヨールは相手の身体を掴むと、床に叩きつけた。瞬間的に平衡が失われた状態で、イザベラは受け身に失敗した。後頭部と背中を打って息が絞られ、身動き取れない彼女の下腹に、マヨールはついに拳を撃ち込んだ。

悶絶し、意識を失うイザベラの顔を見下ろして、罪悪感がちくりと胸を刺す。が。

この機を無駄にもできない。マヨールはバスルームに入ると浴槽の死角に押し込んであった包みを取り出し、中の紙幣と金貨を確認した。紙幣は新大陸の通貨で、活動資金として《塔》から支給されたものだ。引率者であるイザベラをぶちのめして資金を持ち出せば言い訳の余地もなく反逆罪だが……包みを抱えて部屋にもどると、鞄の底に押し込み、その上に着替えを詰める。

部屋を出る前にもう一度、床に大の字に倒れたイザベラを見やった。

「………」

そのままにしておくべきかとも思うが、どうしても足が言うことを聞かず、もどってイザベラ教師をベッドに寝かし直した。その分、急ぎ足で部屋から出て行く。

また階を上り、イシリーンのいる部屋をノックした。返事があったのでドアを開ける。

「まだ支度終わってないのか」

呆れてマヨールが言うと、彼女は億劫《おっくう》そうに振り向いて、きちんと畳んだ衣類をバックパックに整理している。

「ちゃんと入れないと全部は入りきらないの。大変なのよ、そっちと違って」

（こっちより大変ねえ）

皮肉が思い浮かぶ。イザベラを叩きのめした拳がずきずきと痛んだ。が、毒は呑み込んでマヨールは促した。

「全部持っていかなくてもいいだろ」

「置いてく理由もないでしょ。あーら、貧乏性で悪かったわね。荷造りしてくれる優しいママもいないしね」

「また意地が悪くなってる」

「はいはい、どぉーせ中身も確かめない面食いの薄っぺらい坊ちゃまにしかモテない女でございますよー」

「ほんっとヤな女だな」

一緒に部屋を出る。

イザベラのことは話さなかった。それでイシリーンが共犯を免れるかというと難しいところではあるだろうが。

街に出て馬車を手配し、ローグタウンに取って返す。正午をやや回った頃の時刻だが、やはり村はどこか空虚な雰囲気を醸している。魔術戦士が出払っているのもあるが、それに合わせて街に避難している住人も多いのかもしれない。

校長宅に行くと、ここも静かだった。だが玄関口にラチェットが立っているのを見て、マヨールは意外に思った。というより実は、姿を見てもあまり嬉しくはなかったのだが。

「あれ？　学校なんじゃないの？」

ラチェットは半分閉じた目でじっと見つめてくると、低くぼそりとつぶやいた。

「別に。行っても習うことないですし」

「……ないの？」

「ないです」

平然と言うので、つい深く突っ込んでしまう。

「じゃあ学校でなにしてるの？」

「なんにも。暇だから、辞書の文字を数えたり」

ラチェットはがっくりと肩を落として、付け足した。

「暇にもほどがある……印刷機の輪転に癖があって約六千回転に一回ページがずれるのに気づいたから印刷所に指摘しに行ったらすごくキモがられた……」

「うーん……」

なに言っているんだかよく分からないが、ほっておくしかなさそうではあった。

家に入れてもらおうとしたら、ラチェットはあっさり立ち直った顔で横を指さした。別になにもない方向だが。

「ママは裏にいます」

「え？」

「で、呼んでます」

「はあ……」

イシリーンと生返事をして、家の裏手に回る。

と、ラチェットの言ったことは正しかった。裏庭にある納屋から古い道具を並べて、校長夫人が埃《ほこり》を払っている。わりと雑な手つきで、転がっている剣やら得体の知れない道具やらを箒《ほうき》ではたいていた。

「あら、おかえりなさい」

「なにをされてるんですか？」

マヨールが訊ねると、夫人はこともなげに言ってきた。

「これ、うちのがなんかの試しに作っては無駄にしまい込んでたものなんだけど、いくらか持っていってくれないかしらと思って」

「野菜じゃないんですから」

「でもまあ、武器はあってもいいわよね……」

イシリーンが屈《かが》み込んで、物色を始める。

本当にこの家はよく分からないなと思いながら、マヨールも彼女の肩越しに道具の山を眺めた。そして、疑問に思う。

「……作った……?」

そこにある道具は、素人の手作りといったものではない。イシリーンが手に取った短剣を、マヨールは取り上げた。金属製の鞘に収まった剣だ。細工は精緻で複雑な紋様が絡み合っている。表面は汚れているのに、引き抜いてみると刀身は新品のように輝いていた。

光を当てて眺めていると刃に刻印が浮かび上がる。その形は……

「ウィルドグラフだ。ドラゴン種族の」

「役には立たないのよ」

それこそ野菜の出来でも話しているような口調で、夫人は言う。

「使えるようにするのも不可能じゃないけど、それには始祖魔術士を設定してドラゴン種族を生み出す必要があるから、しないって。まー、大口たたくわよね。自慢するなら本当にやれることだけにしなさいよって言ってるんだけど――」

「……………」

現実的には不可能だろう。そこまで深刻な魔王術を仕組むことが個人に可能とは到底思えない。

が、箒を手に小馬鹿にしている夫人ほど呑気には、マヨールは笑えなかった。校長が、仮に可能性の問題だけではあろうと、そんなレベルの魔術を想定しているとは思ってもいなかったのだ。

改めて道具を見やる。比較実験として伝説を再現したのか、見覚えのある形も散見できた。剣や指輪、衣類に壺《つぼ》、変わったところでは四角く折りたたまれた自転車のような物体まである。と、手に持っている小振りの剣にも覚えがあると思い出して、マヨールはぎょっとした。世界樹の紋章《ヒュプノカイエン》の剣だ。

「まあ使えはしないんだけど、ほとんどの道具は随分頑丈で壊れにくいみたいなのよ。気に入ったのがあったら持っていってね」

「あ、わたしこれ好きかな」

イシリーンが手に取ったのが棘つきの薔薇《ばら》の手錠だったので、蹴り落として納屋に投げ込んだ。

結局彼女は（やはり悪趣味に）チェーンウィップを気に入ったようだ。ただ、機構としてはかなり凝ったものでマヨールも興味を引かれた。大きめのグリップに数センチほどの鎖と先端の尖った重りがついているだけに見えるのだが、グリップ内に鎖が巻き込まれているようで、速く振れば振るほど鎖が伸びる。最大では二メートル弱くらいになった。そしてなにもしないと、ゆっくりまたグリップに巻き取られていく。魔術ではなく精巧なギミックで出来ているらしい。グリップは大きい分、それ自体を打突の武器に使える形状になっていた。

マヨールはそのまま世界樹の紋章の剣を腰に下げた。隠して携行できない武器は不便だが、バランスと質感が感覚に合った。魔術構成が働かないのは間違いないようだ。本物は、ケシオン・ヴァンパイアを封じるのに使われたというが。

武器を譲ってもらった礼を言うと、夫人は残った道具をにこにこしながら、がらくたよろしくに納屋に放った。が、全部ではない。剣を一振り、手元に残した。

「それは?」

マヨールが訊ねると、彼女は剣を手に肩を竦めてみせた。

「ちょっと入り用になるかもと思って」

「?　そうですか」

となると単にマヨールらに譲るためだけに片付けをしていたのでもないようだ。

「あ、それで、もうもどってますか?」

用件を思い出して、訊く。夫人は家の表玄関のほうを見やって、

「うーん。遣いは朝には出したから、もうそろそろじゃないかしら」

「すみません、いろいろと」

「いいのよ。こっちにもこっちの都合があるし」

そう言って家に引っ込んでいく。

イシリーンが散歩に出たがったが、待ち人との入れ違いが嫌で、マヨールは断った。結局彼女は歩きたかったというより一緒にいたかっただけのようで魔王の家に留まった。とはいえマヨールとしてはひとりで考えをまとめたかったため、上の空で相手していたら怒らせてしまった。彼女は暇つぶしの相手をラチェットに切り替えて、庭先にぼんやり立っているラチェットにつきまとい始めた……

「なにやってるの？」

「いえ別になにも」

「でもさっきから、ずっとわたしたち見てるでしょ？」

「そうでしたっけ」

「なんかヤラシーこと始めるかもって期待した？」

「いえ。むしろ、いつ頭からボリボリ喰《く》っちゃうんだろうって」

ゆっくりした風に吹かれて、考えごとを続ける。

思い浮かんでいたのはイザベラの形相だったが、胸を掴んで陰鬱な重みをかけてくるのは母の影だ。だが、なるほど、とも思う。母は経験者だ。叔父は行方不明になった叔母を追って《塔》を飛び出した。結果それは、叔母の命を奪う旅だった。

（ベイジット……）

生まれてこの方、もっぱら家族の問題であり続けた妹。だが。

（なんでだ。お前は、分かってたはずだ。絶対に。俺が追うと分かってたはずだ）

それがどんな結末を意味するのかも。

にもかかわらず、妹は実行した。

腰の、世界樹の紋章の剣に触れる。ヴァンパイア殺しの武器だ。いわくを知っていてこの剣を選んだのは偶然だろうか。自分でも分からない。

「……でもさ、真面目な話、ここでなにしてるの？」

「さあ。なにしてるように見えるんでしょうか」

「なんにもしてないみたいだから訊いてるんだけど。ホントに立ってるだけ？」

イシリーンとラチェットの話はまだ続いていた。ラチェットは途方に暮れたように頭を抱えて、

「うーん。結果としてここにいるっていうこと以外、分かることなんてあるんでしょうか」

「普通は、結果のほうが分からないもんだと思うけど」

（結果、か）

先にそれが分かっていれば、若かりし頃の叔父はどうしただろう。

それを思うのは、たった今考えたこととは矛盾していた——まったくだ——結末がどうなるのか分かっていて、マヨールはここにいる。ベイジットも、新大陸のどこかにいるはずだ。

かぶりを振ってマヨールは向き直った。ラチェットを問い詰めているイシリーンに、

「人を困らせるなよ。絡んでるみたいだぞ」

だが睨んできたのは魔王の娘のほうだった。

「嘘つきの裏切り者来た……」

「あの、なんか反抗期的にぼくのこと嫌うよね。無条件で」

「これ以上騙されないためには、こっちのいかにもすっとろい女にすり寄っておこう」

「わたしよね。ええと、わたしよね」

ややたじろぐイシリーンの腕に、ぎゅっと掴まるラチェットだが。

彼女が怒っているのは母親に頼み事をしたせいだろう。言いがかりというわけでもない。

戦術騎士団を出し抜く協力をしてもらったのだから。

と。

遠くから大きな音が聞こえた。

火薬の爆発なのではないかと思えた――そんなことがあるのなら、だが。ここから村の入り口が見えるわけでもないのだが、方角としてはそちらである。さらにぱちぱちと細かい爆発音。これも火薬……というか爆竹か。畑仕事で烏《からす》を追い払うための、あれだ。最後に、ぴょんと間の抜けた音。これが一番分かりにくかったが。巨大な腕が思い切り振り回されたような風切り音だ。なんというか。投石機を連想した。

思い浮かべた装置のせいで、マヨールは空を見上げた。そして、目を凝らした。本当に

なにかが飛んできている。大きくはない。人間大だ。いや、人間だ。黒い格好の。くるくると回りながら空中を飛び、落下地点は……ここだ。と、マヨールは視線を転じた。ラチェットが立っているその少し前あたり。

「……ァァ――アア――あああああ！」

だんだんと悲鳴も聞き取れるようになってくる。

飛んできたその人影は地面に激突する前になんとか体勢を立て直し、叫んだ。

「我は跳ぶ天の銀嶺！」

重力制御術の構成。

急制動がかかる。速度が緩和してぎりぎり地面への接触前に停まりそうで――だがぎりぎり停まらないようにも見え――やはり停まったところを。

ラチェットが口笛を吹くと、どこからか巨大な黒犬が飛び出してきた。音もなかったのでまったく知覚できなかったが、恐らく屋根からだ。犬は空中に制止した人影の背中に着地し、おかげでその人物はべちゃりと地面に押しつぶされた。

「ふむ」

他人事のように、ラチェットがつぶやく。

「こういうこともあるんだね」

「あんたがやったんでしょ!?」

犬を押しのけて、エッジが跳ね起きる。妹に詰め寄るがラチェットは慌てず騒がず、

「うん」

「なんでよ！　なんの意味があんの！」

「さあ……」

「なにがあったの？」

イシリーンが訊ねる。

エッジは顔の砂を払いながら、ぶつくさ話し出した。

「急いで帰ってきたら、急に爆音がして吹き飛ばされた先に爆竹罠《わな》があって……」

うんうんと相づちを打っているラチェットを横目に、エッジは続けた。

「バネで弾かれて落とし穴に落ちたらそこにカタパルトがあって！　最後は犬！」

捕まえようと飛びつくのだが犬は素早く飛び退いて、エッジはまた地面に突っ伏した。

起き上がって睨むと、犬は誘うように届くぎりぎりの間合いで尻尾を振っている。

「ぼくらが来た時にはなんにもなかったけど」

マヨールが言うと、ラチェットはあっさりと、

「姉はいつも抜け道を通るので。何故学ばないのか……」

「あんたねぇ」

歯ぎしりしながらまた起き上がって——

ようやくエッジはこちらに気づいたようだ。マヨールとイシリーンを見やり、

「なんであなたたち、うちに？」

「うん。まあ実を言うと、お母さんに君を呼び出してもらうよう、頼んだんだ」

「え……」

うめいて、家に向かって走り出す。

「母さん！　母さん！」

「なあに」

と、居間の窓から校長夫人が顔を出す。

「緊急の用って」

「ああ、嘘」

ぴしゃりと窓が閉じる。

「お母さ――」

憤然と突進するエッジだが、その場で急に転倒した。よく見ると足下にロープが張ってある。ラチェットが、またうなずいていた。

精根尽き果てたのかエッジはしばらく起き上がらなかった。が、誰も起こしに行かないので仕方なく顔を上げ、ゆらゆらもどってくる。

「なんなの？　なんなの？」

「どうして姉さんがろくな目に遭わないのかというと、姉さんだからです」

「わたしのせい!?」

妹の頭を掴んでわしゃわしゃ振り回すエッジだが。

急に標的をマヨールに変えて怒鳴り声をあげた。

「あなたも！　分かってんの⁉　戦術騎士団は厳戒態勢で――」

「分かってる。だから外に出てもらわないと話せないと思ったんだ」

怒り顔のエッジが、次第に……怪訝ながらも視線を鋭くする。

「……わたしになにを？」

「君に協力して欲しい。俺たちは、騎士団より先にカーロッタ村に乗り込む」

「それは聞いた。馬鹿げた策だし、できっこない」

「カーロッタの腹心を連れていくのなら、どうかな」

エッジの手が、妹の頭を離れた。その手をこちらに向け――掴みかかってくるのではないかと半歩退いたが、彼女は呆けたようにぽとりと両手を下ろした。

「わたしたちが捕らえたヴァンパイアのことを言っているわけ？」

「捕虜を連れて行くのなら、彼らも無下にはできないはずだ」

「馬鹿じゃないの？」

彼女は吐き捨てた。

「三年前のことを忘れた？　そんなことで懐柔できる相手じゃないし、それに……よくそんなこと言えたものね。わたしたちが捕らえたのよ。あなたじゃなく」

「そうだ。拷問するためにね」

「……………」

ますます表情を険しくするエッジだが。

マヨールは見ていた。彼女は怒り狂っているが、話を聞かないほどではない。宥めるように手を振って、マヨールは続けた。

「非難しようっていうんじゃない。誤解しないでくれ。その筋合いじゃないっていうのは分かってるさ。もっと合理的な話だ」

「聞くわけにいかない。あなたを無事に帰せなくなる」

エッジはきっぱり断ると、庭から出て行こうとするのだが。

くしゃくしゃにされた髪を手で整えながら、ひょこっとラチェットが口を挟む。

「帰らないほうがいいよ」

「……なんで」

ぎろりと睨むエッジに、ラチェットは淡々と、

「村からうちに来るまでの道には、かなり殺傷力の強い罠が。それに引っかからないよう、姉を飛ばしてみました。親切」

しゅうう、とあまり聞かない類の音が響く。エッジの嘆息だが。彼女はその場にくずおれた。言葉もないらしい。

去ろうとするエッジの気を殺いでくれたのは助かったものの、辻褄《つじつま》が合わないのでマヨールは指摘した。

「……ぼくらが来た時にはなんにもなかったけど」

「…………」

しばらく考えてからラチェットは、ああ、と合点して庭から出ていった。

「まだ仕掛けてなかった。やらないと」

どんどんどん、とエッジが地面を拳で叩く。

家の前の道をとことこ下っていくラチェットと、その後を追う犬とを見送ってから、マヨールは改めて話し直した。

「このままじゃ、騎士団は手詰まりだ。それは認めるだろう?」

「あなたならなにを突破できるつもりでいるの?」

皮肉のこもった声で言ってくる。マヨールは告げた。

「君の父さんにたったひとつできないことができる。法と立場を無視して必要なものを得ることだ」

「馬鹿げてる」

「それでも、俺は本気だ」

「本気の第一歩で、人を頼るってわけ?」

これも強烈な皮肉だが。

痛打は極力顔に出さず、マヨールは言い返した。

「別に見栄でやってるわけじゃない」

「なら――」

すっと立ち上がり、エッジが応じる。

「どんな覚悟？」

「イザベラ先生を倒して、既に魔術士同盟からは離反した」

「え？」

イシリーンが声をあげるがそれは無視して、

「だが先生を倒したところでこっちの革命闘士にはアピールできないだろう。俺が魔術士側とはっきり敵対していると示すには、戦術騎士団に打撃を与えるくらいの事例がいる」

「二重スパイになるの？　無駄よ。彼らは魔術士を受け入れない」

「別に潜入できなくてもいい。できればなおいいけど。とにかく接触さえすれば彼らの状況が分かる。もし失敗して俺が殺されたとしても」

一拍おいて、続ける。

「謀反者の魔術士がひとり死んだってだけだ」

「どうしてわたしが協力すると思うの。なめてるわけ？」

「どうせあのヴァンパイアを尋問したところで、あと数日か——あるいは数週間後かに、既に分かっていることとの確証が取れるだけだ。騎士団が動くにはその確証が必須でも、この遅れのほうが致命的だ。君も分かってるはずだ。君の父さんは、挽回不可能にしくじったんだ」

エッジは反論してこなかった。とにかく、すぐさまには。

遠ざかるように一歩引いて、額に腕を当てる。めまいでも感じたような仕草だ。が、眼差しははっきりしていた。

ゆっくりと告げてくる。

「シマス・ヴァンパイアは、解放されれば手に負えない強度に回復するわよ」

「数日の猶予があるんだろう。それに差し迫った脅威が壊滅災害なら、そんなことは問題じゃなくなる」

「もし、なんにもなかったら？」

挑むように、彼女は目を伏せた。

「カーロッタにはなにもなくて、全部なにかの間違いか、ただの先走りだったら？」

「これから起こる一番悪いことがそれなら、随分ラッキーだったと思うしかないね」

「…………」

睨み合う。

横から、そろーりと忍び寄ってくる影があった。イシリーンだ。半眼でムスッとして。

「あのー。わたしもなんか言っていい？」

「なんだよ」

「さっき、先生をぶっ倒したって聞こえたけど」

「ああ」

「あっそう。分かった。いちおーね。確認したかっただけ。いいのよー？　あんたが――」

とにっこり、とびきりの笑顔で顔を近づけてきて耳元で叫んだ。

「ドアホでもね！」

きー……ん……と、耳鳴りによろめく。

立ち直るとイシリーンはすっきりしたのか投げやりにつぶやいた。まだ、やや拗ねた顔はしていたが。

「ま、いいわ。これからやることを思えば、そうしなかったからって立場がぐんと良くなるってわけでもないしね」

「〝ま、いいわ〟？」

呆気に取られてエッジがイシリーンを見やる。

「あなたも気にしないの？　地位も将来もなにもかも失うのよ？」

「わたしにとっては、この人との未来だけがすべてよ！」

手を組んでくねくね声をあげてから、自分でハッと鼻で笑う。

「そーんなわけでもないけど。ま、漕《こ》ぎ出した後で戸棚に饅頭《まんじゅう》置いてきちゃったーって騒いでもしょうがないわよ。気にしたところで帰った時には、おやつはカピカピ。へたすりゃネズミの糞まみれ」

今度こそ絶句してエッジが言葉を呑む。まあ、イシリーンはそんな女だが……と。

足音が聞こえて、マヨールは振り向いた。道のほうだ。ラチェットが犬と一緒にとっとこ小走りで、庭に駆けてくる。

「間ーに合わなかったー」

言いながら、玄関に入っていった。

「………？」

ぼんやりと三人、顔を見合わせていると。

さらなる人影が道を上ってくるのが見えた。ひとりではない。集団だ。三人。

エッジのつぶやき声が耳に入った。

「まさか……」

声の調子で、それが望ましい訪問でないのはすぐ分かった。

三人の来訪者は庭の入り口で、並んで足を止めた。マヨールらを見、そして魔王の家のほうに視線を転じる。

不意に、閉じていた居間の窓が開いた。そこからまた校長夫人が姿を現す。今度は身を乗り出して。そして、装填《そうてん》したボウガンを構えて。

一瞬の躊躇《ちゅうちょ》もなく彼女は引き金を引いた。矢は連中のうち、真ん中のひとりを目がけて飛んでいく。髭面《ひげづら》の、壮年の男だ。矢は男の側頭部に命中し、跳ね返った。

弾かれた矢はちょうどマヨールの足下に落ちた。鉄製の矢が折れ曲がっている。

男は変貌しつつあった。髪、そして体毛が伸び、服を突き破って金属のように変化している。

連れの二人に手振りで示した。声はなかったが、そのジェスチャーは明瞭だ。こう宣言したも同然だった。

『各々、好きなようにやれ。もう我々はなにも恐れない』

13

三年前、妹が新大陸に来たがったのは、ここに〝キエサルヒマのアホどもを見返すような力の秘密があると思った〟からだった。

結論を言えばそれはあった。しかもひとつではなく、世界の破滅にも直結するふたつの力だった。

ひとつは人間の〝巨人化〟――ヴァンパイア症だ。

もうひとつは〝偽典構成〟――魔王術。

この他にも神人種族の存在がある。常世界法則の擬人化存在。巨人種族、つまり人間種族とは対になり、崩れた法則をリスタートさせるために全人間種族を滅ぼそうとする。

そして魔王スウェーデンボリー。別世界の離脱者《ウォーカー》にして現世界の創始者だ。常世界法則の崩壊によって神化を失った彼は、今は一介の神人種族として同族と敵対している。人間種族に魔王術を授けて神人種族の抹殺を目論む。

新大陸での騒動の後、その情報を託されたのはマヨールで、妹はほとんどなにも分からないまま帰ってきた。ヴァンパイア症についての一般的な知識は得ただろうが。その危険性は分からないままだったろうし、魔王術については存在すら知らされなかった。フォルテによる魔王術修得のメンバー選出にも、当然入ることはなかった。

だがふと、こんなことは言っていた。

「危なっかしいことが多過ぎだよネ、いろいろとさ」

本当にそう思っているんだろうかという仕草で、ひらひら手を振りながら、

「アタシらが死んでないのが奇跡じゃん。奇跡って一個しか起こらないだろうから、あとはなーんもないってことカナ。この世には」

右の女は右に跳び、左の男は左に跳んだ。柵を跳び越えて庭に入ってきた時にはどちらの姿も変貌している。

ヴァンパイア症だ。肉体に変化まで来すのは、キエサルヒマではまだ確認されていない強度である。

反射的にマヨールは一番近い、右の女に向かって移動していた。腰の剣を引き抜き、斬りかかる――

瞬間、身体が浮き上がった。転倒する。なにかにつまずいて転んだのだ。いや。

それならばすぐに起き上がれるはずだが、身体が地面に貼り付いたように動けない。マ

ヨールは混乱しかけた。が、足を見て理解した。足首を何者かが掴んで、持ち上げている。左の男の仕業なのだが、そいつがマヨールを制止できるほど接近してきていたとは気づかなかった。

近づいてきていなかったからだが。男は両腕を数メートルにも伸ばしてマヨールを掴んでいた。間に立っているイシリーンとエッジを迂回して。

踏んだ場数の差だろう。先に動いたのはエッジだった。

「我掲げるは降魔の剣！」

力場を剣のような形に練り上げて、男の腕に叩きつけようとする。が、男の腕はかくかくと幾重にも折れ曲がり、エッジの攻撃をかわした。

マヨールは倒れて動けないまま、女に視線をもどした。女は顔の下半分を鮫《さめ》のように変化させ、ずらりと並んだ牙を指で撫でた──その指先もかぎ爪になって、こすれて刃のような音を奏でた。

女は逡巡《しゅんじゅん》したようだ。すぐにもマヨールの息の根を止めるか、それまで突撃しようとしていた家へと向かうか。女の目は──肉食獣じみた尖り目は──獲物の血に飢え、手を伸ばせばとどく脆い標的の誘惑に抗しがたく揺れている。じっとりと湿った炎のように……

その顔面を、高速のなにかが貫いた。見覚えのある靴だ。というか、買ってやった覚えが。吹っ飛んだ鮫女を見下ろし、足を下ろしながらイシリーンがつぶやくのが聞こえた。

「みなまで言わせないで欲しいけど」

好戦的なイシリーンの瞳は、驚くほどその鮫女に似た色があった。

「物欲しげ過ぎんのよ、バケモン」

同時に、マヨールも解放された。エッジが再度、男に打ちかかって一撃を与えたのだ。

（三対三か）

マヨールは起き上がって、残るひとりに向き直った。全身棘の男。年齢的にも風格でも、リーダー格とうかがえる。

戦闘力は各々、こちらより上回るだろう。エッジ以外、ヴァンパイアとの戦闘経験もない。

敵の狙いは……恐らく、この襲撃そのものだろう。ローグタウンは魔王オーフェンの本拠地だ。魔術士はカーロッタ村に近づかず、反魔術士組織はローグタウンを攻めない。それが新大陸の均衡を保ってきた。今日、突然、それが破られた。

この三人が破りに来た。彼らにとって最も価値のある戦果は、きっと、魔王の家族を殺害することだ。

（エッジはともかく……夫人とラチェットを守らないと）

特に夫人はただの人間で――

こん。

と、背後から飛んできたなにかがぶつかって、マヨールは頭を押さえた。結構痛かったが、地面に転がったものを見ればそれどころではなかった。紙で巻いた筒だ。短い紐がはみ出ていて、そこを辿る火がしゅうしゅうと音を立てている。導火線だ。

筒が爆発して猛烈な煙を吹き出す。発煙筒だった。煙になにか仕込んであるのかひどい悪臭に噎《む》せ返り、眼球に痛みが走る。マヨールの霞《かす》んだ視界にかろうじて見えたのは、煙を引き裂いて駆け込んでいく校長夫人だった。

目をこすりながら後ろに下がって、マヨールは痙攣する目を見開いた。庭にいたヴァンパイアにイシリーンもエッジもだが、全員毒煙にやられて激しく咳き込んでいる。夫人は口と鼻にハンカチを当てて、抜き身の剣を片手に全身棘の男へと斬りかかっていく！

硬い音を立てて刃が男の身体を打つ——とはいえ硬質の体毛に守られたヴァンパイアには通じない。夫人が滅茶苦茶に剣を振るって叩きつけるたびにヴァンパイアはよろめいたが、それだけだ。煙で視界と呼吸を奪われながらも腕を上げるだけで刃を防いでいる。夫人は数秒、その攻撃を続けて——息の限界だろう——ぱっと飛び退いた。飛び込んだのと同じ素早さでマヨールよりも後方に退いていく。目で追うと、家の前にラチェットと犬が待っていた。

「はぁーあ。きっつい。酷だわ」

夫人は地面に剣を突き刺した。

「次は？」

「はい」

ラチェットから細長い棒を渡される。

「このォ——」

怒りに駆られた全身棘のヴァンパイアが、目を開けられないまま夫人に襲いかかろうとした。が、方向も覚束ない上、途中にはマヨールがいる。

「光よ!」

マヨールが渾身で放った熱衝撃波を、ヴァンパイアはまともに喰らった。防ぐことを考えもしなかったようだ。吹っ飛んで地面に転がる姿を見て、ヴァンパイア症の副作用を思い出す。知力の低下だ。強度が増すと、彼らは知性と社会性を失う。

さらに咆吼があがった。鮫女だ。牙の並んだ顎を開いて、やはり夫人へと飛びかかる。イシリーンの反応が遅れて、これは迎撃できなかった。

夫人は振り向いて、娘から受け取った棒を口にくわえた。ぷっ、と吹く。

吹き矢だ。筒から飛んだ小さい矢が鮫女の大きく開いた口に入った。ぎょっとしたように鮫女が立ち止まる。背中を震わせ、しゃっくりしてから、今度は雄叫びではなく悲鳴をあげた。

「今のなに?」

筒を捨てながら、夫人。ラチェットは一言で答えた。

「どく」

「なんの?」

「なんか……健康に悪そうなやつ」

その会話を聞きながら、鮫女は震えて動きを止める。

最後に残ったのは手足を伸ばした男だ。まともな格闘のしようがない相手にエッジは勝手を狂わされていた。肘撃ちと同時に後頭部を殴り、ついでに耳を引っ掻いてくるような敵だ。エッジはそれをかわしていたが攻め手がない。マヨールは援護しようと身構えたが。

先を越された。犬がいつの間にか回り込んでヴァンパイアの背中に体当たりする。物音ひとつさせなかったがかなりの勢いだ。男はバランスを崩して前のめりに倒れかかった。長い手足の間合いの内側にはエッジが待ち構えている。

「ハッ！」

気合いを吐いて、エッジの一撃がみぞおちに突き刺さる。

風が吹き抜けて、薄れた毒煙の最後の名残をかき消した。その程度の時間だ……瞬く間に、三人のヴァンパイアが倒されてしまった。エッジがぽかんとしていると、夫人は視線を察して、どこか決まり悪そうに声をあげる。

「こういうのとまともにやるのは、うちの人みたいなのの仕事。わたしは適度に手抜きしないとね」

「……襲撃を知っていたんですか？」

マヨールが問うと、夫人はますます困ったようにかぶりを振って、

「わたしじゃないわよ。この子に訊いて」

ラチェットを示した。彼女はというと、やはりしかめ面で無茶を言うだけだが。

「分かってるわけないけど、なんとなく準備してあるってこと、あると思います」

「騎士団を呼ばないと」

エッジが言い出した。倒れているヴァンパイア三人をひとりひとり確かめながら、

「ちょっとくらい動きを止めたって、すぐ動けるようになる。襲撃の理由も尋問……しないと」

口ごもったのは、地下の〝尋問室〟を思い出したからだろうが。

「すっかり拍子抜け。ま、いいけど」

これはイシリーンだ。鮫女を爪先でつついている。

マヨールはそれを睨んで、うめいた。

「拍子抜けどころか、これから大事だぞ。ヴァンパイアがローグタウンに攻めてきたんだから」

「分かってるわよ。んでも、その結果がこれじゃあね」

言いながら夫人のほうを、目を盗むようにして眺める。

イシリーンの言いたいことは分かる。たった今見せられたのは、とっくの昔に訓練もやめた非魔術士がこの強度のヴァンパイアをあっさり片付けてしまうという〝あり得ない〟出来事だ。魔術戦士の存在意義も問われる。

「あなたたち！　これはどういうこと？」

ヴァンパイアたちが現れた道を、突然現れた魔術戦士の一団が駆け上がってきた。先頭

は、確か戦術騎士団のシスタだ。村にいたはずはないので魔王術による空間転移で基地から飛んできたのだろうが、一応、夫人やラチェットがいることを考えてその現場を見せなかったのだろう。意味があるのかどうか、怪しいところだが。

魔術戦士は手早くヴァンパイアら三人を拘束していく。そして――

「――――！」

シスタが真っ直ぐに、こちらに向かって飛びかかってくるのをマヨールは察した。フェイントで拳を振ってから身体を転じて低く蹴りを放ってくる。マヨールは後退してそれをしのぐと、相手の次手を予測して肘を固めた。上体を起こしたシスタが連打してきた拳を腕で避け、ようやく周囲を確認する余裕が生まれる。

魔術戦士がふたり、イシリーンにも攻撃を仕掛けている。彼女も面食らいながら、ひとりの下腹を蹴り上げて悶絶させていた。

（本当に拍子抜けどころか、だ……）

マヨールは舌打ちして、シスタの死角に潜り込もうと体勢を低くした。

そうだった、と思い出す。朝に基地を離れたエッジは知らなかったが、イザベラ教師から離反したことを戦術騎士団が把握していてもおかしくない頃合いだった。イザベラがマヨールらの拘束を騎士団に頼んだのかもしれない。

微妙な均衡の中で彼らは戦っているのだ――そのことも思い出す。些細《ささい》な巡り合わせが厄介な行き違いもたらすということだ。反逆行動を取ったキエサルヒマの魔術士がローグタウンに現れ、それと同時にヴァンパイアがかつてない大胆な襲撃を企てれば、そこに連動を見出すのはあり得る筋書きだ。

（つまり、俺らは革命側と協調して新大陸の破壊工作に来たと見なされるわけか）

しかもその目的で渡航した一団には妹がいる。謂《い》われのない話とも言えない。

好機かもしれない。

シスタの肘をかわして、腰を膝で蹴りつける。ともに身体を密着させた当てずっぽうの攻防だが、手応えを得たのはマヨールのほうだった。ふらつくシスタの背面から拳を突き出し、背骨を打つ。

（ここを切り抜ければ、容疑が確定して戦術騎士団から追われることになる）

それならば革命闘士側と接触できるかもしれない。もっとも。

（切り抜けられれば、ね……）

シスタはつんのめって転倒しかけたが踏みとどまり、改めて構えを取った。歴戦の魔術戦士と対峙《たいじ》してマヨールは唾を呑む。周りの魔術戦士らはひとまず動いてはいない――傍観しているのでもないが、手練《てだ》れの術者を邪魔する気はないようだ。イシリーンはひとりを倒したものの、さらにふたりの魔術戦士を敵に回して後退を続けている。長くは保たないだろう。夫人とラチェットは離れて、じっとこちらを見つめていた。エッジは状況を理解しかねて混乱している。

「シスタ！　いったいなにを――」

エッジの声は無視して、シスタが打ちかかってくる。胸元に小さく構えた拳を弾けるように小刻みに放ってきた。拳闘の動作だ。マヨールは身をよじってかわし、反撃の隙をうかがった。臑《すね》を蹴って相手のリズムを崩そうとする。が、シスタは機敏で牽制すら捉えきれない。

（手強いな）

今朝やり合ったイザベラとは対照的に、シスタの動きは堅実だ。細かく、短いが、鋭い。その分読みやすいが、こちらの対応が大雑把になればたちまちに踏み込んできて次の選択肢を奪う。

出し抜けるチャンスは一度だけだ、とマヨールは計算した。一手で隙を作り、イシリーンともタイミングを合わせて逃げる必要がある。

（混乱を作るには）

大きく一歩、跳び退《すさ》る。

（混戦にする！）

「光よ！」

追撃をかけようとするシスタの足下に光熱波を放つ。

大きな威力ではない。が、炎が地面を揺らした。魔術を使ったことで他の魔術戦士たちも動き出す。シスタは防御術を編んだなら、追撃が一歩以上遅れるはず――

ぎょっ、とマヨールは肝を冷やした。白い火柱を突き抜けてシスタが飛び込んできたからだ。戦闘服と髪を焼きこがしながら。マヨールの術が直撃を狙ったものでないのを理解して、防御の術すら編まなかったのだ。

焦げた臭いをまとったシスタの体当たりを食らい、マヨールは尻もちをついた。彼女も無事ではない。負った火傷がぶすぶすと煮立っているし、数秒もしてアドレナリンが引けば激痛に襲われるだろう。だがそれでもシスタはとどめの体勢に入っているし、他の魔術戦士も様子見をやめている。マヨールを警戒して攻撃術の構成を編んでいる者もいた。調子を合わせたわけでもないだろうが、向こうではイシリーンも地面に突き倒され拘束されようとしている。

たった一回の機会を逸した。一気に窮地だ。この状況のもうひとつの行く末が見えて、マヨールは皮肉も思い浮かばなかった。

あの拷問部屋へと直行だ。

14

「全員を拘束したのは良いものの、状況が混乱していて……」

シスタの報告を聞きながら、オーフェンはぼんやりと天井を眺めていた。これはいささか不謹慎な態度ではある。特に、その〝混乱した〟状況を思えば。シスタはいつものように冷静に話を続けているが、振り向いて目を見ればきっと苛ついているに違いない。

試してみよう。と、オーフェンは彼女の顔を見やった。

魔術戦士のシスタは古参のひとりだ。生まれはキエサルヒマだが人生の大半を開拓時代に過ごした。小さな頭に厳しい目つき、きびきびしてはいるが苛ついても聞こえる口調。いかにも魔術戦士らしい魔術戦士であり、有能な部下ではあるが……彼女が有能であるためには余計な手間が多すぎるんだよな、と感じることは多い。

主不在の隊長室の椅子に座り、オーフェンは彼女が机に並べたものに視線を転じた。

「混乱、ね」

「覚えのあるものですよね？」

「ああ。俺が造った」

以前、実験で製作した武器だ。世界樹の紋章の剣と〝ヘウロニー〟……ヘウロニーは武器というより、天人種族は日用品として使用していたと見られる。多目的便利孫の手だ。天人種族のものぐささを示す道具ともいえる（なにしろ彼女らはあらゆる道具に魔術文字を仕込んで自動化生活を送っていたのだから）。ともあれ、この複製品はどちらも魔術文字自体は機能しない。

「囚《とら》われたふたり、マヨール・マクレディとイシリーンはこの道具を所持していました。あなたの家でです」

「つまり？」

「現在、ふたりの容疑は反魔術士組織との関与です。キエサルヒマ魔術士同盟のイザベラ・スイートハートから追跡の要請を受けていたところ、ヴァンパイアと一緒にいたところを逮捕しました。彼らは激しく抵抗し、魔術戦士のひとりは負傷しました」

「君のことか？」

「違います」

きっぱりと否定するシスタだが、髪がところどころ焦げているし、肌が煤《すす》で汚れている。キエサルヒマの魔術士に後れを取ったとしても決して認めないだろうが。

オーフェンは嘆息した。

「問題のヴァンパイアっていうのは、どうしてローグタウンに？」

「分かりません。あなたの家族を狙ったのは間違いありませんが」

「重大な問題だ。カーロッタは協定を破った。あるいは、カーロッタの力が弱って手下が暴走している」

「現場にはエッジもいました。彼女の証言も混乱していて……」

「なんて言ってた？」

「母親が緊急の用だというので家にもどった。そこにマヨールとイシリーン両名がいて、ヴァンパイアが襲撃してきたと」

「筋が通ってるように聞こえるが」

「彼女を呼び寄せた緊急の用というのがヴァンパイアの襲撃なのだとしたら、クリーオウ・フィンランディはどうして予測できたんですか？」

「本当に面倒くさいな」

「……は？」

面食らったシスタに、オーフェンは続けた。

「予測できたわけがない。だからどうして予測できたのかなんて疑問は無意味だ。ローグタウンはここ数年で唯一というくらい手薄になっていた。だから不安を覚えたんだろ。それか、まあ、大きな任務の後だったから娘の無事を確かめたかったか」

「…………」

シスタは不信を眉間の皺で示しながら、反論はしてこなかった。これは不言の圧力だ。つまり、エド隊長にも同じ報告をするつもりですが、分かっていますね？　という。

それだけで済むわけでもなかった。彼女は机の上の武器ふたつを示して、

「こちらも無意味ですか。魔術士同盟に反逆したふたりが、あなたの作製した武器を所持していたんですよ」

「まあ物置の鍵なんてうちの犬でも開けられるようなものだしな」

「盗まれたと？」

ますます渋面を作って、シスタが詰め寄ってくる。

「……このままだとあのふたりを尋問にかけないとならないことは分かってらっしゃいますか？」

つまり、オーフェンの密命で彼らを動かしていたのならそうせずに済むし、したくないということなのだろうが。

そういうわけにもいかない。もしそうなら、原大陸の魔王がキエサルヒマ魔術士同盟の魔術士を離反させたことになるし、マヨールらは帰る故郷を失う。オーフェンは無関心な顔で答えた。

「まあヴァンパイアほどタフじゃあないだろうから、二、三発殴る程度で吐くんじゃないか」

「ヴァンパイアの尋問が黙認されているのは、その後に処分が決まっているからです」

「あいつらは消すわけにもいかないな。じゃあ拷問にもかけられない。エドも同意見だと思うがね。イザベラから頼まれてたんなら、彼女に引き渡せ」

「三名のヴァンパイアの処置は？」

「ローグタウンを狙った理由は知る必要があるし、協約破りには妥協できない。誰の意志で実行されたのか吐かせろ」

「はい」

神妙な面持ちで、退室していく。

残された武器ふたつを取って、オーフェンはしばらく手の中で弄んだ。無意味。魔術文字が機能しない天人種族の武器というのはまさに無意味そのものだ。これを渡したのは妻だろう。ふたりが捕まることを予測していたなら、こんな出自のはっきりした物を持たせるのは迂闊だ。あるいは陰湿な企てだ。まあ、多分そのどちらでもない。つまり妻はヴァンパイアの襲撃やマヨールの逮捕は予測していなかった、はずだ。

（だが、なーんか隠してやがるな）

あるいは、

（なにか伝えたい意図があるのか）

簡単なことなら妻は普通に言って寄越すだろう。彼女がどう言えばいいのか分からなかったなら、それは大抵、魔術に関する事柄だ。

剣と孫の手を抱えて、隊長室から出て行く。基地を歩き回って娘の姿を捜した。先にラッツベインを見つけたが、彼女は医務室で寝込んでいた。魔王術の代償で血液を失い、いまだ回復中だ。

エッジは食堂にいた。ぽつんとひとりでうつむいている。近づくと、どうやら居眠りしていたようだ。足を蹴ると跳び上がった。

「ぎゃっ」

「たまに思うんだが、お前友達とかいないのか」

「父さんはいるわけ？」

「いない。どうせろくでなししか知り合いにいない」

きっぱり首を振って、本題を訊ねる。

「母さんに呼ばれたんだってな？」

「うん。でも……」

　言いかけて、娘はまた急にふさぎ込んだ。

「別になんでもなかった。シスタに言った通りよ」

「まだ怒ってるのか。昨晩のこと」

　エッジはあたりを見回した――食堂には他に誰もいないが。声をひそめて、

「怒ってるっていうより……父さんは、あのふたりがなにを企んでるか承知してるの？」

「さあ。だがお前は誘われたってわけだな」

「断ったわよ」

「どうして」

　オーフェンが言うと、エッジは仰天したようにテーブルを打って顔を上げた。

「馬鹿げた話だったからよ。彼らは――」

　また口をつぐむ。

「なんだ？」

「言ったら、彼らは処刑される」

「まあ、友達がいないってこともないわけか」

「罪悪感よ。父さんが彼をそそのかしたんでしょう？」

　怒る娘の前で、頬をかく。

「好きにやれと言っただけさ」

「父さんがやりたくないような無茶なことを？」

「俺たちのやってることだってまともとは言えない。昨日の混ぜっ返しだな」

きりのない話は制止して、頭をもどす。

「それより、母さんはどうしてる？」

「どうって……無事よ。今は護衛もついてるし」

「それは聞いてる。様子はどうだった？」

「いつもと同じよ。あのふたりはいつも通り、変」

「ふたり？」

「母さんとラチェ」

「ふうむ……」

腑《ふ》に落ちない表情の娘を置いて、食堂から出て行く。

分かったとも分からないとも言い難《にく》い。考えはそのあたりで留めて、医務室にもどる。

ラッツベインの寝顔をのぞき込んだ。顔色はやや悪いが、ぐーすか寝入っている。剣とヘウロニーを置いて、こんこんと額をノックした。

「…………」

起きない。額の真ん中に指を当てて、揺する。やはり起きない。

しばらく考えてから、頭を持ち上げ、ぽとりと落としてみた。起きない。

ため息をついて、水差しを探した。娘の鼻をつまむと、半開きの口に水を注ぎ込む。

それでもなお十秒ほどは平気でいるのだから、我が娘ながら大概だった。

「げぼごぼっ……がぶっ！」

騒がしくあえぐと、がばと起き上がる。

激しく咳き込んで水を吐きまくるラッツベインから、オーフェンはさっと身を退いた。

「きったねえなあ」

「だって急に！　水が！」

げふげふ騒ぐ娘に、告げる。

「なんかの病気だな。寝過ぎると水吐き病」

見えない位置に水差しを置きながら。

「えー。それ保険か労災きく？」

「無理だ。寝て治せ」

「水吐くのにー？」

涙ぐんで、ラッツベイン。寝ていたのは分かるのだが、何故か支給品ではなくピンクに水玉の寝間着だった。家から持ってきていたのだろう。

とりあえずベッド脇にスツールを引き寄せ、腰を下ろして声をかける。

「気分はどうだ？」

「頭がんがん痛ーい」

「ちょっと代償が重すぎるな」

「うー。やっぱりまだまだかなあ」

「いや、抜群の出来だ」

言ってから、やはりまた同じ質問をする。

「最近、母さんたちに会ったか？」

「うん。出発前に。あ、父さんしばらく帰ってないでしょ。ムカついてたよ」

「まあ、ほっとけ。それだけか？　ムカついてただけ？」

「うーん。相談したいことがあったっぽいけど」

「そうか。分かった」

立ち上がって、荷物を抱え直す。

「じゃあ寝て、水でも吐いとけ」

「えー。溺れる夢見るよー」

心配する娘を置いて立ち上がる。当直の医療士がいれば、たまに水入れてやれとでも指示していくところだが、厳戒態勢でここも出払っていた。

とりあえず、なにかはあるようだ。が。

ヴァンパイアのほうが先決だ。新たに三人の捕虜が加わったことで、進展になるかもしれない。

「あ、そうだ。父さん」

呼び止められて、振り向いた。

「なんだ？」

「考えたんだけど……」

調子の違う声に、直感がざわついた。娘がなにを言い出すか。ラッツベインは馬鹿で引っ込み思案だが、ものを考えない奴ではない。

「わたしの使った術。効き目が中途半端で、ヴァンパイアの力だけを剥ぎ取ったでしょ」

「ああ」

「それを狙ってできるようになれば、騎士団の役に立つ……んじゃないかなって。父さんがずっと研究していたのも、それでしょ？　誰も消さないで解決できるように」

「…………」

オーフェンはふらりときびすを返して、ラッツベインの耳を指さした。

「耳からワニが飛び出してくる可能性を計算する必要がある」

「そんなの、出てくるわけないよ。噛まれるし」

「そう。あり得ない。だがそれが、どれくらいあり得ないか？　っていう話さ。二股の雨《あま》樋《どい》があるとして、ある雨粒が右に流れる可能性は余計な要素が絡まなければ五〇％だ。だが余計な要素は必ずある。雨樋は傾いてるかもしれないし、風向きが影響するかもしれない。片方の樋には死んだ鳥が詰まってるかも」

「たとえがキモイよー。どしてそういうこと言うの」

話が逸れる娘に苦笑しつつ、続けた。

「十分にあり得る要素でさえ全部把握するのは困難なのに、ヴァンパイア症のような理不尽のあり得なさを算出するのは無理難題だ。それが可能なら未来予測もできるってことに……」

ふと言葉を呑む。

「……どしたの？」

娘の声で我に返った。

「いや。まあ、研究は続けるが見込みは薄いってところだ」

手を振って医務室を出て行く。

さて……と、剣と鎖鞭《さべん》を見下ろす。

あのふたりが、イザベラに引き渡される前に会っておくべきか。尋問前のヴァンパイアの顔も見ておきたいし、マジクかエドにも一声かけたほうがいいだろう。反魔術士組織の動向を派遣警察隊に確認もすべきだし、キルスタンウッズ開拓団の無頼者がカーロッタ村周辺の動きを見張っているから、そろそろ釣果があったかもしれない。

全組織がカーロッタ村の動向を追っている。手っ取り早い解決策は最初から分かっている。とっととカーロッタ村に全魔術戦士を差し向ければいい。それができないのは、本当にそれをした時、本当に誰が味方で誰が敵につくか分からないからだ。

確実な敵はカーロッタだ。彼女はかつての死の教師の中で唯一、現在でも魔術士と資本家の排斥を訴えている。元キムラック教徒への影響は強く、そして開拓で辛酸をなめた開拓民の大半はキムラック難民だった。都市を支配する資本家やその手下である（と見なされている）魔術士への憎しみは、時を経て弱まるどころか強固なものにすらなっている。革命側は開拓地や未開地に潜在し、実態も不明だ。

最悪の場合、戦術騎士団は原大陸のすべてを敵に回してしまう。ラポワント市もアキュミレイション・ポイントも開拓村も、全部だ。実際にそんなことはあり得ないだろう——が、どれくらいあり得ないのか分からない。分かれば未来に悩む必要もないが。

それはカーロッタにしても同じだった。いざ全面戦争を宣言したとして、どれだけ味方がいるか分からない。やはり最悪の場合には、あの女はカーロッタ村以外のすべてを敵に回すだろう。だからカーロッタは待ち続けているのだ。絶対を約束する運命の女神が帰還するのを。

これが原大陸の滅びを食い止めてきた均衡だ。カーロッタが女神の帰還になんらかの予兆を得ているなら、今すぐにも動かなければいけない。それが滅亡につながる戦争だったとしてもだ。しかしすべてが誤解で、蓋を開けてもなにもなかったなら……その間違いは、あるいは壊滅災害よりも悲惨だ。

ここしばらく悩まされ続けている足下の鈍さにすっかり癖になった苛立ちを噛み締め、結局、地下へ降りる。

（悩むっていうのも、阿呆な話だがな）

仮に魔王術でヴァンパイアを消失させる必要がなくなったとしても、戦術騎士団の暴力的な役割が変わるわけでもない。欺瞞《ぎまん》に過ぎない。殺しさえしなければ罪はない、などと単純なものではない。つまるところ魔王術も巨人化も戦いの道具に過ぎず、それをいかに便利で使いやすくしたところで争いはなんら解決しないのだ。およそ二十年前、諦めて滅ぶことを拒絶し、未来の扉を開いた。そして人外の存在による完璧な統治ではなく、人の手で人を殺しながら社会を存続させる道を選んだ。

華々しい開拓史の暗部だ。かつてのドラゴン種族の聖域と同じく、基地の地下にはそれらが押し込められている。尋問室、魔王術記録碑、そして牢獄《ろうごく》。

15

戦術騎士団の基礎は開拓時代、遅れて渡航してきたキエサルヒマの魔術士たち〝遅れてきた開拓団〟を取り入れる中で出来上がった。

最初期の開拓団――主に元キムラック教徒たちには、それをオーフェンの裏切りと見た者もいた。元アーバンラマ資産家らは歓迎した。厳しい開拓には魔術が有用であるだけに、それをほぼ唯一の魔術士の協力者、オーフェンに依存し過ぎているのもどうか、ということである。彼ひとりが死ねば開拓が頓挫するという状況はスポンサーらには恐怖だった。

そして開拓団が、資金の提供元よりもその使い走りのオーフェンにしか恩義を感じていないという状況もだ。

最初期のメンバーは三人。オーフェンはエド・サンクタムとマジク・リンに魔王術を伝えた。その後、スウェーデンボリー魔術学校が開校してオーフェンが校長になると騎士団の指揮官からは退いたが、実権としては変化がない。騎士団がかつての《十三使徒》に迫る規模になろうとしている今、権力は増したとも言える。

ヴァンパイアの尋問を最初に提案してきたのが誰で、どういう心地で許可したのか。それは思い出せなかった。選びようもない選択だったからか。

尋問室に入ると、けたたましい哄笑にさらされた。オーフェンは奥につながれているシマス・ヴァンパイアに目をやった——奴の様子はまるで変わらない。瀕死《ひんし》の状態で架台にくくられ、地道な金属器の縛めや無数の傷、打擲《ちょうちゃく》、罵倒に精神的な揺さぶりをかけられながら生きながらえている。

「カーロッタ様は勝利する！　カーロッタ様は勝利する！」

単調な叫びも、最初はまだしも会話にはなっていた。今では同じことを繰り返すだけだ。

金属の架台や道具が並べられた尋問室は、病院のようでもある。器具を置くためにかなり広いし、頑丈に作られている。天人種族のものぐさを笑えないが、この基地の建設には魔術が多用された。地下部分の壁も天井もすべて金属で補強され、通常の技術では成し得ない強度を持っている。単純に崩落を防ぐためもあるが、強度の高いヴァンパイアを拘束するのに必要だったからだ。扉も分厚い金属製だ。

視線をシマスから、その前に立っている魔術戦士に移す。隊長のエド・サンクタムだ。

彼もこちらを見ていた。唇の傷跡を撫でながら。

オーフェンが近寄るより先に、エドが進み出た。シスタと部下にその場を任せ、尋問室の入り口まで。

小声で言ってきた。

「変化はない。なにをしに来た」

シマスの笑い声が重なったため、はっきりとは聞き取れなかったが。

そう言うだろうとは思っていた。エドははっきりと不機嫌だ。ここ二十年、機嫌の良かったためしもないが。

「邪魔をしたいわけじゃない」

オーフェンは告げた。が、エドは即座に否定する。

「邪魔だ。焦っているお前の顔を見れば、奴は溜飲《りゅういん》を下げる」

「成果がないようなら――」

「ことあるごとに中止させようとするな。部下が察すると士気が崩れる」

釘を刺されてオーフェンは嘆息した。

「やる気が殺がれるってか？　俺も別に良い格好をしたくて言ってるんじゃない。奴が力を取りもどす危険は大きいし、そのタイミングは予測できない」

「お前の娘が撃ち込んだ術は深い」

淡々と、だが重みを込めてエドがつぶやいた。

若い頃から家族のように知っていて、今なお相容《い》れない部分を持つ相手だとしても、たったひとつだけ信頼できるとすれば魔術の分野に関してだ。恐らく最も熟達した魔王術士のひとりであり、こと戦闘においては何者よりも上だろう。そのエド・サンクタムが言う。

「ふたりがかりで手間はかかるが、術そのものは極めて高水準だ。これほど仕組める術者は騎士団にも希有《けう》だ。少なくとも数日は持つだろうし、複数で監視している。不満ならこんな無駄な手間はかけずに――」

「今すぐにもカーロッタ村を攻めたいか」

今度はオーフェンが彼を遮った。

何度も繰り返した議論を蒸し返すのにうんざりするのはお互い様だ。だがかなりの期間――数日、数週間、あるいは十年以上も――顔を合わせればこの話だ。エドの主張は単純だ。カーロッタは敵で殺すべきだと。オーフェンの反論も単純だった。カーロッタは敵だが、今殺しても意味がない。

「……新たに連れてこられたヴァンパイアたちは？」

話を変える。エドは腕組みして、面白くもなさそうに鼻を鳴らした。

「それぞれ別室で尋問している」

「進展はありそうか？」

「ここと同じだ」

「…………」

身体的に強靱で、かつ心理的に弱く鈍感なヴァンパイアから情報を得るのはもともと簡単ではない。安易に期待できるものでないのは分かっているが。

「続けてくれ。冷たい手で肝を掴まれるようなことをしてるんなら、せめて得るものがなけりゃ、やり切れない」

エドがなにも言わないので、そのまま尋問室を出た。

尋問室はひとつしかないため、複数の捕虜を尋問するには別の部屋を使うしかない。地下に余ったスペースもないが、倉庫を片付けて部屋を作るという報告は受けている。部屋の強度はどこも変わらないので、問題は監視が分散することだろう。ローグタウンに四人もどしたので隊員の余裕はさらになくなる。

騎士団の総勢は現在、七十四名。療養中が（医務室の娘を含めて）六名。基地の外に出て任務中の者が十名。残る総員が一日六時間休憩のシフトでここに詰めている。厳戒態勢はシマス・ヴァンパイアを捕らえてからだが、それ以前も長らくほとんどの者が休暇なしで動いていた。疲労は無視できない。

（俺を相手に愚痴を言うのはうちの甘ったれくらいだが、内心はみんな同じだろうな）

不毛な忍耐を強いられているストレスは重い。

せめて明解な目的を示すべきだという、エドにも一理ある。カーロッタの皮を剥いで辺境を焦土にすれば、あとは平和な予備役生活と恩給が待ってるだけだと言えば隊員は安らぐし、議会も納得しやすいだろう（年金の額面については揉めるだろうが）。

物事を単純化して捉えることの利点は、無論、なにごとも簡単に進むということだ。欠点もまったく同じだった。なにごとも簡単に暴走させてしまう。

仮の尋問室になっている物置に向かった。シマスのものよりも小さい部屋だ。入り口に立っている魔術戦士に中の様子を尋ねる。

「どうだ？」

「変化はないようです。責任者を呼べの一点張りで」

「レストランだとでも思ってるのかな」

オーフェンは頭を掻いた。

「が、願いを叶《かな》えてやるか」

そう言い出したことに魔術戦士は驚いたようだが、止めもしなかった。扉を開け、中に入る。

尋問を行っているのも魔術戦士だった。ベイル・ケリー。古参のひとりだ。オーフェンの顔を見て意外に思わなかったはずはないが、表情には出さなかった。

彼を制止して、ヴァンパイアの様子を見やる。

状態は、シマスよりはずっと健康だ。壁に打ち付けられた楔《くさび》に鎖で固定されているのは同じだが。人間と変わらない姿でぐったりとうなだれ、血と汗まみれの額越しにこちらを睨み上げている。

その人相は知っていた。以前はカーロッタに仕えていた古株だ。

「独立革命闘士のジンゼイだな」

「魔王が顔を見に来たか。尻に火が点《つ》いているな」

血の滲んだ唇を歪め、笑っている。

（エドの言う通り、捕虜は俺の顔を見るのが楽しいのかね）

と思いつつ、オーフェンは言い返した。

「カーロッタに放逐されたお前のほうこそ、あとがなくなってトチ狂った行動に出たんじゃないか」

ヴァンパイアライズは革命闘士の重要な武器ではあるが、カーロッタにとっては悩みの種でもある。強大化したヴァンパイアは自制が利かなくなるし、神人信仰の急所でもあるからだ。

そのためカーロッタはヴァンパイアを利用する反面、強大化の進んだ部下を村から追い出す。そしてそれを戦術騎士団が抹殺することには関知しない。

「カーロッタ様は、俺を忘れていない！」

激しく鎖を引っぱり、こちらに突進しようとしながらヴァンパイアは怒鳴った――だがヴァンパイアがこちらを引き毟《むし》ろうとしたとしても、避けるまでもなくオーフェンの手前で阻止された。伸びきった鎖が反動で、ヴァンパイアの身体を引き戻す。

オーフェンは持っていた剣と鎖鞭をベイルに預けると、あえて、前に出た。捕虜が手を伸ばせば触れられる間合いまで。ゆっくり睨みながら、告げる。

「俺が焦ってるのは認めよう。尻が焦げ付いてるのもな。だがお前に他人事の顔はさせない。カーロッタがお前を見捨てていないのなら、奴の行方が分からなくなっているのはどう思う？」

「お前が盲目なだけだ、魔王」

「お前の大嫌いな市議会の連中も同じことを言うんで飽き飽きだ。そろそろ目の覚めるような真新しい話が聞きたいね」

「最初から分かっていたはずだ。お前たちがまともな言葉を聞く頭を持っていたなら」

「どうかね。お前のがマシだっていうのなら言ってみろ――」

と。

捕虜の頭を掴む。そして。

壁に叩きつけた。鈍い音が――岩に岩をぶつけるような重い軋みが鳴り響く。ヴァンパイアの目に混乱が浮かんだ。さほどの痛撃もなかったろうが、分からなかったのだろう。いくら身動き取れず、弱っているとはいえ、抵抗もできずに壁にぶつけられたことを。

半秒ほど遅れて、ヴァンパイアは吠えた。体勢を直して反撃してくる。オーフェンは掴みかかってくる腕をいなして、足を蹴り、再び相手を同じ壁に叩きつけた。

と同時に声をあげる。

「今！　こんな時にあえて協定を破って無意味な攻撃を仕掛けてきた理由をだ！」

仰け反って後ろ頭で頭突きしようとするヴァンパイアの頭をまた掴み、その勢いのまま床に引きずり倒した。顔面をかかとで踏み抜き、跳ね返って浮かび上がった相手の上体を蹴りつける。

「はっきり言うが――」

ふらふらと起き上がるヴァンパイアの胸に肘を撃ち込み、半身をずらし角度を変えて背中からもう一撃。ヴァンパイアは苦痛に息を絞られながらも、腕から数本の鉄棘を生やした。反撃するつもりだったのだろうが、オーフェンはその時には死角に移動している。

「お前のしたことはどうしようもないドアホウだ」

耳元に囁かれた声に、ヴァンパイアは動きを止めた。聞き入ったというよりはどこから聞こえたのか分からなかったのだろう。

「俺がもう少し冷静でなければ、もはやお前たちがカーロッタの制御下にないと判断して全部隊を開拓地に差し向けているところだ」

「本隊の位置を知るまい……」

「怪しい村を無差別に殲滅《せんめつ》するまでだ」

「やればいい」

腕の棘だけではなく、背後から見るヴァンパイアの横顔も獣じみて変貌していた。半月形の口を吊《つ》り上がらせている。ただしこれは獣化ではなく……単なる人間の嘲りだろう。

「無実の子を殺せば、お前の言う〝怪しくない〟村とやらが次なる本拠地となる。俺が死んでも我らは滅びない。俺たちこそすべてだ。この世界と人間すべての尖兵《せんぺい》だ！　孤児の魔術士とは違う」

身体を震わせ叫ぶヴァンパイアの肩を、オーフェンは、ぽんと叩いた。

「俺を、なめるなよ」

どん！　と拳をねじ込む。内臓への打撃、寸打だ。

あとはもう有無をも言わせなかった。反撃の糸口を求めてよろめく敵の退路に立ちふさがり幾度も打撃を繰り返す。平衡を失った犠牲者が床に倒れることも許さない。掴み上げ、蹴りつけ、休めない姿勢を保たせる。意識を失おうとしていれば……それまで殴っていなかった場所を新たに責め、痛苦を絞り続ける。

数分ほど続けて、オーフェンは手を止めた。

後ろに下がる。ヴァンパイアは手を離されても、床に倒れなかった。倒れそうになればより厳しい一撃が来ることを身体に刻まれたのだ。

わざわざ格闘を仕掛けたのは苦痛を与えるためというより、敵を敗北させるためだった。

ヴァンパイアが疑いなく勝っているはずの領域で痛めつける。が。

明らかに安直で——相手の顔を見てそれは察せられた——、すっかり見通されていた。

ヴァンパイアはますます嘲笑した。

「ハハ……ハハハ！　恐ろしいな」

指を——折れ曲がった指をこちらに向け、叫ぶ。

「恐ろしいな、魔王！　お前は恐ろしい魔術士だ。呪われた魔術なしでも俺より強い……

人を超える力を得た俺よりも。だが！」

吐いた唾に血が混じっている。生々しいほど赤い血だった。

濁った泡をこぼして、ヴァンパイアは勝ち誇ってみせた。

「負けるのはお前だ。何故なら、最初から分かっていることだからだ。正しいものに仕えていないお前は、負ける！」

どこまでも繰り返す。狭い地下室に反響させて。

「惨めに負ける！　お前の仲間は誰ひとり残されず細切れで死ぬ！　家族は生きながら腐り死にだ。赤黒く膨れた腹が蠢き、数秒後に皮膚を食い破る蛆《うじ》の群れを数えながら、それが死への秒読みとなるだろう。過ちを悔いるなら己の頭蓋を掻き毟って、脳を掻き出すがいい！　お前は――」

オーフェンはただじっと聞いていた。

死の宣告を。ヴァンパイアはふっと意識を失いかけたように――ダメージを負っているくせに興奮し過ぎたのだろう――言葉を切ったが、一瞬で目を覚まして、かすれ声で言い終えた。

「なにをしようとお前は負ける」

聞きながら、オーフェンは嘆息した。分かっていたこと。捕虜の言うことにすべて賛同するわけでもないが、確かにここに来る前に既に分かっていたことはある。

言い返さずに背中を向けた。同じ部屋にいた魔術戦士はこちらを見ている。

彼の顔を見た。失望しているだろうか？　驚いているだろうか？　どれでもなかった。なにごともなかったように、ただ立っている。聞いてもいなかったのだろうか。そんなわけもない。尋問しているのだから。一語一句聞き逃したはずはない。

(なんとも思わなかったか)

捕虜が減らず口を叩いているだけと思ったか。事実、そうなのだが……苦し紛れに言っているからといって核心を突けないわけでもない。

オーフェンがヴァンパイアに近づいて殴りかかっても、彼は邪魔もしなかった。今こうして、棘を伸ばせるようなヴァンパイアに背を見せて無防備にしていても、こちらに注意してきたりしない。揺らがない部下の信頼を目にして感じるのは、恐らく彼も敵に捕らえられたなら、このヴァンパイアと同じことを言うのだろうということだ。カーロッタを相手に、騎士団は負けないと叫ぶだろう。ただ、それがなんという感情なのかは考えても分からなかった。

ともあれ確かに、既に分かっていたことはある……

「うまくいくはずもないんだよ」

小声で、つぶやいた。

「は？」

本当は話しかけたわけでもなかった。つい、口からこぼれただけだ。

誤魔化すことは諦めて、オーフェンは続けた。

「無事に解放される可能性のない捕虜が、なにを喋る義理があるかって話さ」

武器を返してもらい、部屋を出た。

他のヴァンパイアふたりも同様にのぞいて回った。そして結果も似たようなものだった。ひとりは男で、心を閉ざしたようにだんまりを決め込んでいた。もうひとりは女で、こちらは毒を飲まされたらしく回復してもいない。ヴァンパイアにここまで効くような毒物は騎士団も持っていない。「一体誰がこんなものを用意したんですか？」と問い質してくる魔術戦士に、オーフェンは「さあ」としか答えようがなかった。

ヴァンパイアたちが狂って見えるとしたら、それはこちら側の映し鏡だ。狂気の武器を突き付け合っている。

かぶりを振ると、オーフェンは残る捕虜――はぐれ魔術士ふたりの監禁される牢へと、足を向けた。

16

妹は懲りるということを知らなかった。

それが彼女の不幸だったが、当人は分かっていなかったか、分かっていたとすればマヨールとは百八十度見解が違った。

ある日、マヨールは妹に相談を受けた。

「今度の試験からアタシんとこのクラスも、南Bの試験教室を使うことになったんだけどサ。兄ちゃん、ずっとそこだったでしょ？」

ああ、と言うと妹は急に図を書き出した。

「この窓から見えるのって、校舎裏の十八本目の木で間違いない？」

要は妹は、カンニングの手を考案していたのだ。

マヨールはこう言った。窓の外の枝になにか仕掛けたって、変な態度を取ればすぐばれるだろ。

妹はあっさり認めた。

「そダヨ。だからアタシはここには座らない。そこに座った奴がカンニングで捕まった隙に、なんか別の仕掛けを試すんだヨ。その手はまだ決定してないんだけど、候補は二十個くらい考えたから……」

どう考えても、普通に試験勉強したほうが早い。マヨールが言うと、妹は、馬鹿じゃないのと吐き捨てた。

「試験勉強なんてその試験にしか役に立たないジャン。効率悪いよ」

普通に地道にやろうとは、ちっとも思わないのか？

妹は完全に呆れ果てた顔を見せた。

「アノネ。アタシは、なにか諦めるだけで褒めてもらえる兄ちゃんとは違うんだヨ」

「気にすることはないわよ、ダーリン」

　イシリーンの声は陽気ではあった。

「確かにちょぉっと予定は狂ったけれど、これくらいのへまは誰でもあるわよね。なにかをしようっていうかなぁんにもしないうちにこんなとこに閉じ込められちゃってるっていっても誰のせいでもないわ。世間が悪いの」

「……イシリーン」

「ここから出たらやり直しましょう。平気よね。きっと無事に出られる。昨日見た地獄絵図がまだまぶたの裏ちらついちゃうけど気にすることないわ。あの突拍子もない釘はきっと専門店にしか売ってないわよね。あと、あの液体はなんに使うものだったのかしら。知ってから部屋を出れば良かったのに、わたしゲロっちゃったもんだから」

「まだ続く？」

「うん。他に言うこともないし、もうちょい言う。ええと……あ、やっぱもう出ない」

　と、言葉は尽きたがまだ怒り足りはしなかったらしい。ごんと壁を叩く音が聞こえた。

「そうやっていつも途中で邪魔すんだから！」

「わーるかった」

　天井を仰いで、マヨール。

　牢は隣り合わせだが姿は見えない。壁も床も鋼鉄の格子かなにかで補強され分厚いため、実は声もそれほど通らない。互いを隔てている同じ壁に寄り添って、耳をつけて話しているのだった。

扉も重い金属製。頑丈な監禁室だが、魔術士相手では、物質的にはあまり意味がない。閉じ込められたのがヴァンパイアでも、強度が高ければ微妙だろう。〝魔術士は捕虜にできない〟はキエサルヒマでも古くから言われたことだ。無力化するには喉を潰すか殺すしかない。太古の魔術士狩りではそれが実践され、敵対する魔術士は即座に殺すべしという認識が形成された。

ヴァンパイアと魔術士に同じ認識があるのは皮肉だ――あるいは単なる必然だ。嫌気が差してマヨールは天井を見つめ続けた。地下に造られたせいもあるだろうが牢は狭い。身を縮めて寝転がるのがやっとだ。イシリーンの第一声は「ロッカーで寝てろっての？」だった。

それから一時間余り、ここにいる。ヴァンパイアらとともに騎士団の基地に連行されてきた。魔術戦士らは、帰りは術を使わず馬車を手配した。なので襲撃からは都合、三、四時間ほど経ったか。逃げ出せる隙もなく、ここでも魔術戦士に監視されている。

他の牢に、ヴァンパイアたちが騒いでいる気配はない。よほど静かにしているか、真っ先に連れ出されて尋問されているか。

「言っておくけれど、拷問に耐えるつもりはないからね。即座に、全部しゃべる。だからあなたもそうして」

「ああ」

　イシリーンに言われるまでもなかったが、同意する。

　とはいえマヨールはそれなりに楽観的だった。ヴァンパイアたちがマヨールに対してなにか格別の陰謀でも持って口裏を合わせているのでもない限り、マヨールが校長夫人を守ろうとしたのは騎士団に伝わるだろう。ただ問題はイザベラ教師に引き渡されることだ。

（俺だけキエサルヒマに送り返されるかもしれない）

　最後に見たイザベラの顔……そして声。思い出して奥歯を噛む。あの場で負けていたら、恐らくそうされていたはずだ。

「先生はまーだ顔見に来ないのね」

　と、イシリーンのぼやきも彼女の件に触れた。

「絶対、あれよ。焦《じ》らしてほくそ笑んでるのよ」

「責められるのは俺で、君は大丈夫だろ」

「まーたそういうこと言う。いくらわたしが人気者であなたが嫌われ学級長の拗ね坊やだからって、なるべく気のせいだと思う努力はすべきよ？」

「…………」

　壁から耳を離して、しばし睨んでからもどる。

「先生は俺をこの任務から外したがってる」

「まあ彼女、レズっ気あるから」

また睨む。この期に及んで茶化すつもりになれるのは図太い彼女らしいが。

「だから先生と敵対したんだ。俺は――」

「分かってる。なにがなんでも、どうにかしたいんでしょ」

イシリーンは言ってから、間を置いて付け足した。

「ここから抜け出すなら、見張りをなんとかしないとね。わたし脱いだらいけると思う?」

「無理だろ」

ごん、と壁を叩かれた。厚い壁なので痛くもかゆくもないが。

まあ、この場の見張りをどうにかという問題でもない。戦術騎士団のほとんど全戦力が集まった基地に囚われているのだ。

と。

気配を感じた。耳を澄ますと、がちゃりと錠の音と扉の軋み……見張り部屋の扉が開いて、誰かが入ってきたようだ。外の通路を誰かが歩いてくる。ひとりだ。

その足音はマヨールの牢の前で止まった。扉の向こう側でがちゃがちゃと鍵をいじっている。のぞき窓は狭く外の様子は分からなかったが、マヨールは狭い場所の許す限り素早く立ち上がると警戒態勢を取った。イザベラがひとりで鍵を預けられるはずはないので彼女ではない。となると尋問の順番が回ってきたのか。いや、魔術士を連れ出すならやはり魔術戦士がふたり以上は来るはずだ。

重い錆《さび》音を立てて扉が開くと、そこに待っていたのは魔王オーフェンの苦笑いだった。

「一日で帰ってくるとはな」

「ぼくだって笑いたい気分ですよ」

「さすがにイザベラに引き渡したんじゃ馬鹿過ぎて忍びない。これで、この件で俺を許さない人間がまた増えるな」

と、彼は持っていた剣とチェーンウィップをこちらに投げ渡した。そのまま隣のイシリーンの扉に移る。

牢を出て、マヨールは問いかけた。彼の話を察して、

「……ぼくらを公式に雇う気に？」

捕らえた魔術士を校長の一存で釈放できるとしたら、それしかない。が、校長はかぶりを振った。

「いや。公式にはない。外交問題になりかねんし、君らは帰れなくなるだろ。あとまあ、給料を払うのも癪だ」

「じゃあ……」

「君らは騎士団を出し抜いて逃亡するのさ。俺たちはとんでもない無能だな。エドが怒り狂うだろうが、まあ今後、奴と出くわすことがないよう祈れ」

「……見張りは？」

訊ねた時、イシリーンの扉が開いた。なんとなく聞き耳を立てていたらしく、彼女は牢

から出るなりきらきらと瞳を輝かせ、校長に飛びついた。

「助けてくれたんですね！」

「助けてない。俺は今ここにはいないし君らの顔も見ていない」

さっと彼女をいなして、校長はこちらを向いた。

「まあ、見張り部屋の連中が卒倒する間際に俺の顔を見てなければだが。今、追加のヴァンパイア三人の尋問が始まったところで、主要戦力はそっちに集中している。地上階まで無事に出られれば逃げ出せる見込みはある。経路を教えてやるから、とにかく派手な騒ぎは起こさず切り抜け――」

ちょうど、はかったように。

轟音が壁を打って広がった。

重々しい牢の壁をも貫くような衝撃だ。思わずひっくり返って、マヨールは膝をついた。めまいを抑えて立ち上がる。イシリーンがなにやら悪態らしき言葉を吐いていたようだが耳鳴りがして聞き取れなかった。

校長だけが目を見開き、一点を睨んでいた――壁を見ているようにしか見えなかったが。そして、そのまま視線を逸らさずこう言ってきた。

「逃げろ。ここはもう終わりだ」

「あの……なにが」

「やられた。そうか、なるほどな……」

独り言でも言うように吐き捨て、その場を駆け出す。校長は脇目も振らず通路から出て行った。叫びながら。

「〝クプファニッケル〟から騎士団へ！　神人対抗措置執行判定の優先票を投じる。全限定解除！　すべての魔術戦士は全力で応戦しろ！」

「…………」

取り残され、イシリーンと顔を見合わせて。

彼女は訊ねてきた。

「……逃げる？」

「最後には逃げるけど」

マヨールはイシリーンにチェーンウィップを手渡した。

「なにが起こったのか見てからだ」

校長の後を追って見張り部屋に入っていく。

大きな衝撃はさっきの一度きりだったが、断続的な戦闘音は続いているようだった。校長はもう部屋を通り抜けて姿はない。気を失った魔術戦士がふたり、テーブルにもたれるようにして倒れているが、これは校長の仕業だろう。部屋のもう一方の出口は例の尋問室や上階へつながる通路に出るのだが、そこを魔術戦士の集団が駆けていく。出会い頭に、そのひとりと目が合った——とマヨールは思ったが、彼女はあっさり無視して走り抜けていった。

「ただごとじゃないな」

牢から魔術士が逃げたことなどどうでもいいらしい。マヨールの囁きに、イシリーンが付け足す。

「これなら嫌み言われてまで助けてもらう必要なかったわね」

「そうかもしれないけど、生きて出られればの話だ」

「さっき校長のおじさんが叫んでたのはなんだったの？」

「……分かってなかったのか？　票を投じたんだ。だから……ヴァンパイアが現れたってことだ」

やはり三年前にもこの通路を走ったのを思い出す。その空気を思い出していた。あの時に基地を襲ったのは強度の高いヴァンパイアだった。

あの時は確か騎士団のクレイリー・ベルムが限定解除の票を投じた——活動を制限された戦術騎士団が壊滅災害や革命闘士のヴァンパイアに対して攻撃を仕掛けるには、その責を負った人間の宣言がいる。執行判定票を受けた際、騎士団員はいかなる行動にも責を負わない。不祥事があったとして事後に糾弾されるのは投票者である。票を持つのは最優先票のオーフェン・フィンランディに、騎士団の幹部、エドガー・ハウザー大統領、市長のサルア・ソリュードや何人かの市議会議員などだ。皮肉な話だがカーロッタ・マウセンも票を持っている。彼女は建前の上では、革命闘士の長などではなくカーロッタ村のオーナーという立場だ。これは単に皮肉で済む話でもなく、戦術騎士団は議会に対する報告と同等の情報を彼女に開示しなければならない。

校長の票は恐らくネットワークで全隊員に伝わり、警戒態勢から戦闘へとフェイズを移しただろう。魔術戦士は制限なくいかなる手段を用いても敵を排除する。この場所には魔王当人はもとより騎士団のエド・サンクタムにブラディ・バース、シスタやほとんどの騎士団員が集まっているというのに……彼が口走ったのは〝ここはもう終わり〟？

壊滅災害に近いレベルのなにかが起こったと、校長は判断したのだ。

「多分……」

マヨールは乾いた唇を舐《な》めた。今この場に発生し得る災禍というと。

「なんて名前だったか。シマス・ヴァンパイアだ」

拷問されていた、重度のヴァンパイア。さっき衝撃が伝わってきたのも同じ地下階からだった。その尋問も大勢の魔術戦士が立ち会い、なにかが起こっても対処できるよう構えていたはずだが。

剣を手に、尋問室への通路を走る。あの時にも武器を抱えていた。三年前に手にしていたのは――それになんの意味があるのか分かっていなかったが――魔王スウェーデンボリーが生み出した魔剣オーロラサークルだった。大昔、なんの気なしに造り出し、世界への復讐《ふくしゅう》に猛るケシオン・ヴァンパイアに与えたという魔王の悪意の先端だ。邪悪ではあっても殺傷力は絶大だった。あの武器はもう破壊され、今マヨールが持っているのは、魔術としてはなんの力も残っていない無益な遺物だ。

だが代わりに、周りで起こっているのがなにかを分かっている。

この基地の広大な地下階は魔術によって築かれたものだ。通常の建築技術でできる造りではない。牢はもとより壁や天井はすべて補強され、走る足音もどこか重く響く。その壁が――

「！」

左手の壁を突き破って黒い鞭のようなものが飛び出してきた。材木と岩、鉄骨を無造作に粉々にして。

飛礫《つぶて》となったがれきが視界すべてをふさいだ。床に落とされた卵の中身はこんな気分だろうかと咄嗟に思い浮かんだ。殻が砕けてすべてが押しつぶされようと逃げ場はない。術も間に合わず、マヨールは両手で頭を抱えた。身体を丸める。

衝撃は一瞬では済まなかった。全方位から何度も叩きのめされるように、骨に響き肉を打ち、皮膚を引き裂く残虐な衝撃に痛打される。上下左右に揺さぶられながらようやく動きが止まり、目を開けると彼は床に倒れていた。半身ががれきに埋もれている。ばらばらと崩れる建材を押しのけながら、手足が動くのを確認する。頭のどこかを打ったのか、めまいと頭痛がした。くらんだ目をこすって起き上がる。

見回してもイシリーンの姿がないことにぞっとしたが。

「うーん」

大きめの壁の陰からうめき声とともに這い出てきた彼女は、かえって怪我もないようだ

った。もうもうと立ちこめる埃の中、ぺっぺっと唾を吐き出し、

「やってくれたわね」

誰に対して言っているのか、とにかく崩れてきたほうの壁――いや、元壁があったほうを睨みつけている。

壁を崩した黒いなにかはもうそこになかった。壁の向こうは部屋もなにもない壁面だったが、なにかが貫いた跡が刻まれている。あの黒い触手は地下を貫いてきたのだ。

「ここ、崩れるんじゃないの？」

イシリーンが不安げにぼやく。震動は近くなった分、強く続いている。が、戦闘音がなくなっていることがマヨールの不安を煽《あお》った。戦闘は終わったのだろうか……だがそれでヴァンパイアが健在なのだとすると、結果は……

すっかり方向感覚がなくなっていたが、行く手はやはりあの尋問室だろうと思えた。なくしたかと思った世界樹の紋章の剣は床に落ちていたので、拾い上げる。

「イシリーン。偽典構成は今、どれくらい仕組める？」

問いかけに、彼女はぎょっとしてみせた。

「馬鹿？　実戦レベルの魔王術なんてまだ誰も――」

「俺はまったく無理なんだ！　知ってるだろ」

声を荒らげ、マヨールは向き直った。

「仮の構成すら無理だ。完全に才能がない。いざという時には俺が援護するから、君がヴ

「アンパイアを……」

「退治しようっての？」

イシリーンはますます狼狽えた。恐怖によろける彼女は珍しい。

「やるしかないならやるしかないだろ」

「やっても無駄ならやるべきじゃないでしょ」

彼女は一蹴したが、それでも武器の調子を確かめた。引き返そうとする素振りもない。

「成功は期待しないでよ」

彼女も分かってはいる。もしここで戦術騎士団が敗北するなら逃げても意味はない。新大陸既存の人間社会は滅びるだろう。

地鳴りのような音が轟いた。

断続的な物音ではなく、止まらない。大きくなっていく。大地を風のように唸《うな》らせる震動音。

「引き返せ！」

今度は反応できた。マヨールはイシリーンの腕を掴み、来た通路を駆け戻った。

逃げる背後で黒いものが踊っていた。肩越しに向きやる。先ほど壁を突き破ってきた黒いものが、陸に打ち上げられた奇怪な魚のように暴れ――こちらに向かって、なにかを投げつけてきた。

いや、投げつけてきたのではない。吹き飛んできたのだ。すべて違う形の、生々しい破片。ばらばらに分割された腕と足、引き裂かれた肉片に汚物がぶちまけられ、飛んでくる。一番大きい塊は頭だった。

数メートル走って、マヨールは立ち止まった。足下を転々と転がる頭部を見て。ついさっき目の合った魔術戦士だった。

振り返る。黒い触手はまた引っ込んで、影も形もない。通路にばらまかれた人間の砕片を残して。イシリーンが胸を掴み、息を引きつらせている。

マヨールはつぶやいた。

「進んだらこの二の舞だな」

「許せない」

イシリーンが怒りもあらわにうめくのを聞いた。彼女は、散らばった死体から竦むように身を縮めて、

「化け物が！」

触手の暴れた通路を睨んでいる。

彼女の髪にべったりと貼り付いた肉片を、こっそり取ってやりながら、マヨールは寒気に震えた。恐れというより、拗《ねじ》くれた皮肉に襲われた。この無残な死をもたらした化け物は、この数日間、騎士団によって拷問され続けてきたのだ。

なによりの皮肉は、そんな皮肉に気づいたからといってなんの意味もないことだ。意味も、慰めもない。

「他に通路もない。掘り進んで迂回路を作ろう」

マヨールは崩された壁に向き直り、構成を編もうとした。

と、また足音だ。行く手ではなく上階からの。通路を走ってくる。横目で見ると、ふたりの人影があった。ひとりは戦闘服のエッジで――もうひとりは、ピンクのパジャマのラッツベインが、杖を抱えて突進してくる。

ふたりはやはりマヨールらには目もくれず、通り過ぎていった。通路の先へと。マヨールは慌てて呼び止めようとした。

「待って！　そこは進めない――」

瞬間、エッジとラッツベインの向かう先から触手が飛び出してくる！

と、マヨールは思った。魔王の娘たちは回れ右して逃げても間に合わない。後ろから術で支援する時間もない。ヴァンパイアの黒い触手は瞬く間にふたりをバラバラにするに違いない。

(間に合わない)

初めて触手をはっきりと目にした。一本の太い触手かと思っていたが違う。薄い鋼板がよじれたような格好だ。それが壁と床を激しく跳ね回って、刃物のように獲物を切り裂くのだろう。動きは速い。しかも上下左右と不規則に暴れ回る攻撃を回避するなど容易ではない。はずだが。

エッジとラッツベインは速度も落とさない。襲いかかる薄い触手は耳障りな音を立てて、壁、床、天井をこそぎ取る。嵐のような攻撃の中をふたりは軽やかに跳躍し――身をよじり――武器や魔術で防いで――突破してしまった。

走っていくふたりを追うように、触手は引っ込んでいく。エッジとラッツベインの姿は通路の先に消えた。

「………………」

呆気に取られて見送る。

「なに今の」

ぽかんとしていたイシリーンがゆっくりと首を傾げる。到底、人間の動きとも思えなかった。単なる反射神経や技でもない。まるでそれぞれ背中にも目があるように死角まで見通して、ふたりで調和してダンスでもしているみたいだった。

「あいつらにできるんなら、わたしだって――」

「無茶言うな。いいから迂回だ」

いきり立つイシリーンを制止して、マヨールは術を放った。意味消失で壁にトンネルを開ける。方向は当てずっぽうだが、触手が飛び出してきた壁を開けたので、敵の本体に続く道のはず……だ。

行く先は真っ暗で見えない。というより途中までしか掘れていない。壁の途中までしか声が伝わらないので効果が止まっているのだが、手応えで二、三メートルは掘れたと思えた。灯りを点けず、手を伸ばして入っていく。行き止まりに指先が触れたところでもう一度唱えた。

何度か構成をしくじりながら進む。激しい震動はなおも続いている。火山が爆発するような気配だ。

五度目で、通路がつながった。

先が開けた。大きな部屋の灯りが見える。マヨールは剣を構えて踏み込んだ。刹那。

ごうっ！　と視界を横切る鞭のようななにかに、咄嗟に首を引っ込めて剣でかわす。腕が折れそうな衝撃によろめきながら、叫ぶ。

「光よ！」

放った熱衝撃波が、鞭を撃った。よく見れば鞭ではなく先ほどと同じ触手だ――通路を襲っていたものよりは細いが。触手は爆発に弾かれながらも無傷だった。棒で突かれた食虫植物を思わせる動きで、その大本へと巻き取られていく。

大本の様子を視界に入れて、マヨールはさらに息を呑んだ。

予想していたことがすべてそこにあったと言っていい。

通路がつながったのは見込み通り、尋問室だった。といっても拷問道具が並んでいる、というわけでもない。頑丈に、広く作られたただの部屋だ。拘束用の架台と鎖が床と天井に固定されてはいるが。

先日入った時とは様変わりしていた。まず、部屋の形からして違う。もともとかなり広い部屋だったが、内側からの衝撃に押し広げられて歪《いびつ》に膨張している。床はすべて傾いていた。だが膨張で広くなっているかというと、違う。部屋は息苦しいほどに狭く感じた。

その膨張の中心に居座るように、巨人が四つん這いになっている。

巨人は人間の形をほとんど保っていなかった。伏せているのは手足が蜘蛛《くも》のように伸び、骨格から違うからだ。だが原形はあるし、うなだれた頭部の下側から漆黒の目で、その部屋に集った矮小《わいしょう》な敵をあざ笑っているのが判別できる。その身体は大熊より遥《はる》かに大きい。

――立ち上がれば家の屋根よりも大きいかもしれない。全身には鋭い棘が生え、そのうち背中にある数本は平坦になって長く伸びていて、触手と思えたのはそれだった。棘はすべて自在に蠢いている。何本かは壁に突き刺さってはしばらくしてもどってくる。思い込みがそう見せるのかもしれないが、もどってきた棘には肉と体液がこびりついているように見えた。目を離せばこちらにも襲いかかってきそうだ。

身体は見ているうちにも伸張し、膨れ、重さを増している。地鳴りのような音は、この脈動だった。巨人の顔は……そう、シマス・ヴァンパイアだ。弱り切り、責め苛まれながらカーロッタへの忠誠を叫んでいたあの顔だ。

その身体の変貌を目にして、マヨールは理解した。あの身体の棘は、フィンランディ家を襲ったヴァンパイアの特徴だ。不自然に伸びた手足も。鱗と牙も。

あのヴァンパイアたちの狙いは、ここに連行されることだった。基地を直接攻めてもその場で殺されるだけだが、長らく不可侵だったローグタウンを襲えば尋問せざるを得ない。基地に入れられたなら隙を見つけて、最強度のヴァンパイア、シマスに取り込まれて彼を復活させる。

必ずしも勝算のある作戦ではない。魔術戦士は全力で監視していただろうし、騎士団は尋問せず捕虜をすぐさま解消したかもしれない。

だが、それをやり遂げた。シマスへの厳戒態勢で騎士団が疲労していたこともあるだろう。すべてが計画通りのわけはない。そんな賭けをしてまでの、残る狙いは……

マヨールは部屋を見回した。そこには文字通り、戦術騎士団の重鎮すべてが集っているようなものだった。笑うシマス・ヴァンパイアと対峙する魔王オーフェン・フィンランディ。その両翼を固めるエド・サンクタムにブラディ・バース。クレイリー・ベルムやシスタを始めとする魔術戦士が数名。最後に、内側からぶち破られている扉から駆け込んできたのは、エッジ・フィンランディとパジャマのラッツベインだ。

彼らが居並ぶ反対側に、マヨールとイシリーンが現れたわけだ。

(この状況は……)

不利どころではない。

灼かれたはずの棘はもうヴァンパイアの身体にもどり、見分けもつかない。傷ひとつつけられなかったのだ。その強靭さには攻撃が通じず、この地下室では攻撃されれば逃げ場もない。

そして撤退もできない。戦術騎士団はここからは決して逃げられない。

ちらりとだが、校長がこちらを見た。表情は厳しい。校長室にいる、口は悪いが、間が抜けてもいるあの人物とは違う目だ。彼が騎士団に命じた。

「魔王術記録碑を守れ！」

誰もが己の為すことを分かっており、みんな同時に行動を開始した。

エドが攻撃の術を編んで誰よりも速く放ち、シスタら魔術戦士は標的を散らすように左右に散開しつつ、拘束のための障壁を編んでいる。クレイリーは部下を連れて背後の扉から出て行った――恐らく、最悪の場合に魔王術記録碑を移動させるためにだ。それを追おうと動いたヴァンパイアの棘を、シスタの撃ち放った光球が迎撃している。

ブラディ・バースが遅れたのは、その魔術構成がひときわ複雑なものだったからだ。マヨールは息を呑んだ。かの伝説の魔術士は先行したエドや隊員もろともに光熱波を撃ち込もうとしているように見えた。が、実際に放たれた術は味方に触れもせず幾重にも屈折し、ヴァンパイアの鼻先に食い込んだ。

激震が轟く。全身の棘を伸ばしながらヴァンパイアが身体をよろめかせた。よろめかせただけだった。ヤマアラシのような棘を奮い立たせ、吠える。太い棘が数本――さっきよりさらに増えた――、竜巻状に広がり、室内の魔術士全員を引き裂こうとする。

「我掲げるは降魔の剣！」

先ほどの廊下と同じく、踊るように進み出た魔王の娘たちが口々に叫ぶ。棘の攻撃を力場の剣で受け止め、仲間たちの斬殺を防いだ。だが止められたのは合わせても二本だけ。

魔術戦士たちの防御障壁が広がってさらに二、三本を弾き返すが、ヴァンパイアは哄笑を高めてさらに十数本もの棘を逆立たせた。それがすべて攻撃に回せるのなら、魔術戦士は全滅する。

「枷《かせ》よ！」

溜《た》め込んでいた魔力を解放し、マヨールは魔術を放った。空間歪曲《わいきょく》による拘束術だ。ヴァンパイアの身体全体を巻き込んで固定した。物質的に強固なヴァンパイアの身体も空間上に存在しているのは変わりなく、効果を無視できない。これで数秒は稼げる。

そして、もうひとつ応用がある。

魔術戦士たちがこちらの意図に対応できるだろうかと、一瞬の不安が過ぎった。誰も対応しなければ結局みんな全滅だ。が、最もヴァンパイアに接近していたエッジとラッツベインのふたりが素早く後退して防御の構成を編み始めたので杞憂《きゆう》だと知れた。イシリーンもだ。傍らで障壁を張るタイミングを計っている。

マヨールは術を解放した。

「怒りよ！」

歪曲を解く。

空間爆砕だ。ねじ曲がっていた空間がもとにもどる反動で大爆発が起こる。歪曲の時間が長かったために爆発は通常より激しい。空間をいじる構成はマヨールの母も得意としていたが、歪曲空間を応用するのはマヨール独自の工夫だ。

ヴァンパイアがどれだけ頑健になっても無視できない要素はもうひとつある。彼らがまだ生物であるうちは、生物的特徴は捨て切れない。つまり感覚器で情報を取り入れ、中枢神経で情報を判断し、末端神経で身体を動かすということだ。彼らが脳や神経に至るまで無敵になることはあり得るが、視覚情報を得るには光を受容体で受けるしかない。そしてヴァンパイア自身が強大化しても、取り入れる光はどうしたところでただの光で、音も当然ただの音だ。

魔術の爆発はヴァンパイアの身体には通じない。だが激震が聴覚を遮断し、土砂が視界を塞ぎ、空間の変形が感覚を狂わせる。通常の人体ならばこの時点でどうやったところで死んでいるため味わうことはないが、ヴァンパイアは混乱した五感のまま無傷で生き延びる。マヨールは再度術を練り直した。慎重に構成を編み、爆発の中で叫ぶ。

「迷宮よ！」

空間歪曲だ。さらに構成を緻密に、拘束ではなく微細な変形を施す。単にねじるのではなく、必要な要素だけを歪め、ほとんどを変形させせない。

試すのは初めてだ――人間相手に使える術ではないし、これほど強大化したヴァンパイアに遭遇したこともなかったから。だがイメージでは何度も成功した。ヴァンパイアに通じる術をひとつでもいい、編み出したかったのだ。無力を痛感したあの三年前から。

ヴァンパイアは衝撃から立ち直ってこちらを睨みつけた――つもりだろう、当人は。マヨールからもそう見える。だが恐らく他の者の目には急に誰もいない壁面に鼻先を突き付けたようにしか見えなかったはずだ。シマス・ヴァンパイアは吠え猛り、両手を振り上げた。巨大なかぎ爪を突き出す。その爪は壁をバターのように削り取った。手応えの違いにヴァンパイアは気づいただろうか？　再び引き裂いたが今度は床だ。勢いをもどせずその場に転倒した。立ち上がれずに藻掻く。どちらが上か分からないのだ。

空間支配術だった。マヨールがかつて夢想したように全要素を支配とまではいかないが、主要な情報を操れる。いったん爆発で五感が失われたため、それまでとの違和感で修正を行うこともできない。下手をすれば異常に気づくことすらできなかったろう。マヨールが術を維持できている間は、ヴァンパイアはまともには動けない。

術に集中しながら、校長へと視線をやった——彼はこの一連の動きの中、魔王術に没頭している。偽典構成。前に見た時はなにをしているのかも分からなかったが、今ではその構成の広さと濃さが見て取れる。泣きたくなるほどに見事だ。組み立ての速度と正確さは人間業ではないようで、一方で露骨に間違った部分を仕組みながら、総じてみるとそこそがなにより正しいのだと分かる。

どの要素も、見てから吟味しないと分からない。つまり、マヨールにはひとつも思いつけないということだ。魔王術の構成を仕組むのには独特のセンスがいる。その上で強大な魔力と制御能力が求められる。

校長は文句なしだった。桁が違う。史上最も無謀な難度の魔術を経験してきた魔術士だが——無茶を経てきたからなのか、あるいはそれができるだけの力を備えていたのか。

（一体なにが俺と違う……？）

状況は呆気なく収束に向かった。戦術騎士団も、校長の魔王術の完成を待つだけになっている。彼らの信頼の度がうかがえた。戦術騎士団内にも火種はあるだろうし、反目があったとしても。校長が誰よりも困難な術に長《た》け、力を取りもどしたヴァンパイアを葬れるということ、それは誰も疑っていない……彼が負けることなど。結局のところやはり、戦術騎士団の要はそれなのだ。

だが、校長は突如として構成を解いた。

集中を乱されたのか。直感か。校長は背後を振り向きながら、入り口から跳び退いた。

なにかが転がり込んでくる。赤い飛沫を立てて。

重傷を負ったクレイリーだった。血まみれだ。肩からちぎれかけた腕を引きずるようにして。片足もねじれていてその場に倒れる。意識を失うまでの最後の力で、クレイリーは声を張り上げた。

「敵は……外からも来ている！」

その一息を残して彼が絶命したかどうか。マヨールは確かめられなかった。入り口からさらに勢いよく、半獣の姿をしたヴァンパイアが飛び込んできたから。

即座にエドが反応した。光熱波を放ってヴァンパイアの頭部を消し飛ばす。ヴァンパイアは部屋の中央に転がった。その時には当然死体になっていただろうが……部屋に入ると同時に全身から黒色のガスを噴霧していた。ガスは十分に部屋を満たせるほど噴出したように見えた。空気に触れると反応するのか、しゅうしゅうと火花を散らせる。室温が上昇する。燃焼している。

熱は防げたとしても、窒息する。部屋を出るしかない。が、マヨールが術を解けばシマス・ヴァンパイアが自由を取りもどすだろう。

(逃げるにしても俺が最後だ)

シマスはできる限り長く拘束していなければならない。ほんの一瞬で室内の全員を皆殺しにしかねない敵だ。

鼻孔に入り込もうとする異臭から遠ざかり、鼻と口を手でふさいで集中に努める。ガスと火花とで視界を妨げられた。まだうっすらと人影くらいは見えるが、もはや詳しい様子は分からない。

(なんだこりゃ……用意周到じゃないか)

やけっぱちの奇襲でもない。勝算を積んで決戦を仕掛けている。犠牲をいとわずに。

胸騒ぎがした。ここは基地の最奥だ。外から攻めてきた敵がここまで入り込めたということは、騎士団はもう壊滅しているのか……?

クレイリーが死んだ(?)のなら魔王術記録碑は無防備なのか。敵はどれくらいの戦力なのか。最悪の事態はなんだ。魔王術記録碑が破壊され、騎士団そのものも全滅すれば、魔王術の記憶が消失し、封じられていたものが再現出する。かつて校長が封じた、ニューサイトを滅ぼした神人種族、デグラジウスもだ。

異臭に別のものが混じった。肉が焦げる臭いだ。鼻をふさいでいても入ってくる……のではなく、自分の皮膚が灼かれつつある。喉までガスが入り込んだのだろう。最悪の事態はなんだ。このガスのせいで肺を灼かれて地味に死ぬことか。死ぬ前に、その恐怖で役目を放棄することか。

咆吼と、戦闘音が聞こえた。別のヴァンパイアが侵入してきたらしい。戦っているのは……声から察するにエッジとラッツベインか。

突如として煙が割れた。そこに現れたのは青色の肌に変貌した女のヴァンパイアだ。女はマヨールに飛びかかってきたが――イシリーンが横から前蹴りで打ち落とした。素早く起き上がろうとしたそいつの足を、イシリーンのチェーンウィップが一閃《いっせん》して転倒させる。

その一連のやり合いで分かったが、女は肌が青いのではなく、全身がうっすらと半透明なのだ。周りの煙の色が移って、青黒く見える。そのヴァンパイアはもはや骨格も内臓もなく、半分溶けたような状態になっている。イシリーンの攻撃を受けた箇所がひしゃげて変形しているが、ぶよぶよと波立たせてすぐにもどっていく。

女はイシリーンと対峙する構えを見せていたが、ふっと横を向いた。その隙をイシリーンが殴りかかるが、拳にべったりと粘液をなすりつけられただけでダメージは与えられない。ヴァンパイアからの反撃はなかった。女はイシリーンを無視して、シマス・ヴァンパイアへと向かっていこうとする。

（まずい）

意図が分かった。ヴァンパイアたちの目的はここで戦うことですらないのだ。シマスに取り込まれて、さらなる強大化を誘おうとしている。

最悪の事態はなんだ。

歯を食いしばって、思考を回す。ヴァンパイアは一般的に、強大化が進めば共闘意識が薄れていく。互いを取り込むようなことは普通しないし、そんなことをすればそれこそ正気を失う。ヴァンパイアが統制されるのは壊滅災害、つまり神人種族の影響でしか成し得ないとされる。

「薔薇の炎――」

イシリーンが唱え始めた、その時。

火花を身にまとい、炎の尾を引くように――というより文字通りそうして、両翼からふたりの魔術戦士が駆け込んでくる。シマス・ヴァンパイアを迂回して、エッジとラッツベインだ。燃えているのは服の表面と髪だった。

全力で動き回っている彼女らは、マヨールよりも呼吸も多かったはずだ。燃焼ガスの影響を受け損傷も深いだろうが、走りながら同時に魔術を放った。

いや、ふたりが同じ構成をふたつ編んだのではなく、ふたりでひとつの構成を編んだように見えた。可能なわけはないが。威力は大きく、ふたり分以上の強さだった。

「我は見る混沌《こんとん》の姫！」

黒い重力球が液体ヴァンパイアを掴み、ぎゅっと圧縮する。ヴァンパイアは鞠《まり》のような大きさになって床に落ちた。のみならず、回転しながら床にめり込んでいく。地下何メートルか十何メートルか分からないが沈下していった。狭い穴の中で元の質量にもどれば、しばらくは出てこられないだろう。

「焼いてやればいいのに」

助けというより邪魔が入ったと感じたのだろう。イシリーンが言うと、姉妹はやはり同時にぐるりと彼女を見やって、口を開いた。

「このくっさいのの中で強い熱エネルギーを使うともっとくっさくなってやる気なくなるっていうかガスが燃焼してるというより熱で反撃してくるっていうほうが近い。さっきそれでひとり負傷した可哀想だよね」

「…………？」

ふたりの口調が混ざっている。しかもやはりふたり同時に一字一句同じ言葉を吐いた。

（同期してるのか）

気づいてマヨールは驚愕《きょうがく》した。ネットワークでは似たことは発生するが、それは使用者の精神損傷としてだ。ふたり以上の魔術士が感覚を同期すれば確かに人数倍の五感と判断力で行動できるだろうが、そんなことをすれば普通は使い魔症に陥る。精神支配に対する自我の衰弱だ。

自分よりも若いこのふたりが騎士団の戦力に数えられたことに合点がいった。まさしく特殊な技だ。ラッツベインの底なしの馬鹿力と、エッジの偏執的な制御力を併せ持った術者を双子で生み出し、しかも情報を共有して完璧な連携を取れる。

姉妹は視線をこちらに転じた。

「逃げようよー。他の人はもうみんな空間転移した」

「魔王術で？」

当たり前でしょという苛立ちと蔑みの表情は、エッジの顔にはもう見慣れていたが、ラッツベインまで険悪に睨んできたのは少しばかり衝撃を受けた。感情も同期している。

部屋の中はもう限界だった。もう呼吸不能になるだろうし、マヨールの術もそろそろ解ける。

しかも敵はまだ入ってくるようだ。イシリーンに警戒させて、魔王の娘たちは偽典構成を仕組み始めた。これもふたりの力を結集して、父親を思わせる見事な構成を描いている。

姉妹の術が完成すると、すべてが変わった。

涼しく清浄な空気を肺に入れて、どっと疲労が押し寄せてくる――緊張から解かれてその場に倒れそうになる身体に、ぎりぎりで静止を強いた。いったん逃げただけで、まだなにも終わっていないのだ。風を感じた。屋外だ。基地から外に移動していた。

というよりかなり遠くに基地を眺めて、マヨールは呆気に取られた。数百メートルは離れてしまったようだ。エッジとラッツベインの姿を見つけ、訊ねる。

「どうしてこんな距離に？　これじゃもどるのに時間が――」

「あなたたちはもどらなくていい。父さんの指示よ」

きっぱりとエッジが告げてくる。

喋ったのはエッジだけだ。同期が解けたのか、ラッツベインはふらふらとその場に膝をついた。

「ううう……頭痛がまた……眠いし……なんであんたには代償ないのよー。ずるいよ」

恨みがましく妹に言い出す。エッジの答えは素っ気なかった。

「魔王術を使うのは姉さんだもの。わたしはサポート」

「たまにはそっちがやってようー」

「わたしじゃ成功しないでしょ」

エッジは口走ってから、イシリーンがいるのを思い出したのか、しまったという顔をした。誤魔化すように姉に手を貸す。

「いいから寝ないでよ。動けるようになったらもう一度、やるわよ」

「ホントにー？　わたしもう、世界なんて滅べーってくらいおしまい感あるんだけど」

「分かってるだろうけど、本当に滅ぶかもよ」

戦闘服のエッジはともかく、ラッツベインの寝間着は戦闘でぼろぼろになって、ほとんど原形を留めていなかった。この状況で意識するようなことでもないが、かなり露わな格好ではある。エッジと杖とにすがってなんとか立ち上がるが、足取りも相当に危なっかしい。

イシリーンが、さっと前に割り込んできたのは、マヨールの視線を遮ろうとしたのかと思ったが、少し違ったようだ。イシリーンは魔王の娘たちに訊ねた。

「代償？」

「本格的に魔王術を行使すると、なんらかのダメージ……というか喪失を強いられる。構成に熟達すれば軽減できるけれど」

「じゃあ、彼女は……」

マヨールがつぶやくと、目を回しているラッツベインをなんとか支えながら、エッジは答えた。

「血を失うみたい」

「それじゃあ、死ぬでしょ」

驚いたように、イシリーン。暗い面持ちでエッジはうなずいた。

「死ぬこともある。精神化と同種の現象じゃないかっていうのが父さんの推論……軽減はできても、皆無にはできない」

「……わたしも？」

「使えるようになればね。代償は人によって違うし、かなりへんてこな現れ方をする場合もあるの。契約触媒なんて呼ばれるくらい、奇妙に。術を使った後は人と絶交しないとならない、なんて人もいた」

「それなら、軽い……のかしら」

というイシリーンの反応は想定の上だったのだろう。エッジは言い返した。

「どうかしらね。彼は死んだ。病的な孤独に陥って自殺したの」

「回復しないの？　その代償……は」

唾を呑むイシリーンに、エッジは難しくうめいた。ふらつく姉を見て、

「失った血は回復する。多分、その人は構成に失敗して代償が重くなり過ぎたのよ。何十年か分の孤独感を味わってしまって——姉さん、寝ないでってば！　みんなが危ないの！　姉さん！」

「ぐうー……」

「………………」

話を聞きながら、マヨールは周囲の状況も見ていた。彼らが移動したのは基地からも道からも外れた平地だ。草が生えている程度で、荒れ地といってもいい。

見た目からは基地は静かだ。派手な火の手があがっているわけでもなく、攻め込むヴァンパイアの大軍団が取り囲んでいるのでもない。逆に、魔術戦士が応戦しているという騒ぎも聞こえない。

「校長たちは、どこに退避したんだ？」

「分からない。ネットワークも途切れてしまって」

「確かめにもどろう。援護を求めてるかもしれない」

「あなたになにができるの」

詰め寄るエッジに、マヨールは告げた。

「じゃあ、君になにができる？」

ラッツベインは完全に寝入ってしまっている。意識不明だ。

悔しげに、エッジは姉を地面に横たえた。呼吸と脈を測ってから、改めて立ち上がると、

「わたしは魔術戦士よ。役に立つか立たないかじゃなく、もどるの。あなたはそうじゃない。合理的に判断して」

「俺がどうするかを君に決めてもらう謂われは――」

「違う！　お願いよ。姉さんが目を覚ますか、わたしが帰ってくるまで、彼女を見てて欲しい」

と、頭を下げた。

そう頼まれれば断りがたい。言葉に困っていると、イシリーンが聞こえよがしに嘆息してみせた。

「それなら、わたしが見ておけばいい」

「えっ？」

怪訝そうに、エッジが顔を上げる。

イシリーンは腕組みして眉間に皺を寄せていたが、さっぱりと話を続けた。

「あの一番のバケモンに通じる術はわたしにはないもの。偽典構成もどきができたってね。あなたもそんなもんでしょ？　なら、うちの男を貸すから……壊さないでよ」

「…………」

エッジは呆然《ぼうぜん》と、肩を震わせている。なにを言えばいいのか分からないらしい。

十秒ほど見つめ合ってから、イシリーンが発破をかけた。

「ほら！　動かないなら、そいつだけで行かせるわよ！」

とうとうそいつ呼ばわりのマヨールだったが、急ぐべきであるのは確かだ。離れているとはいえ基地が静か過ぎる。

「イシリーン……ありがとう」

「そういうこと言わないの。死に別れるわよ」

目を逸らすようにあたりを見回しながら、彼女は言い足した。

「静かだからって安全じゃない。ヴァンパイアが攻めてきたなら、本隊はまだ外かも。なにかあれば、あんたがその子をちゃんと守りなさいよ」

「ああ」

最悪の事態はなんだ。それがまた心に浮かんだ……ここで死に別れる？

（大丈夫だ）

忍び寄る悪寒を牽制するように、自分に言い聞かせた。イシリーンは図太い。イザベラ教師並みに強いし、したたかだ。彼女を信頼できないなら、この世に信じられるものなどなにもない。ろくでもない女だし、口も悪いが、俺を絶望させるようなことはしない。俺もしない。

今にも走り出しそうにそわそわしているエッジに向き直った。うなずいて、基地を目指す。

「なにもかも丸く収まっているかも」

走りながらマヨールはつぶやいた。エッジに聞こえなくてもいいと思ったが、聞こえていたようだ。

「そうね」

同意が返ってきたことに驚いた——エッジ・フィンランディは必ず否定しか返さない。横顔をのぞくと、青ざめた無表情が目に入った。よほど疲れているのか。失神したのは姉のほうだが、さっきの同調術はエッジにも相当の負担があったはずだ。

「父さんもいるし、ブラディ・バースも、隊長もいる。シスタも。いくらヴァンパイアが集まったって、騎士団全員を打ち負かすなんて……」

全部を言い切りはしなかった。できなかったのか。

弱気になっている。普段の彼女なら、こちらを凹ませるような不安要素を十は挙げただろう。マヨールは無言で剣を確かめた。大きな術で消耗しているのはマヨールも同じだった。強度の高いヴァンパイア相手に武器だけで対抗しないとならない状況もあり得る。最悪の事態ならば——

気配を感じた。

基地までは半ばほどまで近づいたか。遮蔽物に乏しい平地を駆けているので、追跡に気づいたのも早かった。後方からというより併走するように、百メートルほど向こうを走っている一団がある。

向こうは確実にこちらを認識していて、距離を詰めてきている。マヨールはエッジに目配せした。彼女も気づいている。追跡者の人数は五人。はっきりと視認はできないが魔戦士ではない。だが、通りすがりでもないだろう。

（距離があるうちに無力化できるか？）

術構成を思い浮かべる。空間に構成を編んで手応えを得る。もう少し近づいてくれば確実だが……

と、途端に追跡者が足を止めた。もう一歩来て欲しいという、その直前で。

追っ手のひとり、大柄な男が同行する別のひとりを抱え上げた。そして、思い切りぶん投げてくる！

「我は放つ光の白刃！」

空中を飛来するそれをエッジが魔術で迎撃した。光熱波に打たれ、炎をあげてきりもみしながら墜落した人間は、地面に激突してもすぐに跳ね起きた。そして、燃えている肩に手を当てて、皮膚ごと引き剥がして捨てた――ように見えた。はっきりとは分からないが。

ヴァンパイアであるのは間違いない。無傷になって、こちらに突進してくる。

この隙に他の四人は散開していた。二人ずつ左右に分かれて回り込んできている。右方は大男と小柄な子供、もう左方が体格そっくりの男ふたりだ。

本隊という人数ではない。基地に攻め込むわけでもなくこんなところにいるのは、斥候かなにかか。

正面にひとり、左右に二組。大きな術を編めばその隙に残った誰かが襲いにくる算段だろう。魔術士相手に戦い慣れていると見えた。やはり反魔術士組織のゲリラ闘士か。

（なら……）

マヨールは剣を抜いた。エッジと背中合わせに敵を待つ。

一番の愚策だ。組織的に襲来する敵を、敵の思惑通りに待ち受けるのだから。だが、確認なしにエッジもそうしたのを見て、他に手がないのを理解した。技量と力で切り抜けるしかない。

ばらばらには攻めてこない。来る時は一斉だろう。他に伏兵がいないかどうかだけを見回した。

ローグタウンでの戦いを思い出す。戦いといえるものにもならなかったが。マヨールは構成を編み上げて待った。散開して的を散らしていた敵だったが、同時に飛びかかってくるならその時がチャンスだ……

だが、また。

子供が指示を飛ばし、大男を止まらせた。反対側のふたり組もそれを見て止まる。聞き分けられなかったひとりだけが攻撃をやめられなかった。飛びかかってくる。

敵の足並みも狂ったが、こちらの思惑も外れたことになる……マヨールは舌打ち混じりに叫んだ。

「狂音よ！」

同時に、なにも聞こえなくなる。

エッジも同時に術を放っていたからだ。こちらがなにをしようとしているかを見て、併せた。三年前に見た、音を打ち消す構成。だがその効果の外では――接近していたヴァンパイアが表情を引きつらせ、耳を押さえて倒れるのが見えた。鼓膜を破壊する超高音だ。かかったのはひとりだけだが、内耳を脱ぎ捨てるわけにはいくまいし、耳がやられてしばらくは立ち上がれないはず。

（それよりも）

攻撃を見破られたことのほうが気がかりだった。さらに構成を編む。発動させるつもりはなく、巨大で分かりやすい攻撃術を。子供の顔に動揺が走るのを見て、構成を消し去った。

三度続けば偶然ではない。奇妙なことだった。革命闘士が魔術の構成を見破るのは。

子供は叫び、大男をけしかけた。ぱっと見に頭の鈍そうな男だがこの局面では威圧感は十分だ。ことに両肩に筋肉を盛り上がらせ、体勢を低くして突進してくれば。

マヨールは子供のほうを見ていた。刈り上げたような短髪は、華奢《きゃしゃ》な体格には似合っていない。お下がりのようにサイズの合っていない作業服に、武器を持っている様子はないが、これがヴァンパイアなら油断は……

「…………！」

マヨールは絶句した。

大男のタックルが迫る。それが分かっても足が麻痺《まひ》した。膝を曲げ、腰を落としたのは、なんとか直撃だけは避けようとした本能か、あるいは腰が抜けたか。

最悪の事態はなんだ。これだ。ここで会うことだ。

子供に見えたのは、妹だった。ベイジットだ。

17

妹はよく嘘をついた。

何度もついたというより、常に嘘しか言わなかった。

妹は嘘の秘訣《ひけつ》を知っていた。それは三年前、ちょうどこの場所で聞かされたことだった。人が騙されるのは、相手を馬鹿だと思っている時だ。相手が自分の想定内でしか思考しないと思い込んでいる者は騙される。

妹は死んだものと思っていた。

いや、そうであって欲しかっただけかもしれない。

それならもっと悪い、この最悪の事態だけは免れたはずだから——

だから、マヨールは、怒号をあげた。

　ただし体勢は地面に腰をぶつけたところだった。その足の上をドスドスと音を立てて大男が踏みつけていく――右足首をやられたが、痛みもなにも感じなかった。ベイジットに向かって吠えていた。

「どうして……ここにっ！」

　ベイジットは反応しなかった。だが交差する視線で分かる。妹もここでマヨールと出くわすことは考えていなかったろう。しかし、覚悟はしていたのだ。

「マヨール!?」

　叫んだのはエッジだ。マヨールが敵にやられたと考えたのだろう。ベイジットに気づいてはいない。大男の突進を――マヨールを通り過ぎてエッジを潰しにかかったところで横っ飛びにかわした。両手を突くほど身体を低くしてバランスを取り、身を翻して次の攻撃に備える。そっくりの二人組がエッジに掴みかかろうとしていた。変貌までは来していないが、速い。エッジは回転して逆らわず、ふたりをいなす。しかしそれで、大男を加えた三人に取り囲まれることになってしまった。

　当然、マヨールが援護をするべきなのだ。魔術でも斬りかかるのでも、ひとりを振り向かせる奇声でもなんでもいい。

　だが感情に引きずられた。理性が働かない。エッジが背後から大男に殴られ、地面に転がるのを見ても。

「なにか言えっ！」

叫んで、立ち上がった。踏まれた足は動かない。折れたかもしれない。だがどうでもいい。気にかけることができない。

ベイジットはなにも言わない。黙って一歩後ずさりする。

そしてこちらを見ている。その妹の顔に、腹の怒りがさらに煮えた。

「分かっているのか……お前は分かっているのか。今やっているそれがどういう意味か、本当に分かっているのか」

取り憑かれたように己の声が繰り返す。

「俺はお前を――」

言いかけたところで。

三人が襲いかかってくるのが視界の端にちらついた。こんな時に。

かっとなって叫んだ。

「鬱陶しい！」

目についたのは大男だ。

岩のような拳骨をかわし、怒りに任せて剣を突き込んだ。切っ先が胸に食い込み、肉を裂いたが――そこで引っかかって止まった。骨ではなく強靱な筋肉に阻まれた。

こちらを見下ろす、敵のにやけ顔を見て、ようやく頭が冷えた。

剣を握り直して後ろに跳ぶ。まずは勝たねばならない。少なくとも、エッジが体勢を直すまで敵を牽制しなければ。

まずは足だ。痛めたが、立ててはいる。殴りかかってきた大男の腕を体さばきでかわした。身体の側面をすり抜け、すれ違いざまに剣を振るう。大男が派手に転倒した。狙ったのは膝裏の腱だった。傷は浅いが痛みに慣れづらい箇所だ。痛みがあれば人間は実際のダメージ以上に傷を庇い、動きが封じられる。

(俺もだけどな)

痛む足を引きずり、ふたり組の姿を捜す。

転倒した男の向こう側からひとりが跳躍して跳び蹴りしてきた。派手でこれ見よがしな攻撃だが、食らえばまずい。

陽動だ。と、残るひとりを探った。視界の隅に回り込んで背後から腕を伸ばしてくるのが見えた。このふたりは訓練こそ受けてはいるがヴァンパイア化はしていない。人並みの速度だ。と見えた。その軌道を予測し——

「抜けろ!」

術を発する。

以前、母に教わった構成は空間と自分の接点を数秒なくす防御術だったが、いかにも母らしく過保護なのではないかと感じていた。もっと絞り込んで簡略な構成にできると考えたのがこれだ。やはり空間をねじるのだが己の体積を圧縮し、細い場所を通り抜ける。咄嗟の見定めが難しいのと構成自体の難解さはそう変わらないので結局実用性が増したとも言い難かったが。それでも忽然と身体を平べったく小さくしたマヨールが指の間や股下をくぐり抜けていくのを見た相手があまりに気味悪がるので、使い物になるまで練習を続けた。イシリーンには「ゴキブリ術」と呼ばれているが。

すり抜けを解くと、跳んできたひとりと回り込んでいたもうひとりが正面衝突して罵声をあげていた。大男は負傷具合を確かめて起き上がろうとしている。が、回避後の猶予でマヨールはとどめの術を編んでいた。

「雷よ！」

跳ね回る電光が敵の身体を貫き、意識を奪う。

ぐったりと動きを止めた敵を見下ろしてマヨールは深呼吸した。それを、エッジが見ている……まだひとりを残しているのになにをやっているのかという顔だが、はたと気づいたようだ。ベイジットを見つめて驚愕の声をあげた。

「まさか――」

「エッジ。少し時間をくれ」

マヨールは言い置いて、振り返った。

「すぐに片をつける」

想定外だとしたら、自分が甘かったからだ。それを噛み締めた。

妹は三年前にあらゆる嘘をついてまでこれを企てていたし、懲りることを知らない。わがままで、図々しく、異生物的で、やってみろというとなにもできないくせに、してくれるなということはやり遂げる。

悪魔だ。スウェーデンボリーの言うには天使と悪魔だが。今ここに対峙してなお、心が揺れることに驚いた――〝天使だけはいない、悪魔だけもいない、必ず多数の天使と悪魔である〟と、創始者はこの世界の真意をそう説いた。

明白なことはひとつもない……

マヨールは拳を握った。振り上げて、近寄ろうとする。と。

その腕を掴んで止めたのは、エッジだった。

「なにをする気……？」

またびっくりしたように目を見開いている。ぞっと続けた。

「捕らえればいい。抵抗する気がないんなら――」

半分はベイジットに向けての言葉だったろう。だが。

反発するようにベイジットが攻撃の構成を編んだ。手練れの術者ふたりを相手にどうにかできるとは妹も思っていなかったろうが。マヨールは飛び出した。エッジに止められている手も、痛む足も振り切った。

ベイジットが見上げる瞳に詰め寄り、額に拳を叩きつける。一発でたまらず、妹は殴り飛ばされた。地面に転げる妹を追ってすぐにもう一撃、と思ったが膝から力が抜けてその場に跪《ひざまず》いてしまった。それでも地を掴み、這いずって進む。

切れた額に手を当てて、ベイジットはじっとこちらを見返している――マヨールの手の先にも同じ血がついていた。思わず硬い額を打ってしまい、マヨールの拳も切れていたのでどちらの血かは分からないが。

「お前……お前は」

その血を拭い、マヨールはうめいた。

「こいつらが気を失うまで魔術は使わなかった。それがどういうことか、俺は分かってるんだぞ。お前は分かってるのか？」

支離滅裂になっているのは自覚していたが、止められなかった。ベイジットはそんなことを指摘されると思っていなかったのか、警戒しながらも呆気に取られている。マヨールは続けた。這い寄りながら。

「ゲリラ闘士に紛れ込んだんだ。魔術士ってことは隠して。それで、お前は今後のことを考えた。俺との関係を隠して切り抜けようとしたんだろう」

また怒りがぶり返して、声を荒らげた。

「その今後っていうのがどんなことか、本当に分かってやってたのか。それは、こいつらが俺とエッジを殺したその後ってことだ！　そんなことを続けられるつもりだったのか！答えろ！」

「…………」

ベイジットは答えない。

答えられるわけがないさ、と喉に支える憤激を呑む。震える声で続けた。

「お前がどんな馬鹿を企《たくら》もうと、もうそんなのはどうでもいい。ただ、分かってたはずだ」

「マヨール……」

呼びかけてきたのはエッジだ。背後から。うるさい。手を振って遮り、マヨールはベイジットに問い質す。

「分かってたはずだ。お前がそうすれば、俺が来るってことを。お前を殺して止めるしかないってことを。なのに、思いとどまらなかった。だからだ」

「マヨール……」

「だから俺は怒ってるんだ！」

「マヨール！」

エッジの声が、警告だと気づいた。

はっと、向き直る。エッジはこちらに背を預け、倒れている敵を見ている。

革命闘士のうち、大男と、耳を押さえてのたうっていたヴァンパイアとが宙に浮いていた。

よく見れば地面から突き出した棘に貫かれ、磔《はりつけ》になっているのだ。巨体が見る見るうちに萎《しぼ》み、消えていく。いや、棘に吸収され同化している。ふたりのヴァンパイアを取り込むと、棘はまた地下に引っ込んでいった。

「今のは……」

棘は間違いなく、シマス・ヴァンパイアのものだった。倒れている革命闘士のうち、巨人化している者だけを呑み込んでいったのだ。まだ融合を続けているのか。

「なんなの……？」

うめき声は、妹のものだった。

再会して初めて聞いた声だ。マヨールは再び対峙した。

妹はしゃがみ込んだ格好で、額の傷を押さえ、呆然としている。今の光景が信じられないといった風だが。

「カーロッタ配下の、シマス・ヴァンパイアだ。巨人化した奴を片っ端から取り込んで強化を続けているようだな」

「そんなこと――」

「知らずに来たのか？　お前をここに寄越したのは何者だ。この襲撃を計画したのは？　答えろ」

「………………」

「答えないなら戦術騎士団に引き渡すぞ」

再度、近寄ろうとした鼻先に風圧と熱気を感じた。

そして銃声も。

パン！　と軽快に、しかし目もくらむ強さで。火花と硝煙の散る鉄器を構える妹を、マヨールは睨んだ。狙撃拳銃。懐に隠していた銃をこちらに向けている。

その弾丸の熱を冷ますほどに、ベイジットの声は冷たかった。

「アタシがこの三年、戦う手をなんにも考えなかったんだと思ってた？　練習した。結構当たるよ」

「《塔》から持ち出したのか」

「ううん。案外簡単に手に入るの、知らないんだね。昔、戦争があったからたくさん余ってるんだ。魔術士を嫌ってる連中が溜め込んでて、《塔》の機密と引き替えならいくらでも分けてくれる」

「お前が扱える機密なんて――」

「嘘でもバレやしないよ……まあ、上手い嘘なら」

距離は――一跳びでは手がとどかない。足も動かない今では特に。

魔術も、構成を編めば妹には見える。突き付けられた銃口の震え具合からすれば、妹が自分で思っているほどの命中率があるかは疑問だが。一方で、絶対当たらない間合いとも言えない。

順番でも待っていたように。今度は妹が怒りも露わに声をあげた。

「覚悟の上だよ、全部ね。兄ちゃんは、来なければ良かったんだよ！　誰も望まないのに来たんでしょ――兄ちゃんこそ、分かってない！」

「覚悟だと？」

苛立ちに歯がみする。足を引きずり、前に出た。

ベイジットはぎょっとしたようだ。

「来るなってば！」

「まぐれ当たりで俺は撃てても、それで終わりだ。エッジがお前を取り押さえる」

「兄ちゃんまた馬鹿な――」

「なにが覚悟だ！　馬鹿はお前だ！」

と。

地面が揺れ出した。

地鳴りが響く。さっきも聞いた音だ。地下で。

シマス・ヴァンパイアが膨張する音……外に出ていて、基地までしばらくあろうという距離で、先ほどより激しく聞こえる。もはやこの地面すべてがシマスなのではないかという、そんな恐怖に心臓が凍えた。

震動が止まる。ほんの一瞬だけ。

止まったのではない、収束しているのだ。マヨールは直感し、転ばないように頭を低くした。

亀裂が走った。

すべてにだ。足下は細かく、ところによっては大きく裂け、土砂を噴き上げる。炸裂《さくれつ》した破砕音は大気がひび割れるのを見せつけるようだった。空が割れた――と見えたのは、大地から突き出した無数の黒い触手が踊る姿だ。騎士団の基地が崩れ、瓦礫《がれき》と化して沈む。

すべてが破壊される。原大陸の基礎を為す秩序も、均衡も、崩れる！

悪夢のようだった。大地は崩れ、もう平らでも水平でもない。あらゆる亀裂からヴァンパイアの触手が突き上がり、一点を目指している。基地上空へ。集まってなにになるのか。悪意と破滅が形を為そうというのか。

そこにあるのは。

「あれは……」

空を見上げてマヨールはうめいた。

地に蠢く破滅にも引けを取らない巨大さで、空からそれを迎え撃とうとしているものがあったのだ。

上空に描かれた膨大な偽典構成。およそマヨールの想像外で、これほど圧巻な規模を持った魔術は夢想したことすらなかった。構成の中心に人影がある。視認できる距離ではないが、構成で連想した。魔王オーフェン・フィンランディだ。まるで魔術そのものを四肢とする巨人のようだった。

(あれが……魔王か)

愕然と見とれる。

戦術騎士団が従い、戦いを任せる最大の魔術士。

その魔王術が――

鋭い鎚《つち》のように、基地の跡地を打ち据えた。

ねじ込む渦のように。ヴァンパイアの棘を触手を巻き取り、引き裂き、押しもどす。吹き荒れる嵐に、崩された地面が砂塵となって舞う。実際にエッジが吹き飛ばされそうになっているのを見て、マヨールは慌てて彼女を掴まえた。

抱きかかえて、地面に伏せる。これでは天変地異だ。腕の中でエッジが震えているのを感じた。彼女は目をきつく閉じて、なにも見まいとしているようだ。逆にマヨールは目を離せなかった。砂塵に目を突かれようとも、魔王の術を見続けた。

やがて。

気の遠くなるほどの数秒の果てに、静けさが訪れた。

ころん、と転がる小石の音が最後に聞こえた。ヴァンパイアの触手はすべて消えている。そして基地の残骸のあった場所は、地面に鋭く抉《えぐ》り込んだ窪地になっていた。

忘我から覚めて、マヨールは立ち上がった。

「くそっ！」

憤怒《ふんぬ》を吐き捨てる。

ベイジットはどこにもいなかった。逃げたのか、隠れたか。引き毟《むし》られたようなこの惨状では、人ひとり隠れたら見つけられそうにはない。意識を失ったままのふたり組の男はまだ倒れていたが、地割れに呑み込まれかけていた。

助けないと窒息する。なんとかふたりを引っぱり出すうちに、平静も取りもどした。改めてあたりを見回し、絶句する。

「この術は……」

校長の姿を見つけようとしたが構成の目印なしでは無理だった。ふらふらとエッジも起き上がる。やはり震えていた。彼女のことだから、父親の自慢でもしてくるのかと思ったが。そうではない。怯えてすらいる。

「エッジ?」

呼びかけるが、彼女は地面に座ったままかぶりを振るだけだ。

「マヨール!」

と、答えたのはイシリーンだった。見ると、悪くなった足場を走ってきている。ラッツベインも一緒だった。寝間着がぼろぼろなので、イシリーンから上着を一枚借りている。

「今の……校長がやったのよね?」

実際に見てもいただろうが疑わしげに、イシリーンがつぶやく。

ラッツベインは(まだ眠そうだったが)何故か恥ずかしそうに顔をしかめて、

「うちの師匠もそうですけど、どうしてこう人に迷惑かける術ばっかり使うんですかねぇー。世間様にすいませんです」

「いや、まあ……」

どう言えばいいか分からず、マヨールは受け流した。

「凄まじい威力だね、とにかく」

妹を見失ったことを悔やみながらも、なんとか良い面を見ようとマヨールは声をあげた。

「とにかく、危機は脱したんだ。ひとまずでも――」

言うべきではなかったのかもしれない。

悪意ある巨大なにかに手綱を握られているなら、安堵は裏切られるきっかけでしかない。迷信じみた考えでしかないが、マヨールは感じ取っていた。

（消えていない……？）

地鳴りが。

小さくなっていたが、また聞こえていた。

それは始まったと思ったら途端に巨大化した。これまで以上に。訪れた静寂をあっさりと覆し、押し込まれた土砂を跳ね返して。

基地の残骸が舞い上がった。

噴火のように漆黒の獣が這い出る。

牙を、爪を、顎を、角を、翼を広げ、巨体を押し広げ、窮屈な世界に割り込んですべてを破壊するように。

一跳びで、それは空まで駆け上がった。

展開する翼の影が夜を作る。無のように深い黒。しかしその質量は無どころではない。

飛び出した時、それは膨大な触手の塊に見えた。が、跳び上がって互いに絡み合い、巻き付き、一匹の獣の姿へと変わった。その姿は美しい。

「唯一の真なるドラゴン……」

マヨールは自然と、胸元を探った。今は着けていないが《牙の塔》の紋章にもなっている一本脚のドラゴン。力の象徴として考えられてきたその形だった。ドラゴンは空中に留まっている。その脚になにかを掴んでいるのが見えた。魔王術記録碑だ。

視認したと同時に、ドラゴンの爪が記録碑を粉々にした。

見るだけで、なにもできない。

シマス・ヴァンパイア……いまやドラゴンと化したそれは、あの魔王術をすら耐えて、変貌を遂げたのだ。

手に取れそうなほどはっきり見えるが、声もとどかないほど遠くにそびえる怪物だ。なにもできない。最悪の最悪。

(負けた)

終わったのだ。もう誰にもどうにもできない。あとはどう死ぬかを眺めるだけ……

マヨールは、我知らずに歩き出していた。前に。

呼吸と鼓動しか聞こえない。

「マヨール！　やめて！　絶対に駄目……」

イシリーンが立ちふさがった。マヨールは彼女を押しのけようとした。

「行かせてくれ。ぼくがやる。君には関係な――」

「ないわけないでしょ！　馬鹿なんじゃないの⁉」

尻を蹴られて、我に返った。

こうなるとイシリーンはなにひとつ遠慮のない女だ。髪を掴んで引っぱり、目の上を引っかいた。

「ちょっとは落ち着きなさいよ！　周りを見て！　見なさいよ！　オツムが冷えないならパンツ食い込ませて木に吊《つる》す――」

「いや。待って。待って……落ち着いたから！」

滅茶苦茶にやられて、いくつか分かってきた。まず、イシリーンは爪が伸びすぎだ。あと足が本当に痛い。負傷を治さないとまともには歩けないだろう。そしてドラゴンは空にいる上、もはや通常の魔術でどうにかできる強度ではない。そんなものに戦いを挑もうなどと考えていた。

それは確かに、正気の沙汰ではない。狂気ですらない。阿呆だ。

ようやくイシリーンが見せようとしていたものがなにか分かった。今度は空に昇ったドラゴンに対して、地上から魔王術の構成が仕組まれている。単体ではない。ひとり、ふたりと、規模の大きい術構成が現れた。

全部合わせてもさっきの校長のものには達しないが。構成が出来上がると、それまで泰然と空を覆っていたドラゴンが身をよじって絶叫した。

翼の一部が千切れるのが見えた。乾いた枯れ葉が砕けるように。光と竜巻がドラゴンの行動を阻み、地表に引きもどそうとする。ドラゴンが吠えて口から熱線のようなものを吐き出したが、二重三重の防御障壁がなんとか受け止めた。地上に布陣した魔術戦士が組織戦をしている。

「騎士団……無事だったんだ」

イシリーンの羽交い締めからなんとか逃れつつ、マヨールはうめいた。魔術戦士たちの魔王術はドラゴンの身体に傷を与えている――一撃で解消はできないが。効かないわけでもない。あのドラゴンはまだ完全物質に至ってはいないのだ。

魔王術に代償があるなら、持久戦は騎士団に不利だ。すると騎士団の側からひときわ目立って巨大な偽典構成が仕組まれるのが見えた。校長だろう。

「あれを二度も……?」

マヨールが驚くと。

「マジクおじさんやエド隊長の術にも代償はあるのに、父さんの魔王術には喪失がない」

ぼそりと、エッジが囁くのが耳に入った。

独り言だったのかもしれないが。さらにもう一言、つぶやいた。

「それか……なにを喪失しているのかが分からない」

「…………」

ぞっと怖気《おぞけ》立つしかない。

魔王術の青い輝きがドラゴンの胴を貫いた。

ごっそりと半身をもぎ取られ、ドラゴンは深い痛苦にけたたましく啼《な》いた――そして恐らくすべての力を込めて羽ばたき、高度を上げた。出現した時に比べれば相当ずたぼろに切り刻まれてだが、それでも凄まじい力で飛翔《ひしょう》し逃げていく。

「逃がしちゃ――」

よろめくマヨールを止めたのは、今度は男の声だった。

「大丈夫。追っ手はかける。今は再編成が先だ」

「師匠！」

ラッツベインが声をあげる。

「だいじょぶですかー？　めそめそ泣いてませんでしたか？」

「まあ、大丈夫。二、三日、魔術は無理だろうけどね」

ぱたぱたと手を振って、ブラディ・バースが言う。気楽そうに弟子を見ていたが、マヨールに目をやって、やや厳しい顔つきになった。

「怪我はしたけど、イザベラ教師も無事だよ。君に話を聞きたがっているし……エド隊長もね。ぼくとしては、そうだな、ここは結構重要な決断になるだろうと思うよ」

「ぼくは……」

マヨールは言いかけて、自然と視線が基地の反対側に向いていた。

恐らくベイジットが逃げたとすれば、そちらであろうという方向に。

ブラディ・バースの口調は飽くまで軽いものだったが、鋭くもあった。

「行くなら急いだほうがいい。エド・サンクタムはしつこいよ」

イシリーンと顔を見合わせ、うなずく。

魔王の娘たちにも礼を言い、マヨールは駆け出した。

18

娘たちを連れてマジクがもどってくるのを、オーフェンは眺めていた。

かつて騎士団の基地があったその土地は、もとより荒れ地のようなものだったが今はそれどころではない。魔術で破壊された大地の傷口だった。最も凄惨なのは基地そのものがあった敷地だが……今は尖った窪みが残るのみである。

その荒野に、栄光の戦術騎士団が並んでいる。みなぐったりとうなだれ、寝込んでいる者もいた。

「随分とやられたもんだ。プルートーの手招きが見える」

オーフェンはつぶやいた。すぐ近くの岩陰に横たえられているクレイリーが、片目だけを開けて皮肉に笑う。

「伝説的な《十三使徒》の壊滅に比べれば損害を抑えたほうですよ。記録を更新する大敗とまでは言えません」

こんな時にもおべっかをやめない。

そのクレイリー自身が、一命は取り留めたもののずたぼろの有様だった——右腕の再生はできなかった。足は両方とも折れ、どこまで回復するか分からない。耳から片目にかけての大きな裂傷は、好漢らしい風貌だけに損害を際立たせている。

魔王術での再生は基本、禁じられている。だが激痛に苛まれているであろうこの容態で、己の治療を我慢しているというのはクレイリーの意志力あってのことだ。だから彼を重用してきた。

（だが……）

この荒れ地に部隊を再編するように、組織も組み替えなければならないだろう。それほどに損失が大きい。全員の安否確認は終わっていないが、ぱっと見渡せる範囲に集ったメンバーは四十人を下回っていた。半壊したことになる。

エド・サンクタムは無事だ。早口でシスタに指示をまくし立て、周辺の探索を続けさせている。マジクと娘たちも——だんだんと近づいてくるその足取りを見る限りでは、怪我はないようだ。

騎士団ではないがイザベラ教師も生きていた。打った頭を氷で冷やしている。顔に大あざを作ったひどい面構えだが、不機嫌顔なのは傷のせいだけではないだろう。マジクたちがマヨールと一緒でないのをじっと見つめている。

「クプファニッケル、報告ですが……」

若い魔術戦士に話しかけられ、オーフェンは物思いを中断した。

（その呼び名で呼ばれるのも最後かもな）

と胸中で返事しながら、相手を促す。

「失われたのはどの部分だ……？」

この魔術戦士には、破壊された魔王術記録碑を回収させていたのだ。ばらばらに砕かれた記録碑が積まれている。数人が集まって砕片を調べていた。

「デグラジウスの項は残っています。失われた分も、予備の記録と突き合わせれば修復できますが……記録が混乱しているうちは、封印も不安定に。漏洩《ろうえい》の危険があったので完全な記録というのは記録碑だけですから、修復もどこまであてにできるか」

魔王術の性質については誰よりも詳しいつもりではあったが、それでもオーフェンは確認した。

「再現出するヴァンパイアもいると思うか？」

「記憶まで曖昧になると封印は解けます。解けた封印は記録をもどしても無効でしょう。しかも、それは魔王術を必要とするくらい危険度の高い相手です。術者が生きていれば忘れることはそうないでしょうが……」

自然とあたりに視線がいく。たった今、隊員の半数が死んだところだ。それに当然、ここ十数年で殺害された隊員もいる。過去に封じられたヴァンパイアほど蘇《よみがえ》る可能性が高く、しかも記録がなければ追跡も怪しいわけだ。

「クソいまいましい、欠陥術が」

オーフェンが激しく吐き捨てると、魔術戦士はびくりとして、確認作業にもどっていった。

　数人が振り返ってこちらを見ている。彼らの目を気にしたのでもないが、オーフェンは嘆息して口をつぐんだ。

　敗北したのか。

　つい先刻までは、カーロッタ・マウセンの安否を確かめようとしていた……敵の総大将が滅んだかどうかを探っていた。それがたった一撃で覆ったのか。

（あるいは）

　エッジの顔を見て、考え直す。

（とっくの昔から負けていたかだ）

「父さん！」

　ラッツベインが駆け寄ってきた。ひどい格好だが、顔色も悪い。エッジも後に続いてきた。マジクは後ろで黙っているが――これから語ることを予測して、神妙にしているのだろう。

「これで、生き残った戦術騎士団は全員だな」

　見回して、オーフェンは告げた。

　探索に出ている者やこの場にいない者もいるが、おおむねすべてだ。座り込んでいた魔術戦士がひとり、またひとりと身を起こして集まってくる。その彼らを前に、オーフェンは話を続けた。

「状況は、この通りだ。手痛い損害、と簡単に言うにはでかすぎるがな。しかもいまだに最初の懸念は払拭されていない。カーロッタの行方も意図も不明のままだ」

「襲撃者の生き残りが何人か残っています」

と、マジクが発言する。

「シマス・ヴァンパイアは巨人化した者だけを選んで取り込んだようですね。ただ、どうも襲撃してきたのはカーロッタ村の闘士ではなくて、ここでどんな目に遭うかも分かっていなかったようです……」

「煽動者《せんどう》がいて、それはカーロッタかもしれないし、そうでないかもしれないわけだ。ついに対処の限界を超えるかもしれないヴァンパイアが育ち、俺たちはただでさえ足りない戦力を半減させた」

「あなたのせいでは——」

クレイリーの言葉に、オーフェンは叫んだ。

「こんな時に馬鹿を言うな！　俺の失策だ！　保身を考えた。戦術騎士団を無駄死にさせる可能性を恐れた。二十年前なら、やっていた！」

しん……と静まりかえる隊員をひとりひとり見返すように。

オーフェンはゆっくりと言い足した。

「甘く見ていたんだ。いつの間にかな。騎士団を率いる資格はない」

そっと腕に触れてくるラッツベインの手を軽く握り、気を休めるよう、ぽんと叩いた。

娘は心配そうに見ているが……実のところ、不安などいくらあっても足りることはないような事態ではあるのだ。

　最後の務めを果たさねばならない。オーフェンは告げた。

「どのみち、俺は議会の弾劾でしばらく拘束される。逮捕もあるだろう。体制を移す。騎士団の指揮は……分かってるな。マジク、お前が執れ」

「はい」

　それは、こんな場合の取り決め通りの話ではあったのだが。

　ヒッと引きつったように、ラッツベインが仰け反った。髪まで逆立ったように見える。

「師匠が出世した⁉」

「そこでショック受けるか」

　まあそこはどうでもよく、オーフェンは続けた。

「優先票もお前に譲る。編成についてはこの人数じゃあいじる余地もないだろうが、ラッツベインとエッジは――」

　急に名を出されてきょとんとする娘たちは無視して、

「通常の部隊から外す。マジク、お前の直属で使え」

「そうします」

　マジクは断言した。身内の特別扱いとなればいずれ反発もあるだろうが、今この場ではとりあえず反論の声はあがらなかった。

そして。

最後にオーフェンは、イザベラ教師に目をやった。

「イザベラ・スイートハート。君はキエサルヒマに帰れ。この件を《塔》に報告する必要があるだろう」

「そのつもりはないわ」

彼女は言われるのを警戒して、目立たないよう遠巻きにしていたのだろうが。きっぱり拒絶して、前に出てきた。顔に当てていた氷を下ろして、

「ひとりで帰る気はないし、《塔》に新大陸乗っ取りのきっかけを与えたくもない。キリランシェロ君、わたしを見くびらないで」

「……分かった。そうだな」

言うべきは、すべて言った。

あとは、あるとすれば……

オーフェンはちらりと、地平を見やった。傾きかけた日がいずれ夕暮れになろうと、赤みがかって尾根に近づいている。そのどこかにはぐれ魔術士がふたりいるだろう。

だが思い浮かべて、首を振った。特に託す指示はない。

それよりも、次の戦いに備えなければならない。

同じ地平のどこかでカーロッタが笑っているのなら。

(その顔、俺に会うまで残しておけよ。叩き潰してやるからな)

噛み殺すように、歯が軋るのを自覚した。

19

「モグリの魔術士がお金稼ぐ方法ってどんなもんかしらね」

イシリーンは後ろ頭で手を組む格好で、世間話でもするように呑気《のんき》な声をあげていた。

「やーっぱ開拓の用心棒とかかしらね。あ、でも自由革命闘士とかがどこに紛れてるか分からないわけね。めんどくさ。まあそれはそれで目的に合致しないわけでもないのかな」

そのイシリーンの後ろをやや遅れて、マヨールは歩いていた。

あの戦いの場を後にして、地図も知れない新大陸の開拓地を目指して。革命闘士ゲリラを捜せば、いずれ妹とも行き逢《あ》うはずだ。あてといってもそれくらいしかないが。

後ろ髪を引かれるものはある——騎士団の実際の被害はどれほどのものだったのだろう。新大陸の均衡が完全に破壊されるほどだったろうか。魔王オーフェン・フィンランディの敗北がなにを引き起こすか。

回れ右して騎士団の力になるべきではないかという思いが過ぎるたび、そんなことにはなんの意味もないだろうと考え直す。

実際に後ろを向き、また前方に向き直った時、しかめっ面のイシリーンが待ち構えていた。腰に手を当て、通せんぼうするように。

「聞いてた？」

詰問されて、マヨールは誤魔化した。オールマイティな返答で。

「ああ、もちろん。君の言う通りでいいよ」

「ハズレー。なんにも言ってなかったわよ」

ムッとして口を尖らせながら、イシリーンは背を向けた。

「悪かったよ。でもホントはなんか訊いてただろ」

マヨールが言うと彼女は、つつと後退してきて、顔は見せずにつぶやいた。

「わたしたち、鍛え直さないとね」

「ああ」

と、マヨールはうなずいた。

イシリーンは得意げに目を輝かせた。

「じゃあ、あれよね？　修行とかよね？」

「う……ん？　そうかな」

やや疑わしく、首肯が逸れる。だがイシリーンは構わずに。

「わたしのほうが先生よね？　偽典構成はわたしのほうが上だし」

「まあね」

なにやら雲行きが怪しくなったが、イシリーンは方向修正を許さなかった。

腕組みし、背伸びまでして見下し顔を作る。

「なら今日からわたしを先生って呼びなさい。あ、待って。もっと禁断な感じが欲しい。ええーと、頭の上がらない先輩の恋人っていうのを混ぜて――」

「いや、そういうことじゃなくてさ」

断られ、彼女はすっと眉間に皺を寄せた。

「なによー。禁断を甘く見ないでよ……実はわたしが男だっていうのはどうかな」

「どうもこうもあるか。だからそういうことでもなくて」

すっかり半眼で見つめながら、マヨールは告げた。

「多分、魔王術がどうとかでもないんだ。俺たちのやらないとならないことはね。そりゃできるに越したことはないけど」

「なにそれ。じゃあなにができればいいのよ」

「なんだろう。うまく説明できないな……でも、そのうち分かると思うんだ」

要領を得ないうちに、イシリーンが不平を言い出す。

「へー。なるほどね。脳カス女は考えても無駄だから黙ってろって？」

両側から胸を押さえて馬鹿面を作り、尻を振り出した。

「うわーい。わたしってばこの顔とおっぱいがあってよかったわぁー。助かったぁー」

「どこまで嫌になれるんだ、こいつ」

そんなものはとりあえず無視して、行く手を見やる。

視界に広がる新大陸。見通せない混乱と不安が待ち受ける。

だがなにもかもはできなくとも、歩き方くらいはもう分かっている。はずだ。

「イシリーン」

「なぁに？」

馬鹿面そのままにきょとんとする彼女に、マヨールは苦笑した。

「どうしてか少し、わくわくしているって言ったら、不謹慎かな」

「当ったり前でしょ。馬鹿じゃないの」

イシリーンはすっくと背筋を伸ばして断言した。

「でも一緒にやる分には、馬鹿でもいいけどね」

(始まりだ)

痛みや怒りを引きずりながら、口笛も吹くつもりで。

新大陸の旅を始める。

魔術戦士の師弟

「えーっとですねえ。確かに頼りないししょぼいし気合いとか皆無ですけど、一応わたしの師匠なわけですよぉ」

ラッツベインは根気よく、上司に向かって何度も何度も繰り返した。

上司は堅物だ。というか陰気な頭でっかちだ。まるっきり聞く耳ないというか、爬虫《はちゅう》類《るい》レベルの意思不通っぷりでこちらを見ている。そんなのを相手に、出来の悪い師匠のフォローをしてあげないとならないのだ。でないと師匠なんて日に四度はクビになっていてもおかしくない。なんでかというと駄目な師匠だからだ。

「だから、簡単にゴミとかクズ扱いして門前払いしないであげてください……ホント、なんだったらお金払わせます。うちの師匠、軽く扱われるのに慣れちゃってすっかり負け犬ですけど、感情だってあるんです。たまには傷つくんです。愛が必要なんです！」

約十分強、そんな調子でただじっと話を聞いていたエド・サンクタムは、聞こえないくらいの溜息をついたようだった。

「そうか。まあ……分かった。門前払いはしないし、ゴミクズ扱いもしない」

「ありがとうございますー！」

どうやら誠意が通じてくれたことに、ラッツベインは歓声をあげた。

くるりとその場で一回転してから、後ろにいた師匠にはしゃぎ飛びつく。

「やったやりましたよ師匠！　これで師匠もお仕事に混ぜてもらえますよ！　おうちでなんもやることなくて足の指の間に何本鉛筆を挟めるか新記録を目指すだけの生活とはおさ

らばですよ！」

「いや、一回もやったことないけど」

「いいんですよ見栄なんて張らなくて！　だって確実にやってそうなんですから！　たとえ師匠でも任せてもらえる雑用があるなんて、世の中捨てたもんじゃないですよね！　簡単なことからコツコツこなしていきましょう！」

杖を振り回してぴょんぴょん周りを飛び跳ねる。師匠はいつものくたびれ切った眼差しでそれを眺めながら、

「……で、ぼくにできる雑用っていうのは？」

「そうだな。後始末の類だ。シスタが失策をした」

「被害は？」

「人的にはない。敵とは接触もできなかった」

エド隊長はそう言って、唇にある傷跡を撫でる仕草をした。エドおじさんは昔から知っている――ご近所さんなのだ――が、基本無表情な彼の感情表現はこうした手つきで察するしかない。今回のこれは分かりやすく不機嫌だ。幼い頃、ボールがおじさんの家の窓に飛び込んだ時に見せた顔だった。確かその日だけで八度目で、ボールには灯油を染み込ませて火をつけて遊んでいた時の（ちょっとやんちゃだったのだ）。

その〝近所のエドおじさん〟が戦術騎士団の隊長で、原大陸でも有数の魔術戦士だということを知ったのはラッツベインがもう少し大きくなってからのことだった。それからは

さすがにエド家の近くでボール遊びはしなくなった。エド隊長は物静かであまり顔も見せず、もう二度と彼に関わることもなさそうだった。まさか大人になって、自分がその部下になるなどとは思ってもいなかったが。

ともあれエド隊長は話を続けた。

「シスタのミスは、接触しないまま帰ってきたことだ。あの村に問題はないと報告したが、調査が十分だったとは思えない」

「彼女が迂闊だと？」

笑みを浮かべてつぶやく師匠を見て――ラッツベインは肝を潰した。

「師匠！」

割って入る。

「なんて態度ですか！　師匠はこうでしょう！」

と、師匠の服を掴んで一歩下がらせ、師匠に相応しい姿勢のお手本を示した。

まずは腰を引いて膝を曲げ、両手は前に、ふるふる震わせながら口を突き出す。目は左右に振って決して相手の顔を見ない。口まねもした。

「ああああああすみませんホントすみません隊長閣下、わたしごときが御前に生きててすみません発言をお許しくださいい蹴らないで殴らないでお気に障りましたら靴下を食べます三足セットでおなかいっぱいです」

言ってから、ラッツベインは涙をぬぐった。

「師匠……情けなさ過ぎますっ」

「君がやっといて泣くか」

ぼんやりと師匠がうめく。

戦術騎士団詰め所の隊長室に沈黙が過ぎるが、机の奥で肘を突いていた隊長が、やはりぼそりと言い出した。

「隊長閣下というのはなんだ？」

ぱっと顔を上げてラッツベインは答えた。

「わたしもよく分かりませんけど、師匠から見たら可能な限り相手を敬わないと」

「ふむ……アリか」

「やめましょうよ」

半眼で、師匠。

エド隊長は首を振って話をもどした。

「シスタとは意見が対立してな。だから別の団員を送りづらい……」

「なるほど。それでぼくに？」

「命令はできないが、校長には話をしてある」

「聞いています。出向きましょう」

師匠はうなずくと、ラッツベインを促して退室しようとした。が、隊長が制止の声をあげる。

「待て。これは任務とは関係ないのだが」

振り向いたふたりに、エドは目を閉じて告げた。これも隊長の特殊な感情表現だ。こうした表現については、ラッツベインら姉妹はたびたびおじさんにちょっかいを出しては翻訳表を更新してきた。今回のこれは、厄介ごとに挑む時のものだ。やはり子供の頃、やんちゃが過ぎて――おじさんの家の屋根を剥がす遊びに姉妹でつい夢中になって――、さすがに母にその苦情を言いに来た時、この顔をした。

「彼女は晴れて魔術戦士になったのだし――きちんと教えておくべきことがあるのではないかな。他の隊員からも、どーもやりにくくてしょうがないと苦情が出ている」

「まあ、そうですね」

師匠と隊長が視線を交わすのを眺めて、ラッツベインはぽかんと口を開けた。

「え？　わたし、なんかまずいことしましたか」

「いや、したというか……まあいい」

エド隊長は手を振った。これは、面倒くさくなった時の表現。

なんだか分からなかったが、ラッツベインはとりあえず、これからは精進します！　と返事した。そして、付け足す。

「シスタさんはエドおじさんのことが好きなんですから、ちゃんと話さないと駄目ですよー！」

隊長の、今まで見たことのない複雑な表現を眺めてから、バタンとドアを閉じた。またひとつデータが更新された。なんの表現なのかは、ちょっと分からないけれど。

　戦術騎士団は正式な名称は戦闘魔術騎士団。魔術戦士騎士団とも呼ばれる。原大陸ではただひとつだけ許された、戦闘だけを目的に編成された魔術士の部隊である。

　そこに所属するのは魔術戦士という、特殊な戦闘訓練を受けた魔術士だ。戦術騎士団の目的は一般的には、魔術士の犯罪や人体の巨人化《ヴァンパイアライズ》への対処、神人種族による壊滅災害への対抗だ。実際の役目もその表向きと違うことはないのだが、秘密にされているのは〝特殊な戦闘訓練〟の特殊さだった。師匠は戦術騎士団設立の頃からの騎士団員だが、その弟子のラッツベインも審問にパスして入隊するまで、実態を知らされることはなかった。

　ともあれ。

「開拓公社は仇敵《きゅうてき》ですよー！」

　ラッツベインはとにかく憤慨し、歩きながら鼻息を荒らげた。

「そりゃ確かにわたしがモグリだからですけど、忘れもしない三年前、やすーくこき使われて、きったない仕事までさせようとするもんだからもー腹が立って！　辞表たたきつけてやったですよ！　ぱーんと！　いい音立てて！　で……おかげで戦術騎士団なんかに入らないとならなくなっちゃって」

　師匠とふたりで郊外をてくてく歩きながら、向かっていたのはその開拓公社の開拓村だった。

キエサルヒマ島の開拓公社は最初期の開拓団に遅れて入ってきた。しかも人員を送るより、少数の専門家と経営者、あとは資本だけを持ち込んで現地であぶれ者を雇い入れるという方針だった。そのために軽蔑される向きもあるが、そのこと自体は結局のところ〝金に印をつけようと騒いだところで〟という言い回しを残しただけとも言える。

ただ、開拓公社が原大陸を無法の地と見なし、非合法の手を多用したというのも事実ではある。資材の盗難、土地絡みの脅しや詐欺、ひどい場合には人さらいもあったという。

さすがにここ数年では司法整備が進み、そこまでひどい話はなくなった（とされる）。キルスタンウッズの新興の開拓団が勢いを増し、開拓公社の金に頼る度合いが減ってそもそも影響力を維持できなくなったというのも大きい。

怒るがままに拳を振って、ラッツベインは言い続けた。

「怨《うら》むのは良くないって言われても、開拓公社はあくどいですよー！　法外な借金に苦しんでる人も多いっていうじゃないですか！」

「まあ、それでもぼくら〝遅れてきた開拓団〟は、開拓公社の資金なしには海を渡れなかったからね」

溜息混じりに師匠はぼやいた。

「ぼくも返済には苦労したくちだけど、本当に返しようがないっていうのは開拓そのものが頓挫した人たちで……そのリスクが予測不可で不当だったとは、さすがに言いづらいな。まあそれでも大統領は返済の支援を検討してるようだけど。税金での返済に反対してるのは元アーバンラマ資本家の議会だよ。片手では開拓公社の取り立てを批判しながらね」

「むー」

師匠を睨む。

「そう言われると、わたしの文句って待遇が悪くてお弁当ももらえなかったことくらいですけど……義憤って長持ちしないもんですねぇ」

「まあ呑み込んどいて。シスタはそれで失敗したんだろうからね」

「シスタさんは正義の人なんですよ！　真っ直ぐなんです！　心意気なんです！」

「おかげでぼくは休講して、また弁明会議に出頭しないと今度こそクビになりかねないよ」

情けなさげに肩を落とす師匠の背中を、ラッツベインはぽんぽんと叩いてやった。

「まあまあ。どうせいつもサボりまくってて、生徒には顔も忘れられかけてるらしいじゃないですか師匠ごとき」

「うん。まあね。そうなんだよね」

「ラチェなんて、もう師匠のこと『例のアレ』としか呼んでないんですよ。試しにアンケート取ってみたら、師匠の印象の一位は『壁の染みよりは濃い』だったそうです」

「そのアンケートって、ぼくを凹ませるため以外の目的がなにかあり得るのかな」

だらだら話しながら。

行く手に村が見えてきたので、話題を変えた。師匠の持病の神経痛と止まらない鼻水と下血、病んだロリコン性癖を労《いたわ》ったら、師匠はなんでか「いや別にぼく、そのどれでもないけど……」とどんより顔を見せた。

村はどうってことのない普通の村だ。畑があり、溜め池があり、川には漁師が網を張っている。まあまあ豊かな村といった雰囲気だ。子供たちも網張りの手伝いをしていて、遊ばせる余裕まではないようだが、小さいながら学校らしき建物もある。寺院まであった。これも、元キムラック教徒の多い郊外では標準的だ。

村人たちはふたり連れの外来者を見て、目を伏せてひそひそ話などする姿もあった。師匠は学校の教員礼服ではなくムサい私服だし、ラッツベインも特に魔術士らしい格好はしてこなかったのだが、ただの旅行者が訪れるような村でもない。怪しさを感じたのだろう。誰も話しかけてはこなかった。

まあ確かに師匠はいかにも怪しげだ。人間としての覇気がない。糸の抜けたぬいぐるみか枯れ枝みたいだ。まだ四十にはなっていないのだが佇まいは既に六十歳。そんなものが風邪《かぜ》ひいたようなぼんやりした半目でふらふら歩いているのだから、おおむねオバケである。もしくは万引きの常習犯だ。

あちらこちらで子供が陰に逃げ、大人たちもそそくさと立ち去るのをラッツベインはどうにも気まずく目で追っていたが、師匠は無頓着だった。耳など掻きながら、シャイな人たちだねえ、なんてことを言っている。

「なんで嫌われてるんでしょう。わたしたち」

ラッツベインが問うと、師匠は肩を竦めた。

「おおかた、シスタが真っ直ぐにやったんだろう」

「またそんな人を悪く言って。駄目なとこばっかり父さんに似てますよ」

なんとか口をきいてくれそうな人を捕まえて、代表者のいる場所を教えてもらった。子供を三人連れた若い女が言葉少なに、監督官の家のある方向を指さした。

監督官は体格のがっしりした中年の男で、歳は師匠とそう変わらないだろうに親子かというくらいの貫禄《かんろく》の差があった。農具を何十本も並べて壊れたものから手入れしていたようだが、こちらが近づいているのに気づいても、知らぬふりをして鍬《くわ》の柄を掴んでガタつきを確かめている。

実のところ開拓公社でのアルバイトは今も役に立っていると言えなくもない——郊外に出て、開拓民の人となりを学んだ。彼らは常に仕事に直面し、厄介ごとに苛まれている。どちらもなくなることはない。たくましく、厳《いか》めしいが、裏を返せば怯えてもいて、必要な助けが得られるとなればそこは節操なく歓迎してくれる。魔術士に対して偏見もないし敵意を持ちつつも、魔術が有用なリソースだと認めない者もいない。

「あのー」

ラッツベインは師匠の身体越しに、おそるおそる話しかけてみた。

「わたしたち、事件のことで派遣されたんですがぁ」

「事件だと?」

拳大もありそうな眼球を（もちろん錯覚だが）ぎろりと向けて、監督官が繰り返した。

「ああう、はい」

踏みとどまってうなずく。ここで怖じ気づくと、開拓民の信頼は決して得られない。

「わたしと、ええと、師匠です。食糧庫の盗難を何度も訴えておられたのに、派遣警察が来たら追い返されてしまったとか……」

「お前たちは警備隊じゃあないだろう」

「は、はい。わたしたちは――」

「彼女はラッツベイン。ぼくの生徒です。ぼくはスウェーデンボリー魔術学校で教師をしています。マジク・リンです」

急に師匠は遮って、前に出た。

監督官は顔を上げ――もうそれだけで師匠の頭に手をぽんと置きそうなくらい身体が大きく見えたが――、怪訝そうに顔をしかめた。

「学校の先生なんかが、どうして事件などを？」

「では事件があったのは確かなんですね」

さらりとはぐらかされ、しかもかまをかけられたと悟って、監督官の顔面に皺が寄った。

また農具の上に屈み込んで、舌打ち混じりに言ってくる。

「なんもねえよ。村の慌てモンが騒いで、余所者《よそもの》を呼んじまっただけだ」

「悪戯《いたずら》の類で、半年分の小麦粉が消えてなくなったりはしないでしょう」

「なあ。都会者には分からないかもしれねえが」

錆《さ》びて刃の欠けた鎌を手に、監督官は低い声を出した。

「こういうとこじゃ、想像もつかんことがたびたび起こるんだよ」

「それに筋の通る説明をつけるよう言われてまして」

「どいつの言ったことだ」

「ぼくの上司が誰か、説明がいりますか？」

「……………」

ごつごつした鎌の刃に指を滑らせながら、監督官は考えたようだ。

「これまでほっといて、来るなと言われると部下を差し向けるのか。魔王ってのは」

「ここはカーロッタ村に近いですからね。へたに手出しはできない。でも本当に必要なら、我々は手を惜しんだりしませんよ。必要なのは確証ですが」

「それを探しに来た？」

「あるのならね」

「この前来た女は――」

「配慮が足りなかったんでしょう。お詫《わ》びします」

監督官と師匠はしばらく目を合わせた。監督官は強く、そして師匠はうすぼんやりとしたまま。監督官は一度ぎゅっと鎌の柄を握って、半歩ほど師匠に身を寄せた。ラッツベインはヒヤッとしたが、ニブい師匠は身動きもしない。

小声で監督官が囁くのを、ラッツベインはぎりぎり聞き取った。

「お前を信用する理由がなにかあるか？」

師匠の胸元に、鎌の刃先が触れている。師匠はその刃を親指の腹で受け、ぐっと押し返した。

「さあ。あなたに見る目があるかどうか、かな」

そう言うと、師匠は裂けて血の滲んだ親指を舌の先で舐めた。視線は相手の目から離さないまま。

監督官の首の後ろが震えるのが見えた。彼は鎌を下げ、つぶやいた。

「話は中で」

と、家を示す。

返事を待たず、監督官は鎌を置いて先に家に入っていった。

師匠はこちらを振り向き、口を開く。

「どうかな、ラッツベイン」

「どうって……なにがですか？」

よく分からずに聞き返した。

あごに指を当て、ふっと無駄な吐息をしてから、師匠は横顔に格好つけた似合いもしない笑みを浮かべる。

「いや。今の感じ」

「今の？」

「感想っていうか……」

「感想」

虚空を見上げ、ラッツベインは首を傾げた。腕組みし、考えに考える。

「そうですねえ。師匠の駄目さは卑屈な骨格から来てるんだと思うんですよね。なんかポリポリしてそうなショボ骨っていうか。骨粗鬆《こつそしょう》な感じ。でもエッジは師匠のしょうもなさは人間性のせいだって言っていて、ラチェは師匠って内臓とかポンコツっぽいって言ってます。残った部分って皮しかないので、そこで挽回していきましょうか」

断言して、しゃん！　とワニの杖を地面に突く。

「………………」

訊かれたから答えたのに、師匠は不思議と不満げだった。

生意気にむくれた顔の師匠の手を取って、ラッツベインは傷を確かめた。

「ほらー間抜けなんだから怪我までして。治さないと破傷風になったらどうするんですかー」

と、呪文を唱えて傷口をふさいであげた。

監督官の話はまずまず複雑だった。

事件は確かにあった。発覚は三か月前のことだが、一年近い潜伏があった可能性もある。

食糧庫の小麦粉がまるまる失われたのは最も分かりやすい異変だが、それまでも備蓄が盗まれたという話はたびたび出ていた。人口が増える傾向にあったので子供が飢えているのかもしれないと、配給に余裕を持たせたが無駄だった。

失われる食糧は増えていった。見張りを立てても防げず、倉庫から忽然と食べ物がなくなる。計画外に資材を消耗することは、開拓公社との契約問題にもなり得た。公社が手を回して派遣警察が動いたが、これが村人の不信を呼んだ――開拓公社は当然、村の中に犯人がいると踏んで、それを暴いて保険を切り替える気だ、と。

村人たちは誓って自分たちの中に犯人はいない、と言う。とはいえ信じたいとしても説得力に欠けるのが正直なところだ。そこで急に噂が降ってわいた。食糧を盗んでいるのは村の近くに潜伏している反魔術士の闘士たちだと。

確かにカーロッタ村の人間が開拓村から資材を盗んで――あるいは支援されて――活動するというのはある話だ。盗難ならば開拓公社との契約には反しない。だがこれはこれで厄介な相手を呼び寄せることになる。魔術士の戦術騎士団だ。

「問題は、俺はどうやったところで板挟みになるってことだ」

今後の士気を思えば村人を強く尋問もできない。みなをかばって魔術士を追い返しもしないとならない。魔術士排斥の本拠地、カーロッタ村に近いことを思えばそちらも気にしないわけにいかない。仮に今回の件を解決したとしても、村の土地を動かせはしないのだから。

「かといって、対処は必要でしょう」

師匠が告げると、監督官は弱々しく首を振った。

「これ以上の被害には耐えられんからな。また追加の融資を受ければ、俺はもとより後々の村人の負担が厳しい。返済はかつかつだからな」

「単純に、村に恨みを持った者がいるということは？」

調査の基本はよりシンプルな見方にもどることだ。師匠の指摘に監督官は厳つい渋面を浮かべる。

「開拓も十年目だ。トラブルもあったが……そういうことだと、村人から犯人が出るようなら結局、村はおしまいだ」

「分かってます。我々が関心あるのはヴァンパイア症だけです」

「それだけは保証してもらえるか？」

「ええ。それ以外のどんな真相があっても関与しませんし、ぼくらの派遣が公に報告されることもありません」

「師匠？」

ラッツベインが声をかけると、師匠は目線だけで制止した。

監督官に向き直って再度請け合う。

「大丈夫。約束します。悪いようにはしません」

「ただでさえ、ろくでもないことばかりなんだ。このあたりはな」

相手の愚痴はそこそこにあしらって、ふたりは監督官の家を後にした。

しばしのんびり、村を歩く気楽さを味わう。見る限りでは村は問題などないように見えた。ここいらは川の水量もあるし、近くには林と草原も広がり、開墾の難しい土地ではない。難があるとすれば都市からは離れていることと、土地が豊かなおかげでかえって支援の優先度が下がることか。カーロッタ村が近いので魔術士の協力も得られにくい。

歩きながら、ラッツベインは遮られた問いを繰り返した。

「報告せずに済ませるなんて、できるんですか？　戦術騎士団の行動は議会が制限してるんですよねぇ」

師匠の答えは呆気ないものだった。

「エド・サンクタムがしぶしぶぼくを頼った理由がそれだよ。ぼくは騎士団員としては予備役扱いで、ここにも飽くまで重要度の低い確認業務で来てるだけって名目だ」

「ああ、みそっかすですもんね」

「…………」

やや沈黙を挟んでから、師匠はまた言い出した。

「本来、ぼくに指令を出せるのは校長だけだ。指揮権を保護するため学校の教員って立場を利用してる。君の父さんは議会にぼくの能力を利用させないことを最優先して――」

「あっ。あれが問題の食糧庫ですねっ」

どうでもいい雑談の途中で目的を見つけて、ラッツベインは杖の先で指し示した。

食糧庫は村の中央にあって、木造だが頑丈そうな造りをしていた。窓もなく両開きの大きな扉が表にあるだけで、見張りがいれば忍び込むのはそう簡単ではないだろうし、荷を運び出すのはなおさら不可能だ。建物に不備がないことはシスタが調べて、報告にも書いてあった。

「一応、周りを見てみましょうかー。忍び込む方法なにか思いつきますか？　ここ」

「ぼくだったら」

やや食い気味に師匠は言ってきた。自分を指まで指して、

「壁を越えて疑似空間転移する。前にも一度見せたよね。ぼくの他、誰にもできない――」

「まああんなマニアックでモーストデンジャラスな真似は師匠しかやらないですよね。それはどうでもいいんで、魔術じゃない場合を考えてくださいよ」

「えっ。そこ抜き？」

「だって師匠しかできないなら考えても無駄じゃないですか。犯人が師匠なら別ですけど」

考えの足りない師匠と話すのはたまに疲れる。こっちを見て、駄々っ子のように下唇を噛む顔を見せてから、渋々と師匠はうめいた。

「じゃあ……まあ、思いつかないかな」

「そうですかー」

それほど期待はしていなかった。魔術ではなんでもできる師匠だが、それ以外となるとからっきしだ。母さんに犬の散歩を頼まれて、師匠は森で迷子になって犬だけ帰ってきたこともある。その時は母さんに「紐を持っておくこともできないの？」と呆れられていた。師匠はといえば、「いや……だって湖に潜られちゃ、いくらぼくでも……この犬、ぼくにだけ無茶するよね、なんでか」とかわけの分からない戯言《ざれごと》を言うばかりだった。

食糧庫に見張りが立つのは夜間だけだが、建物は村の真ん中にあって人目もあるし、昼の犯行はかえって難しいだろう。つまりは……

「やっぱり、シスタさんが正しい気がしますけどぉ」

「っていうと？」

「なんにもなしです」

ぐるりと見回った倉庫の正面にもどったところで、足を止める。

だが師匠はかぶりを振る。

「それはない。現に食糧がなくなってるんだ」

「ネズミさんが食べたとか、数え間違いじゃ？」

「可能なことと不可能なことを分けて考えよう。あの量の小麦粉を食べ尽くすならものすごい数のネズミだし、隠れているとしても糞が残ってるはずだ。三か月数え間違え続けるのもあり得ない」

「でもでも、ここから運び出すのは……」

「それは不可能とは言えないし、運び出す必要はないのかもしれない。大食漢のヴァンパイアがいるのかも」

ヴァンパイア症は人間種族特有の変異現象のひとつだ。

精神体に変貌する精神化と対比して、巨人化とも呼ばれる。伝説としては昔からあったものだが原大陸への移住ではっきりと確認された。人間種族が肉体を無尽蔵に強大化させてしまう現象だった。具体的にどんな変異が発生するかは個人差があるが、大抵は進行すれば理性は失われ、姿までも化け物のようになってしまう。ある程度まで進んでしまうと、対処法は特殊な魔術による消去しかない。

その術を持っているのが魔術戦士だ。

使用には細心の注意を――というより可能な限りの警戒を要する魔王術は、その存在を外部に秘密にしている。ラッツベインも、同時期に魔術戦士になった妹のエッジも、戦術騎士団の審問を受けるまで魔王術の存在を知らなかったし、ヴァンパイア症がそこまで差し迫った脅威だとも知らされていなかった。

知った時は驚いたし、腹も立った。と同時に落ち込んだ。魔王術の意味を知り制御法を学ぶと、これは秘密にせざるを得ないと思い知ったからだ。この術は魔術の概念を覆して世界を改編する技で、明らかに人の手に余った。なのに、これ以外にヴァンパイアの強大化を止められない。

「中で食べたってことですかぁ……でも、そもそも入れないんでは？」

「初期の強度なら難しいだろう。だけど身体能力が上がれば監視の目をすり抜ける余地はあるだろうし、人間としての形質まで失えば、それこそなんだってありだ。まあシスタもそれは分かってるから、それなりの探索はした上で異常性なしと判断しただろうけど」

「シスタさんはかっこいいですよねぇ。仕事できて。わたし嫌われてなければもっと色々教えてもらえるのに」

「嫌われてるの？」

「なんとか機嫌を取ろうと思って、ことあるごとにエド隊長とのことをアシストしますよって言ってるんですが、先週ついに『ホントやめてくれないと殺す』って言われました」

「……一度でいいから、君がわざとやってるんじゃないっていう確信が欲しいよ」

また分からないことを言って、師匠は改めて倉庫の裏をのぞき込んだ。

「ともあれヴァンパイアっていうのは油断がならない──」

と、そこで言葉を止める。

いつも眠そうな師匠が目を見開いているのはちょっと珍しい。ラッツベインはまずそっちをのぞき込んで、限界まで驚いててもやっぱり眠そうだなあと思ってから、師匠の視線を追った。そして呆気に取られた。

食糧庫の後ろ半分がごっそり消えてなくなっていたからだ。

「本当に、ろくなことがありやしない！　だから帰ってくれと言ったんだ！」

監督官は地面を蹴りつけ、剥き出しの柱を拳で叩いた——支えの半分を失った倉庫が軋みを立てる。ラッツベインもつられて、地面からちょっと跳び上がった。

誓って、ぼくらの仕業じゃない。師匠は宣誓でもするように諸手《もろて》を挙げて弁明したが、疑惑は晴れなかった。まあ、それはそうだろう。まったく誰の目にも触れず、音もなく大きな食糧庫が半分消失したのだ。普通の方法ではあり得ず、つまりは魔術でなにかしたと思われても仕方ない。

怒鳴り声をあげる監督官の顔と、集まった村人たちの顔とを往復しながらラッツベインはなるべく目立たないよう身を縮ませた。もちろん無駄な努力だ。周りは取り囲まれ、逃げるには相手を無傷でというわけにもいくまい。いきなり現れて村の命運を尽きさせた魔術士たちを、まだ犂《すき》で串刺しにしてバラバラにしたりはしてないが、心からそうしたいと思っているのは全員一致の顔つきで分かった。

何度見ても食糧庫は本当に綺麗さっぱり、半分だけ消えていた。

中身は全滅だ。小麦の袋も非常用の種籾《たねもみ》もなにひとつ残っていない。床は無傷で残っていたが、壁と屋根がナイフですっぱり切り取られたようになくなっている。消えた部分はどこにも残っていない。

（意味消失……？　まあそこまで大袈裟な術じゃなくても、壁を消すことはできるかもだけど、呪文も構成も見えなかったですし——……）

少なくとも魔術ではない。

ただ証明のしようもないし、ではなにが起こってこうなったのかというと、見当もつかない。

「これがどういうことか分かっているのか！　追加融資を受けられても返済が何年長引くか。最悪、ここは乗っ取られるんだ！　みんなで十年かけて開拓した土地を、デスクに座ってた奴らに差し出すのか！」

「まさかと思うけど」

詰め寄る監督官に押しやられながら、師匠は弱々しくつぶやいた。

「もともと異変があったからぼくらが来たってことを忘れてはいないですよね？　ぼくらが来たから異変が起こったわけじゃない」

「うるさい！　魔術士は開拓公社の味方だろうが！　奴らと一緒にやってきたんだ！」

「いやあ、それは誤解ですよ」

いくら言ったところで形勢は悪い。開拓村の人たちは気色ばんで、話が通じる状態ではなさそうだ。

だとすると、いったん逃げ出すしかないか。みんなが師匠に気を取られているなら、事態を打開するのは自分の役目だ。

（そーっと……）

ラッツベインはこっそり足を引いて、村人たちの死角まで抜け出そうとした。囲みを抜けて、そこから騒ぎを起こして師匠が逃げる隙を作ればいい。が。

「おい！」

「ぎゃー！」

逆に背後の死角から腕を掴まれて、ラッツベインは悲鳴をあげた。

村人たちが一斉にこちらを向いて、そして。

すっ……と、急に師匠が目の前まで真っ直ぐ、歩いてきた。

「……？　え？」

長く瞬きでもしたみたいに、視界が途切れて結果だけを見たようだった。最後に見た光景は、へまをして、全員の気がこっちに逸れた瞬間。

次には師匠がすぐ眼前にいた。

師匠がなにをしたのかといえば、ただ歩いてきただけに思える。師匠と自分の間には監督官を始め、数人の村人がいるのだが、みんな師匠が通り過ぎた後には糸の切れた操り人形のように、ばったりと地面に倒れ込んだ。

「ほえ？」

またどさりと倒れる音を聞いてラッツベインが振り向くと、腕を掴んでいたお爺《じい》さんが目を回して気絶している。なにがなんだかさっぱりだ。残りの村人たちも唖然《あぜん》としている。

「貴様……！」

監督官が顔を真っ赤にして起き上がった。誰も怪我はないようだ。

師匠はくるりと彼に向き直った。

「言っておくが」

なにも凄んだわけでもない。師匠はただ言っただけだ。

「この子を脅かすな」

ラッツベインからは背中しか見えないが、師匠と向き合った村人たちが一斉に色を失い、息を呑むのが分かった。

「？」

気になってラッツベインも回り込んで師匠の顔を見たが、別になんでもない。冴《さ》えない愛想笑いを浮かべているだけだ。

「あー。脅し顔は長く保たない……」

「？」

「あっ」

前に出たラッツベインに気づいて、師匠は急に背筋を伸ばして腕を挙げ、息を吐いた。

「ハッ！」

「………？」

とりあえず、首を傾げて訊いてみる。

「なんですかそれ」

「決めポーズ」

沈黙して、さらにもう一段階首を傾けた。

「そういうのはなにか活躍した後にやりましょうよ」

今度は師匠が黙り込んだ。顔をしかめてつぶやく。

「……つまり、見えてなかった？」

「なにがですか？」

「みんなが君に気を取られているなら、事態を打開するのはぼくの役目だろ。だから」

「師匠、なんかしました？」

素直に疑問を口にする。師匠はなんだか、縋《すが》るような目をした。

「キエサルヒマの古い戦闘法なんだ。隙を突いて相手のバランスを崩すってだけなんだけど、君の父さんが得意だよね」

「ああ、父さんがよくエッジを転ばせて得意がってる膝かっくんですか」

「う、うん」

咳払いみたいな返事をしながら、師匠は肩を落としてみんなのほうを向いた。

「えー。とにかく、みなさん落ち着いてくださいよ。状況には同情しますが、そこまで悪いことですかね。とりあえず、まだ誰か死んだわけでもない――」

「この土地のために生きてきたんだ！　それが奪われるのなら」

監督官が消えてなくなった。

声も途切れ、まったく不意に消えてしまったので、全員が戸惑った。

その一瞬前には、食糧庫の残り半分が消えていた。次いで監督官が消え、監督官のいた地面が消えて、周りにいた村人が三人消えた。

ドーナツ状に消失が広がってくる。だが、魔術ではない。構成がない。

師匠が舌打ちした。瞬時に空間を構成で埋め、叫んだ。

「我は跳ぶ天の銀嶺!」

消失が呑み込もうとしていた村人たちを、外側へと弾き飛ばす。

数メートルも飛ばされたみんなに、師匠は声を張り上げた。

「逃げろ!」

さらにラッツベインを抱きかかえて再度重力中和を発動し、高く高く跳び上がった。


師匠が着地したのは消えた食糧庫の次に高い屋根、物見櫓《やぐら》の上だ。騒動からは数十メートルほどの距離か。村が一望できる。混乱し、逃げ惑う人々も、それを追うように広がる――なんて呼べばいいのか?――〝消失〟も。

「なんなんなんなんですかあれ!」

櫓の尖った屋根の上で、足を滑らせそうになりながら、師匠の身体にしがみつく。

師匠は片腕でラッツベインの腰を抱え、いつもの猫背で遠くを見入るような仕草をした。

「君には、なんに見える?」

「なにって。消える空間が広がってくみたいな……」

あわわと叫んでいると、師匠はかぶりを振った。

「可能なことと不可能なことを分けて考えろと言っただろ」

こんな状況ではあるが、鈍感な師匠の無駄な落ち着きに触れていると、だんだんと恐慌の波が去っていく。

「『消滅が広がる』なんていう現象はない。魔術以外にはね。だがあれは魔術じゃない。となると、見かけとは違うことが起こってるんだ」

「どんなことが？」

風に吹かれてまたふらつき、ずり落ちる前に師匠の顔面を掴んでよじ登った。

答えようとしたところを邪魔されて、顔を振って手を除《よ》けながら師匠が言う。

「分からない。試してみないと。人が逃げ回ってるから、大きな術は使えないな……」

それだけ言うと突然、ラッツベインの手は空を切った。

両手でしっかり掴んでいたはずなのだが、まるで煙にでも化けたようにすり抜けると、師匠は屋根から飛び降りていた。

「まぁったくもうー……影が薄いとつかみ所もないんだから」

ラッツベインも追って、重力中和して降下する。

師匠はちらりと振り向いたが、逃げろとも待っていろとも言わなかった。だから、後を追った。師匠は着地してそのまま消失のほうへと駆け出していく。逃げる村人と入れ違いに。

消失は続いている。師匠の言葉を思い起こして、ラッツベインは現象の見えない正体を見定めようと目を凝らした。最初は爆発のように膨れ上がっているのかと思ったが、地面を削るようにして進むその消失は一方向に進む指向性を持っている。呑み込まれれば人だろうと建物だろうと消してしまうが、必ずしも人間を追っているのでもない。でたらめに突き進んでいる。

見当をつけて師匠が呪文を叫び、光熱波が消失を撃ち抜いた。結果は——なにもない。光線は空間を通り過ぎ、その向こうの地面に当たって爆発した。

師匠はそこで足を止めた。立ち止まったのではない。身体の向きを変えたのだ。微修正だ。師匠が同じ術で次に狙ったのは消失の空間ではなく、その行く手になる手前の地面だった。爆発が同じように起こる。

ちょうどラッツベインが追いついた。師匠はうめいている。

「なるほどね」

「分かったんですか?」

「見てごらん」

師匠が指さしたのは二度目の爆発を起こした地点だ。だがすぐに消失が地面を呑み込んでしまった。それでもその一瞬で、ラッツベインは違和感を覚えた。

「今の、師匠が狙った場所でしたよね?」

「ああ」

だが地面には爆発跡ひとつなかったのだ。

ただの土ではない強度だ。ことに、師匠の魔術による攻撃すら弾き返すのは尋常ではない。

「あの地面がヴァンパイアなんだ。それが移動している。食べたもの、そのものに変貌しながら」

師匠は足下から空へと退避するような足取りで（そんなことは無理だが）、ラッツベインも下がらせた。

「えーと……」

言われたことを噛み砕こうとラッツベインが頭に手を当てていると、師匠はゆっくりと補足した。

「小麦を食べたら小麦になるし、その状態で今度は倉庫を食べて、倉庫の壁になっていた。それから地面を食べて地面になったから壁は消えた。繰り返して、通り過ぎた後は無が移動しているように見える。まずいな」

「それ、凄いですか？」

ピンと来ない。師匠は苦笑いしてみせた。

「地味だが、やばい。見分けがつかないんだから。つかないまま潜伏して巨人化が進む。ここまでは身を隠し続ける理性があったが、ついにそれがなくなったってことは……かなりの強度に進行してるっていうのは確かだけど」

消失は——いや、その前を行く地面は移動を続けている。人が走って逃げられないほどではないがかなりの速度だ。こちらには向かっていない。が、師匠の言っていることを不意に理解して、ラッツベインはぞっとした。地面のどこからどこまでがヴァンパイアなのか判別しようがないのだ。通過した跡しか見えない。

ヴァンパイア化の規模が分からないと……

「どれだけの規模で術を使えばいいか分からない！」

最悪の結論を言い残して、師匠は宙に浮かび上がった。ひとまず安全だと分かる空中へと。ラッツベインも同様に隣に浮揚する。

先ほどの物見櫓よりも高く。今度は師匠にしがみつく必要もない。だが、しがみつきたいような心地だった。

魔王術は危険な術だ。構成の規模によっては神々をも滅ぼすほどに。

だから許される使用は最小限度。大きな効果を求めれば成功の目処《めど》は遠くなり、失敗は単にその場のしくじりに留まらない。世界を引き裂くことさえあるのだ。

そしてヴァンパイア化も同レベルの危険だ。放置はできない。巨人化を見過ごし、魔王術で抹消できる強度を超えることを許せば誰にも止められなくなる。破局の危険度は同じだった。

そうでなくとも眼下の被害は広がっていた。見ているうちにも逃げ遅れた人の姿が消える。開拓者の団結は強く、老人や子供を抱えてみな協力して避難を続けているのだが、どこが安全かなど分からない。通り過ぎた後にしか判別できないとなれば、手遅れになった時に手遅れであったことしか分からないわけだ。

悲鳴をあげる村人たちを見下ろして。

師匠が身を寄せてきた。唾を呑むのが分かる。珍しい。

（師匠……震えてる？）

震えていたのは自分だったかもしれない。師匠が言おうとしている内容を、身体が先に予感していたのか。

重い声音で、師匠が切り出した。

「安全策は、最大の規模で術を編んで、可能な限りを消し去ることだ。村全体、あたり一帯――村人全員を」

「え？」

ちょうど真下を走っていた少女が、上空の魔術士に気づいた。影が目に入ったのだろう。見上げた目と視線が合った。彼女が口走った言葉は聞こえなかったし、こちらの相談も聞こえなかっただろうが。

全身を襲う怖気に戦慄《おのの》いて、ラッツベインはつぶやいた。

「人も……ですか？」

逃げずに、師匠はうなずいた。

「見分ける方法がないんだ。次を食べて消えるまでね。少しでも規模を抑えるためには、彼ら全員の退避を待つ余裕もない」

「でも、人を消しちゃったら、その人は消えちゃいますよね」

「ラッツベイン」

目と顔をのぞかれて、心の中まで浸透するほど、師匠は真剣だった。

「ぼくがやる。だが君も、目を背けちゃいけない。ぼくらはこうやって原大陸を守ってきた。今日までずっとね」

師匠の理屈は理解できた。

恐らく、納得もできる。一番良い方法だ。だが。

ラッツベインは手を振り上げた。そして思い切り、師匠の顔面を張り倒した。

「相変わらずかっこ悪いことをっ！　師匠はそういう手抜き仕事が駄目なんですよ！」

胸一杯に吸い込んだ息を吐き出して叫ぶ。

「ホントに駄目な師匠なんですから！　そーゆうことだからパンツの置き場所も知らないし、釣った魚キモーイ触れなーいとか言って逃がしちゃうし、マグカップ使った後に洗うってことを覚えないし――」

「ちょっちょっちょっと。落ち着いて」

わあわあ殴りかかるラッツベインの手から逃げつつ、面食らった師匠がすっかり狼狽えた声を出す。

もちろんこんなことをしたのは初めてだ――昔、蹴ったことはあるが。だけれどまだ憤懣《ふんまん》やるかたなく、師匠の胸をぽかぽか殴る。

その手を掴んで、師匠はうめいた。

「だけど、見分けがつかないんじゃ他に手は――」

「見分けはつきます！　規模さえ確認できるんなら、村ごと消さなくてもいいし、みんなが逃げるのを待つくらいできるでしょう！」

ラッツベインははっきりと大声をあげた。

地上の女の子がびくりと反応したので、本当に大きな声だったのだろう。彼女の怯えた顔で少し我に返り、ラッツベインはややトーンを落として言い直した。

「ちょっと、無茶はすることになるんですけど……」


村人たちの誘導には小一時間ほどかかった。

村中を飛び回り、逃げ残りがいなくなるまで呼びかける。避難場所は、とにかく村の外だ。できる限り村から遠ざかるよう指示した。中には愚図る者もいた。村と命運を共にすると。そういった人は魔術で脅してでも追い出した。

ヴァンパイアは村を蹂躙《じゅうりん》し、移動を続けている。どこに向かうか分からないため時間をかけるのは賭けだったが、ヴァンパイアが自ら村から出てくれるのならそれはそれで好都合ではある。もっともそこまではうまくいかず、ヴァンパイアは村の土地をぐるぐると旋回しながら喰い続けていた。

村の外から、無残に荒らされた土地を眺める。ラッツベインは背の高い木の上をポジションに選んだ。浮揚を解いて枝に降り立ち、村に向かって身構える。杖を掴んで師匠の配置を待った。

師匠は村を挟んで向こう側——やはり木の上を選んだようだ。見て顔の分かる距離ではないが、遥か遠目に見る師匠の影はいつも通りうすぼんやりと姿勢も悪く、どこかホッとする。

合図は必要ない。

師匠の魔術構成の巨大さ、濃さは、どんな手振りよりも見落としようがない。

山脈のような莫大《ばくだい》な構成が破壊の術となって、村を襲った。

放たれた爆発の波は思わず見入ってしまうほどだった。村ひとつを呑む威力だ。それがこちらへと向かってくる。ラッツベインは大きく深呼吸して、自分からも術を放った。

「我は砕く原始の静寂！」

師匠の力には遠く及ばないが、最大威力で解放する。

一発が終われば位置を変えてもう一撃。何度も何度も、村に向かって撃ち込んだ。師匠も同様にしている。爆発と破壊が続き……

ラッツベインはやがて力を使い果たして、木の上でへたり込んだ。

汗をぬぐう。霞んだ目で、己の目論見が果たせたかを確認する。

「ふふっ……ふふふふふ」

やけくそに笑った。

焦土となった村の中央に、ぽっかり島のように浮かんだ、無傷の地面を見つけて。

もはや泊まる場所もなくなった村から、逃げ出すように帰途について、夜。

煌々《こうこう》と照る月を見上げてとぼとぼ歩く。来た道をもどっているのだが、往路より遠くに感じられたのは疲れのせいだろうか。

「村……あらかた吹っ飛んじゃいましたね。畑も用水も……」

ラッツベインは力なくつぶやいた。疲労困憊で歩きながら寝ている心地だった。

「やっぱり怨まれちゃいましたね。これからどうやって建て直せばいいんだって」

師匠はといえば――あの後さらに困難な魔王術の偽典構成までやってのけたというのに、案外ひょうひょうと元気そうだ。といっても、いつものしょぼい足取りだけど。

ラッツベインに合わせてやや後ろを歩きながら、こんなことを言った。

「同じような状況で、君と同じことをした人を知っているよ」

ぐろん、と澱《よど》んだ視線を向けて、ラッツベインは問いかける。

「その人、後悔しました？」

「そりゃしただろうね。後悔くらいしなかったら人間じゃない。でも、後悔してでもやるべきことをやったのさ」

師匠がなにを言いたいのか、疲労の膿《うみ》が溜まった頭で考えていると、彼は慰めを口にした。

「魔王術で事象の根から消されたわけじゃない。また十年かけて村を直すだろうさ。人間ならね」

戦術騎士団は正式な名称は戦闘魔術騎士団。魔術戦士騎士団とも呼ばれる。原大陸ではただひとつだけ許された、戦闘だけを目的に編成された魔術士の部隊である。

そこに所属するのは魔術戦士という、特殊な戦闘訓練を受けた魔術士である。戦術騎士団の目的は一般的には、魔術士の犯罪や人体の巨人化への対処、神人種族による壊滅災害への対抗だ。実際の役目もその表向きと違うことはないのだが、秘密にされているのは〝特殊な戦闘訓練〟の特殊さだ。師匠は戦術騎士団設立の頃からの騎士団員だが、弟子のラッツベインも審問にパスして入隊するまで、実態を知らされることはなかった。

いや、多分、本当に実態を知ったのは今日のことだ。

明日にはもっと知ることがあるのだろう。きっと知らないことはまだまだある。

空を見上げて帰る。負けることなくまた帰り道を歩くことができるなら、この開拓半ばの原大陸には学ぶことがいくらでもある。

ふと師匠が咳払いした。

「あの……ラッツベイン。話があるんだけど」

ラッツベインは無言のまま、くるりと顔を向けた。師匠はなにを言うか少し考えたようだ。あやふやな授業をするように両手を広げて話を始めた。

「聞いてくれ。君は魔術戦士になった。ぼくは君に魔王術の存在を教えて、訓練した。この秘術の重大性と難度を、君は十分に理解したと思う」

「はい」

「ぼくが今まで術を秘していたのは、これは世間から秘匿されているからだ。だから君には知られないようにしていたけれど、ぼくは恐らくこの原大陸でも最大の強度で偽典構成を仕組める術者だし、およそ通常術の範囲でも君のお父さんと遜色ない腕前の魔術士だ」

「それはもう前にも聞きましたけどぉ」

何度も何度も繰り返された話だ。一回聞いて理解できない話でもないし、師匠の魔術の腕が父さん程度なのは昔から知っている。なんでそんなことを今さら言い出したのか分からない。

師匠はさらに真面目ぶって話し続けた。

「いいかい、繰り返すよ。魔術戦士騎士団において最も恐れられるブラディ・バース・リンはぼくのことだし、魔王術記録碑にあるように、魔王術の使用が校長に次いで多いのはぼくだ。校長は自分の手に負えない敵があれば必ずぼくを呼ぶ」

「タダで便利ですもん」

「うん。いや、違う。そうじゃない。よし、もっと分かりやすくしないと駄目か。あの、ぼくはすっごい強い魔術士だよ。さいきょう！　サイキョー！　イエー！」

歩きながらポーズまで取って言う師匠に、ラッツベインは笑いかけた。

「師匠……分かってますよ」

「え？　ホント？」

驚いたように、師匠。ラッツベインはうんうんと首肯した。

「師匠は誰よりも多く、足の指に鉛筆を挟めるんですよね」

「うあー！」

なんでか叫び出した師匠は頭を抱えて地面を転がり、うずくまったまま地面に頭突きした。

「いいんです。でもその自慢はわたしだけにしてくださいね。師匠も少しずつ恥っていうものを分かるようになってください」

「ううううーがー！」

理由は謎だが頭突きを続ける師匠だが。

だらだらと血を流して溜息をつき、うなだれた。

「でも」

ぽつりとつぶやく。

「君がぼくを尊敬してないせいで、今日は助かった。なら、まあいいか……」

えっ。とラッツベインは仰天した。

「尊敬してないなんて。なんでそんなこと思うんですか？　ひっどいですよ師匠」

「いや、まあ、いいんだ。君は間違いなくあの人の娘だよ」

「そんなの当たり前じゃないですか」

言って、師匠の額の傷を治してあげた。

もう一度嘆息して、師匠は改めて行く手を示した。

「帰ろう」

「はい！　明日も頑張りましょう！　一緒に！」

元気よく返事して、師匠の背中をどんと押す。

しょぼい師匠なので、それだけで何歩も進んだ。

単行本あとがき

あとがきですね。

あとがきといえば当然、かねてからの懸案であった生き別れの双子の兄（やみ秋田）との決戦についてですが、無事聖剣を尻に刺して封滅しました。あと前回のクイズの答えは「耳をよく揉んで食べた」です。予定されていた特集・宝くじを確実に当てる方法は、代官山のちょっと小生意気なパン屋大特集に差し替えられたため、休載です。

なんにも思いつかなかったのでとりあえず出鱈目《でたらめ》言ってみましたが、これはこれでもう思いつきそうにないのでやめます。

というわけでお話のほうは新展開です。まあ、そんな感じになってます。登場人物多いのでやや大変です。次の巻でまた増えるので頭痛いんですが……なんとかやっていこうと思います。まあ、やってかなくてどうすんだって話ですが。

このシリーズのあとがきでは、キャラクターと一緒に設定も無駄に増えたので、劇中に出てきそうにないなーというあたりをつまんで書いてみようかなーと思ってます。キエサルヒマのあいつは今どうなった？　系でいこうかしらと。

名前だけはちょくちょく出てくるハーティア・アーレンフォードはトトカンタで独立し

た魔術士組織を運営してます。まあ、オーフェンと似たような仕事と言えます。もともと古い大陸魔術士同盟でも自治の度合いが強かったトトカンタ支部ですが、キエサルヒマの戦争を機に完全に同盟を離脱、トトカンタ市自体も当時貴族連盟に反逆、かなり悲惨な戦闘も行われましたが、その中核を為したのがハーティア指揮下の魔術士たちでした（マジクもそれに参加してました）。

貴族連盟の最大の敵はタフレムの《牙の塔》で、トトカンタが側面にいたことが決戦を控えさせたという功績は一般的にも認められているものの、戦局を膠着させて怨恨の根を深くしたという見方も確かにあって、悪名を轟かせています。一方でトトカンタはタフレムの盾になる形で市街戦も行われたのに、タフレムは無傷のまま貴族連盟と停戦したのでトトカンタ市民の反感は（かなりのしっぺ返しも受けた貴族連盟よりも）タフレムと《牙の塔》へと向かっているという部分もあります。

キエサルヒマ魔術士同盟と規模にして十倍以上の差があるトトカンタ魔術士同盟が、権威を示すにはその反感を煽らざるを得ず、ハーティアとしてはその悪名も武器のひとつです。未婚で家族はいませんが常に数名の弟子を取って、その中から力のある側近を増やしていいます。あれです。シス方式。実際、キエサルヒマでは正統と敵対する悪の帝王みたいなキャラ立てを演じてます。《牙の塔》ではフォルテ・パッキンガムが彼の脅威を訴えることで同様に地位を築いているので、両サイドで似たことをやっているわけですが。

ハーティア・アーレンフォードの弟子たちはかなり実戦度の高い戦闘訓練を受けていて、

加えて今言ったような事情を反映して、かなりアクの強い奇術師団のような格好を演じています。場合によってはマジクはその筆頭になっていたかも知れず、貴族殺しヴァンパイア・ブラディ・バースなんてあだ名がついたのはその名残です。

とりあえず、こんなとこでしょうかね。性格はそんなに変わってないでしょうけど、歳を重ねた分、薄情な面は増したかもしれません。目下の懸念は魔王術が《牙の塔》の独占になっていることで、魔王スウェーデンボリーを強引に奪取する計画も実行しましたが、結果として分かったのは《塔》はいくら出し抜けても、当の神人種族を拐《かどわ》かすことは単純に不可能ということでした。あとは原大陸に部下を送って戦術騎士団の人間をスカウトするか奪ってくるか、という手しか残っておらず、考えを巡らせています。

と、大体埋まった気がします。次の巻のあとがきどうするかっていうのはやっぱりまだ思いついてないんですが……

ともあれ、また次の巻末でお会いできれば幸いです。それではー。

二〇一一年十月――

秋田禎信

文庫あとがき

というわけであとがきです。

例によってこれといったネタもないわけですが……

今年あまりに外に出なかったので、いなばのチキンとタイカレーの缶詰が結構美味いなとか、事件性の天井が低くなりまくってそのくらいしかないんですよね。

どうやってもそれであとがき一個は戦えない。

なんにしろこれじゃあいかんと思いました。

よし、三日待とうと。

三日もすればなにかしら他に書くこと思いつくだろうと。いつだってそうやって戦ってきたじゃないか。今回だってなにか見つかるはず。そう。世界はいつだってサプライズを用意してくれているのだから……


ここで筆を置いて三日が経ちました。

いなばのチキンとタイカレーの缶詰は結構美味しいです。

もちろんですよ、お店で食べるのに勝るとは言いません。人によっては「これ辛いので誤魔化してるだろ」と思うかもしれません。

でも便利なんですよね。そのままでもいけないことはないですが、わたしはとりあえず切ったピーマンを足して食べてます。

ごめんなさい。

次回はなにかネタ見つけます。

二〇一七年八月――　秋田禎信

TO文庫

魔術士オーフェンはぐれ旅
原大陸開戦

2017年11月1日　第1刷発行

著　者　秋田禎信
発行者　本田武市
発行所　TOブックス
〒150-0045東京都渋谷区神泉町18-8
松濤ハイツ2F
電話03-6452-5766(編集)
0120-933-772(営業フリーダイヤル)
FAX03-6452-5680
ホームページ　http://www.tobooks.jp
メール　info@tobooks.jp

本文データ製作　TOブックスデザイン室
印刷・製本　中央精版印刷株式会社

Printed in Japan　ISBN978-4-86472-628-3